WILLIAM FAULKNER

INTRUDER IN THE DUST

坟墓的闯入者

【美】福克纳 著　　陶洁 译

上海文艺出版社

图书在版编目(CIP)数据

坟墓的闯入者/(美)福克纳著;陶洁译.—上海：
上海文艺出版社,2015
（企鹅经典丛书）
ISBN 978-7-5321-5808-9

Ⅰ.①坟… Ⅱ.①福… ②陶… Ⅲ.①长篇小说-美国-现代 Ⅳ.①I712.45

中国版本图书馆 CIP 数据核字(2015)第 130080 号

William Faulkner
Intruder in the Dust

Simplified Chinese Copyright © Shanghai 99 Culture
Consulting Co., Ltd. 2015

"企鹅经典"丛书由上海文艺出版社联合上海九久读书人文化
实业有限公司及企鹅图书有限公司共同策划。

"企鹅"、 和相关标识是企鹅图书有限公司已经注册或者尚未
注册的商标。未经允许，不得擅用。

总 策 划：黄育海　陈　征
责任编辑：曹　晴
特约策划：邱小群
封面设计：丁威静

坟墓的闯入者

〔美〕福克纳　著
陶洁　译
上海文艺出版社出版、发行
地址：上海绍兴路 74 号
新华书店经销　利丰雅高印刷（深圳）有限公司印刷
开本 890×1240　1/32　印张 6.75　字数 144,000
2015 年 9 月第 1 版　2015 年 9 月第 1 次印刷
ISBN 978-7-5321-5808-9/I·4635　定价：39.00 元

企鹅经典丛书
出版说明

　　这套中文简体字版"企鹅经典"丛书是上海文艺出版社携手上海九久读书人与企鹅出版集团（Penguin Books）的一个合作项目，以企鹅集团授权使用的"企鹅"商标作为丛书标识，并采用了企鹅原版图书的编辑体例与规范。"企鹅经典"凡一千三百多种，我们初步遴选的书目有数百种之多，涵盖英、法、西、俄、德、意、阿拉伯、希伯来等多个语种。这虽是一项需要多年努力和积累的功业，但正如古人所云：不积小流，无以成江海。

　　由艾伦·莱恩（Allen Lane）创办于一九三五年的企鹅出版公司，最初起步于英伦，如今已是一个庞大的跨国集团公司，尤以面向大众的平装本经典图书著称于世。一九四六年以前，英国经典图书的读者群局限于研究人员，普通读者根本找不到优秀易读的版本。二战后，这种局面被企鹅出版公司推出的"企鹅经典"丛书所打破。它用现代英语书写，既通俗又吸引人，裁减了冷僻生涩之词和外来成语。"高品质、平民化"可以说是企鹅创办之初就奠定的出版方针，这看似简单的思路中植入了一个大胆的想象,那就是可持续成长的文化期待。在这套经典丛书中,第一种就是荷马的《奥德赛》,以这样一部西方文学源头之作引领战后英美社会的阅读潮流,可谓高瞻远瞩,那个历经磨难重归家园的故事恰恰印证着世俗生活的传统理念。

经典之所以谓之经典,许多大学者大作家都有过精辟的定义,时间的检验是一个客观标尺,至于其形成机制却各有说法。经典的诞生除作品本身的因素,传播者(出版者)、读者和批评者的广泛参与同样是经典之所以成为经典的必要条件。事实上,每一个参与者都可能是一个主体,经典的生命延续也在于每一个接受个体的认同与投入。从企鹅公司最早出版经典系列那个年代开始,经典就已经走出学者与贵族精英的书斋,进入了大众视野,成为千千万万普通读者的精神伴侣。在现代社会,经典作品绝对不再是小众沙龙里的宠儿,所有富有生命力的经典都存活在大众阅读之中,它已是每一代人知识与教养的构成元素,成为人们心灵与智慧的培养基。

处于全球化的当今之世,优秀的世界文学作品更有一种特殊的价值承载,那就是提供了跨越不同国度不同文化的理解之途。文学的审美归根结底在于理解和同情,是一种感同身受的体验与投入。阅读经典也许可以被认为是对文化个性和多样性的最佳体验方式,此中的乐趣莫过于感受想象与思维的异质性,也即穿越时空阅尽人世的欣悦。换成更理性的说法,正是经典作品所涵纳的多样性的文化资源,展示了地球人精神视野的宽广与深邃。在大工业和产业化席卷全球的浪潮中,迪士尼式的大众消费文化越来越多地造成了单极化的拟象世界,面对那些铺天盖地的电子游戏一类文化产品,人们的确需要从精神上作出反拨,加以制衡，需要一种文化救赎。此时此刻，如果打开一本经典，你也许不难找到重归家园或是重新认识自我的感觉。

中文版"企鹅经典"丛书沿袭原版企鹅经典的一贯宗旨：首先在选题上精心斟酌，保证所有的书目都是名至实归的经典作品，并具有不同语种和文化区域的代表性；其次，采用优质的译本，译文务求贴近作者的语言风格，尽可能忠实地再现原著的内容与品质；另外，每一种书都附有专家撰写的导读文字，以及必要的注释，希望这对于帮助读者更好地理解作品会有一定作用。总之，我们给自己设定了一个绝对不低的标准，期望用自己的努力将读者引入庄重而温馨的文化殿堂。

关于经典，一位业已迈入当今经典之列的大作家，有这样一个简单而生动的说法——"'经典'的另一层意思是：搁在书架上以备一千次、一百万次被人取下。"或许你可以骄傲地补充说，那本让自己从书架上频繁取下的经典，正是我们这套丛书中的某一种。

上海文艺出版社编辑部
上海九久读书人文化实业有限公司
二〇一四年一月

目 录

坟墓的闯入者 1

导 读 200

第 一 章

县治安官是在那个星期天中午时分带着路喀斯·布香抵达监狱的，不过全镇的人（说起来全县的人也是如此）在前一天晚上就都知道路喀斯杀死了一个白人。

他①在那儿等待着。他是第一个到那儿的人，正懒洋洋地站着，努力装得若有所思或至少是一无所知的样子，站在关了门的跟监狱隔街相望的铁匠铺子前面的棚子里，如果舅舅穿过广场走向邮局去取十一点钟到达的邮件的话，更确切些说，在舅舅穿过广场去邮局取十一点钟到的邮件的时候看见他的可能性不会太大。

因为他也认识路喀斯·布香——这就是说，跟任何白人一样知道他。也许除了卡洛瑟斯·爱德蒙兹以外（路喀斯就住在爱德蒙兹离镇十七英里外的农场上），他比别人更熟悉路喀斯，因为曾在路喀斯家吃过一顿饭。那是四年前的初冬；当时他才十二岁，那事是这样发生的：爱德蒙兹是他舅舅的朋友；他们在同一个时候在州立大学上学。舅舅是从哈佛和海德堡大学回来以后去州立大学的，为的是学到足够的法律以便当选做县检察官，而就在出事的前一天，爱德蒙兹进城来看舅舅谈一些县里的事务并且在他们家住了一夜，那天晚上吃晚饭的时候，爱德蒙兹对他说：

---

① 即本书主人公查尔斯·莫里逊，爱称为"契克"。整个故事采用的是他的视角。

'明天跟我一起上我家去逮兔子吧.'① 接着对他母亲说:'明天下午我把他送回来。他拿着枪出去的时候我会派个童仆跟着他:'接着又对他说:'他有条好狗。'

'他已经有个童仆在伺候他呢,'舅舅说。然而爱德蒙兹说:

'他那个童仆也会逮兔子吗?'于是舅舅说:

'我们可以保证他不会跟你那个捣乱的。'

于是第二天早上他和艾勒克·山德跟着爱德蒙兹回家。那天早上天气很冷,是冬天的第一场寒流;灌木树篱挂了霜变得硬邦邦的路边排水沟里的死水结了一层薄冰就连九里溪的活水表面都亮晶晶的像彩色玻璃似的仿佛一碰就会碎从他们经过的第一个农家场院和后来经过的一个一个又一个场院里传来不带风的强烈的木柴烟味他们可以看见后院里那些黑铁锅已经在冒热气而还戴着夏天遮阳帽的女人或戴着男人的旧毡帽穿着男人的长外套的女人在往锅底下塞柴火而工装裤外面围着用铁丝系着的黄麻袋片做的围裙的男人在磨刀或者已经在猪圈附近走动圈里的猪呼噜噜地咕哝着不时尖叫着,它们不太惊慌,没有张皇失措只是有点警觉仿佛已经感觉到尽管只是模模糊糊地感觉到它们丰富多彩而又与生俱来的命运;到了傍晚时分整个大地将会挂满它们那鬼怪似的完整的油脂色的空荡荡的尸体它们是在脚跟处被固定起来其姿态犹如在疯狂地奔跑仿佛笔直地冲向地球的中心。②

他并不知道那事是怎么发生的。那个童仆是爱德蒙兹一个佃户的儿子,年纪和个子比艾勒克·山德要大,而艾勒克的个子又比他要大,尽管他们年纪一般大,这时正在大屋里带着他的狗在等他们——一条真

---

① 全书一律用单引号,仿佛全文是由一人在复述,首尾暗藏着两个双引号似的。这里的冒号用得不规范,是福克纳的独特用法,他曾通知编辑及排字工人不要随意更改,译文中尽量保持原样。

② 由于福克纳是从契克的角度进行叙述,很多时候表现的是契克的意识流,因此不用标点符号把句子断开。译文试图尽量少用标点以保持原文的风格。

正的逮兔子的狗，有点猎犬血统，相当多的猎犬血统，也许大部分是猎犬血统，是美洲赤猩和带有褐色斑点的黑狗杂交的后代，也许一度还有点那种能指示动物所在地的小猎狗的血统，一条杂种狗，一条黑鬼的狗，一眼就能看出来它的本性跟兔子特别亲近，就像人们说黑人跟骡子特别友好一样——而艾勒克·山德已经拿了他的飞镖——一个钉在一小段扫帚把上的拴铁路路轨的粗螺母——艾勒克·山德能把这飞镖嗖嗖地头尾相接地旋转着投向在奔跑的兔子，其准确性跟他用猎枪差不了多少——艾勒克·山德和爱德蒙兹的童仆拿着他们的飞镖他拿着枪他们穿过庭园跨过牧场来到爱德蒙兹的童仆知道的水面上架有一根原木可以踩着过河的小溪边，而他并不知道那事是怎么发生的，那种事发生在女孩身上也许可以想象甚至可以原谅但在别人身上就不应该了，这时他踩着木头走了一半根本没把这事放在心上因为他在围栏最上面的木头上走过许多次而且距离比这个要长一倍可是猛不丁的这十分了解的熟悉的阳光普照的冬天的大地翻了个个儿平展展地倒伏在他的脸上他手里还拿着枪急速猛扑不是脱离大地而是远离明亮的天空他还能记得冰面破裂时轻微而清脆的碎裂声记得他怎样竟然没有感到水面的冲击倒是在浮出水面呼吸到空气时才激灵了一下。他把枪也掉了只好扎猛子再潜到水里去寻找，离开冰凉的空气又回到水里他还是对水没有感觉，既不觉得冷也不觉得不冷连他湿漉漉的衣服——靴子和厚裤子和毛衣和猎装外套——在水里也不觉得沉重只是有点碍事，他找到了枪又使劲摸找水底然后一只手划着水游到河边一边踩水一边拽住一根杨柳枝把枪往上递直到有人接了过去；显然是爱德蒙兹的童仆因为这时候艾勒克·山德正使劲向他捅来一根长木杆，那简直是根原木，刚一捅过来就打在他脚上使他站立不稳把他的脑袋又弄到水底下差一点让他松开了手里抓着的柳树枝后来有个声音说：

'把木杆拿开别挡着他让他好上来'——那只是个声音，并不是因为这不可能是别人的声音只可能是艾勒克·山德或爱德蒙兹的童仆而是因为不管是谁的声音都没有关系；现在他爬出了水面两只手伸进了柳枝丛中，薄冰在他胸前咔嚓咔嚓地碎裂，衣服像冰凉的软铅他不是穿着衣服在活动而是好像套上了南美披风①或海员用的油布衣：他往岸上爬先看见两只穿着高统套靴既不是爱德蒙兹的童仆也不是艾勒克·山德的脚，接着是两条腿上面是工装裤他继续往上爬站了起来一看是个黑人肩上扛了把斧子，身上穿着件很厚的有羊皮衬里的外套，戴着顶他外祖父过去常戴的浅色宽边毡帽，眼睛正看着他而这就是他第一次看到的路喀斯·布香他想起来了或者更确切地说他记得这是第一次因为你看见了路喀斯·布香就不会忘记的；他喘着气，浑身哆嗦着，这时才感受到冰凉的河水的刺激，他抬起头看见一张脸正在望着他没有怜悯同情或其他表情，甚至没有惊讶：只是望着他，脸的主人根本没作任何努力来帮助他从小溪里爬出来，事实上还命令艾勒克·山德不要去使用木杆那唯一表示有人试图帮助他的象征物——在他看来这张脸可能还不到五十岁甚至可能只有四十岁要不是有那顶帽子和那双眼睛还有那黑人的皮肤但这就是一个冻得直哆嗦并且由于受了刺激和劳累而直喘气的才十二岁的男孩所看到的一切因为望着他的那张脸的表情并没有任何色素甚至没有白人所缺乏的色素②，不是傲慢，甚至也不是鄙视：只是自有主见和从容自若。然后爱德蒙兹的童仆对这个人说了句话，说了一个名字：有点像路喀斯先生：于是他知道这人是谁了，想起了那个故事的其他部分那是这个地区的历史的一个片断，一段很少有人比舅舅更了解的历史：这个人是爱德蒙兹的曾外祖父③一个叫老卡洛瑟斯·麦卡斯林的人的奴隶（不仅仅是老卡洛瑟斯的奴隶而且还是他的儿子）的儿子：现在他站着一直

---

① 南美人穿的一种毛毯形外套，领口开在中间，穿时从头部套入。
② 指路喀斯的表情不受他肤色的影响。
③ 路喀斯·布香是老卡洛瑟斯·麦卡斯林跟他的黑奴（也是他的女儿）所生的儿子的儿子。但老卡洛瑟斯·麦卡斯林并不是卡洛瑟斯·爱德蒙兹的曾外祖父。爱德蒙兹的曾祖母是老卡洛瑟斯·麦卡斯林的外孙女。福克纳的约克纳帕塔法世系小说中，同样的人物会在不同的小说中出现。但福克纳对有关他们的细节并不很注意，因此常常出现疏漏。

哆嗦着在他看来又有一分钟的光景那人站着看着他脸上毫无表情。后来那人转过身子，说话时连头都没回，他已经走了起来，甚至没有等一下看看他们是否听见了，更别说看看他们是否会服从他了：

'上我家来吧。'

'我回爱德蒙兹先生那里，'他说。那人并不回头。他甚至没有答话。

'拿着他的枪，乔，'他说。

于是他跟在他后面，爱德蒙兹的童仆和艾勒克·山德跟在他的后面，他们成单列沿着小溪朝桥和大路走去。很快他不再哆嗦了；他只是又冷又湿，不过只要不断走动那冷和湿就多半会过去的。他们过了桥。前面就是那院门，车道从那里穿过庭院通到爱德蒙兹的家宅门口。那段路大约有一英里；也许等他走到那里他的衣服就已经干了身子也已经暖和了，但即使在他知道他不会在院门口拐进去或者反正没有拐进去以后，他还是相信他会向里拐进去的，而现在已经走过了院门，他还是对自己说他不进去的理由是，虽然爱德蒙兹是个单身汉，家里没有女人，但爱德蒙兹本人很可能在把他送回母亲身边以前不会允许他再走出他的房子，他一直对自己这么说，尽管他知道真正的理由是他无法想象自己会违背这个大步走在他前面的人，就像他不能违背外祖父的旨意一样，并不是害怕他报复也不是由于他威胁要报复，而是因为在他前面大步走着的人跟外祖父一样根本不可能想象一个小孩会表示违抗或藐视。

因此在他们走过院门时他根本没有收住脚步，竟连看都不看一眼，现在他们走的不是通往佃户或用人住区的经常有人走的保养得很好的留有走路人脚印的道路而是一条崎岖的狭长的洼地半是冲沟半是道路登上一座带着一种孤独自处独立不羁而且难以对付的气派的小山然后他看见了那座房子，那小木屋并且想起了那段往事，那传说的其余部分：爱德蒙兹的父亲① 如何立下契约留给他的黑人嫡亲姑表兄弟和他的子孙后代那座房子和周围的十英亩土地——这块永远位于那两千英亩种植园中心的长方形的土地，就像信封中央贴着的一枚邮票——那没有油漆的木头房子，那没有油漆的尖桩栅栏，那人用膝盖撞开这栅栏的没有油漆没有门闩的院门还是没有停下脚步也没有回过一次头而是大步走进院子，他跟着他而艾勒克·山德和爱德蒙兹的童仆跟在他的后面。这里即便在夏天也是寸草不生；他能够想象那情景，整个一片光秃秃的，没有野草也没有任何树枝草根，地上的尘土天天早上由路喀斯家的某个女人用柳枝扎成的扫帚扫成一系列错综复杂的旋涡或互相重叠的环圈，这些图形，随着白昼的消逝会渐渐地慢慢地被鸡屎和富有神秘含义的三趾脚印弄得面目全非好像（现在十六岁时回想起来）一片微型的巨蜥时期的那种地貌，他们四人走在不能算是人行道的道路上因为路面也是土铺的然而比小径要宽些，这条用脚踩实的小道在两边用铁罐空瓶和插进地面的陶瓷碎片组成的边界中间笔直地向前延伸，通向没有上过油漆的台阶和没有上过油漆的门廊而这门廊边摆着更多也更大的罐子——那是些装过糖蜜或者也许是油漆的一加仑容量的空罐子、破旧的水桶或牛奶桶、一只锯掉上部的五加仑容量的煤油桶和半只从前某家人家（毫无疑问就是爱德蒙兹的家）的厨房用的热水桶现在被竖着剖成了香蕉形——夏天里这容器里长过花草现在里面还有东倒西歪的枯萎的茎梗和一碰就碎的干枯卷须，而在后面便是那房子本身，灰蒙蒙的久经风吹雨打，不是没有上过油漆而是油漆漆不上去不肯接受油漆的摆布，结果那房子不仅成为那条严峻的没有得到修缮的道路的唯一可能的延续，而且还是它的顶端，一如那雕刻的樗树叶子组成希腊式圆柱的柱头。

那人仍然没有停步，他走上台阶穿过门廊打开大门走了进去他跟了

---

① 在《去吧，摩西》中《灶火与炉床》这篇小说里，是洛斯·爱德蒙兹的祖父而不是父亲为路喀斯"盖了幢房子，又专门划了几英亩地"。

进去然后是爱德蒙兹的童仆和艾勒克·山德：从明亮的外边走进来门厅显得挺阴暗几乎是黑糊糊的他已经能够闻到那种他长这么大从未怀疑过总认为任何有一点黑人血统的人居住的地方必定会有的气味就跟他相信所有姓莫里逊的人都是循道公会的教徒一样，再往里走是一间卧室：一片光秃秃的磨损了的相当干净没有上过油漆也没有地毯的地板，房间一角隐约可见一张巨大的有华盖的床，可能是从老卡洛瑟斯·麦卡斯林家里搬来的，上面铺着色彩绚丽的百衲被，还有一座破旧的大急流域生产的廉价梳妆台。此外一时就看不见别的了或者至少不大有什么别的东西；要等到后来他才注意到——或者想起来他看到了——那凌乱的壁炉台上放着一盏有手绘花卉灯罩的煤油灯和一个塞满了拧成麻花形的报纸做的纸捻的花瓶，而壁炉台上方挂着一份平版印刷的三年前的彩色日历。画面上波卡洪塔斯①穿着苏人或奥吉布瓦人部落首领穿的打绉裥的带流苏边的鹿皮服装背靠一道以几何图形布局的柏树花园上方的意大利大理石栏杆站着而床对面的幽暗角落里有一幅彩色平版印刷的双人肖像画，镶在一只描金木制阔边镜框里搁在一只描金画架上。但这肖像他当时还根本没看见，因为它在他的身后，而他现在看见的只是那炉火——那用泥抹的粗石砌烟囱下，有根垫底的烧了一半的大木柴在灰色的灰烬里红彤彤地闷燃着，炉火边摇椅里有样东西，他在没看到脸以前以为是个孩子，后来他停下来好好地看了看她，因为他正想起了舅舅告诉他的关于路喀斯·布香或至少跟他有关的另外一件事情，这时看着她，才第一次意识到那男人年纪究竟有多大，必定有多老——这个身材娇小几乎像洋娃娃大小的肤色比那男人黑得多的老妇人，披着披肩，戴着围

---

① 波卡洪塔斯（1595—1617）为北美波瓦坦印第安人部落联盟首领波瓦坦之女，曾搭救过英国殖民者约翰·史密斯。1614年跟英国移民约翰·鲁尔夫结婚，1616年去英国，受到上流社会的礼遇。苏人居美国中西部的北部，奥吉布瓦人居美国北部和加拿大接壤的那几个州。此处福克纳讽刺日历作者不了解印第安人文化，把她的服饰搞错了。

裙，头上包着一块一尘不染的白布，上面是一顶带有某种装饰品的染色草帽。但他想不起来舅舅说过的话，或告诉过他的事情，后来他连他曾经记得舅舅告诉过他这件事都忘记了，如今，自己正端端正正地坐在壁炉前，爱德蒙兹的童仆正在用劈开的木柴和松木片把火烧旺起来，而艾勒克·山德蹲在地上拽掉湿透了的靴子，然后脱掉他的裤子，他站起来脱掉了外套和毛衣和衬衣，他们两人都得在那男人的身前身后甚至脚下躲闪着，而他叉开双腿背对着火站在壁炉前面，仍然穿着橡皮套鞋，戴着帽子，只脱掉了羊皮外套，随后那老妇人又站到他身边来，比只有十二岁的他和艾勒克·山德都要矮，她胳臂上搭着又一条色彩绚丽的百衲被。

'全脱光，'那男人说。

'不我——'他说。

'脱光，'那男人说。于是他把湿漉漉的连衫裤也脱了然后他又坐在现在变得明亮而火苗乱窜的炉火前面的椅子里，裹在百衲被里像个虫蛹似的，而且完全被那不可能搞错的黑人气味所包围——那气味要不是由于他在现在可以用分秒计算的时间里将发生一些事情他到死都不会考虑不会琢磨也许那气味并不真的是一个种族的气息甚至也不是贫困的气息而也许是说明一种情形：一种思想；一种信念；一种接受，消极地接受了他们因为自己是黑人所以不应该有可以适当或经常洗涤的设备的思想甚至不应该经常洗涤沐浴的思想即使在没有洗涤设备的情况下；事实上人们更希望他们不接受这种思想。然而那气味现在毫无意义或者一时还没有意义；还要再过一个小时那事才会发生还要再过四年他才会明白那件事的余波有多深远对他有什么影响在他意识到，在他承认他已经接受了那气味以前他就已经长大成人了。所以他只是闻了那气味就把它置之不理因为他已经习惯于这种气味，他这辈子断断续续一直在闻这种气味而且还会继续闻下去：因为他这辈子相当一部分的时间是在艾勒克·山德的母亲巴拉丽的小屋在他们的后院里度过的他俩小时候在天气不好的日子里就在那里玩耍巴拉丽会在大屋两顿正餐之间给他们煮一顿饭食他跟艾勒克·山德一起吃，在两人的嘴里那饭菜的味道完全一样；他甚至不能想象这种气味消失了一去不复返的时候生活会是什么样的。他一直在闻这种气味，他还将永远闻到这种气味；这是他无法逃避的过去的一部分，这是他作为南方人所接受的传统中的十分丰富的一部分；他甚至不必去排斥那气味，他只是不再闻到它就像长期抽烟斗的人从来闻不到已经成为他的衣服和衣服上的扣子和扣眼一部分的冷漠而呛人的烟油味，他坐在那里裹在百衲被温暖而浓烈的气息里甚至有点瞌睡起来，听见爱德蒙兹的童仆和艾勒克·山德从他们靠墙蹲着的地方站起来走出屋时又有点清醒过来，但没太清醒，又陷入被子温暖浓烈的气味而那人还一直站在他前面，背对着炉火，反背着双手，跟他从小溪里抬起头第一次看见他时完全一模一样，只是两手紧握着，没有了斧子和也没有了羊皮袄，那人穿着橡皮套鞋和黑人穿的退了色的工装裤不过工装裤的前胸横挂一条挺粗的金表链他们走进房间不久他觉得那人转身从凌乱的壁炉台上取下一样东西放进嘴里后来他看到那是什么东西：一根金牙签，就像他亲外公用的那种：那顶旧帽子是手缝的海狸皮做的像他外公花三四十块钱一顶买来的那种，帽子不是端端正正地戴在头上而是有点歪斜帽子下面的面孔肤色像黑人但鼻子的鼻梁很高甚至有点弯钩从那脸上望出来的神情或者说从脸后面望出来的神情不是黑人的也不是白人的，一点都不傲慢甚至也不是蔑视：只是不容置辩说一不二从容不迫。

然后艾勒克·山德回来了，拿着他的衣服，衣服干了甚至由于刚从炉子上拿下来还有点烫，他穿上衣服，又蹬又跺地穿好发硬了的靴子；爱德蒙兹的童仆又蹲到墙根，还在吃手里的什么东西，于是他说，'我要在爱德蒙兹先生家吃饭。'

那个男人既没反驳也没同意。他一动不动；他甚至都没看他。他只是平静而又不容争辩地说，'她现在已经都把饭盛好了：'于是他走过那老妇人的身边，她从门口闪开身子让他过去，他走进厨房：一张铺着油布的桌子放在朝南的窗户下阳光明亮的地方——他不知道他怎么会知道的，因为那里没有标志、没有痕迹、没有吃过的脏碗来表明——爱德蒙兹的童仆和艾勒克·山德已经在那里吃过饭了，他坐下吃了起来，显然吃的是给路喀斯准备的饭——甘蓝菜、一片油煎的裹着面粉的猪肋肉、大而扁的白糊糊的挺油腻的半生不熟的小圆饼、一杯酪乳；也是黑人的饭食，他也接受了而又不予理会因为这正是他所预料的，这就是黑人吃的东西，显然因为这是他们喜欢的、他们所选择的食品；并不是（十二岁的时候：在他第一次对此事感到惊讶疑惑以前他就已经是个长大了的人）在他们长期的历史里除了那些在白人厨房吃饭的人以外这是他们唯一的有机会学着喜欢吃的食物而是他们在所有食品中选择这些东西因为这就是他们的口味他们的新陈代谢；事后，十分钟以后然后在以后的四年里他一直企图告诉自己是那食物使他犯错误。但他会知道得更清楚；促使他犯下最初的错误，作出错误的判断的原因一直就存着在那里，根本不需要房子的百衲被的气息来怂恿他为了挺过那男人脸上望出来的（甚至不是对着他的，只是望出来的）神情；他终于站起身手里已经攥着那钱币，那五角钱的硬币，回到另外那间屋子：因为正好面对它他第一次看见那金色画架上的镶在金色镜框里的合影，他走过去，在他还不知道他要那么做的时候就已经弯下腰定睛细看在那黑幽幽的角落里只有那金色的叶子闪烁发光。那肖像显然被修整过，从那有点折射光的球面圆盖的后面犹如从占卜者的水晶球的里面回望着他的还是那张大摇大摆歪戴着帽子的从容自如不容置辩的面孔，一个蛇头形的跟蛇头差不多大小的领扣把浆洗过的没有领带的硬领扣在浆洗过的白衬衣上，表链现在横着悬挂在细平布上衣里的细平布马甲的胸前只是那牙签不见了，他边上是那个娇小的洋娃娃似的女人戴着另外一顶绘着花的草帽披着另外一块披肩；这肯定就是那个女人尽管她看上去不像任何一个他以前见过的人，接着他意识到事情远不是那么简单：那照片或者她这个人有些可怕的甚至不能容忍的不对头的地方：她说话而他抬头的时候，那男人仍然叉着腿站在炉火前而女人又坐在几乎是摆在角落里老地方的摇椅上她并没有在看他他知道在他又一次走进屋子以后她还没有看过他一眼可她说：

'那是路喀斯干的又一件好事：'而他说，

'什么？'那男人说，

'莫莉不喜欢这照片因为拍照的人把她的包头布摘掉了。'原来是这么回事，她有头发了；这简直像是透过棺材上密封的玻璃盖去看一具做过防腐处理的尸体，他想到莫莉。当然因为他现在想起来舅舅告诉他的有关路喀斯或有关他们的那些事情。他说：

'他干吗要摘掉它？'

'我叫他摘的，'那男人说。'我不要在房间里摆什么田里干活的黑鬼的照片：'现在他朝他们走去，把攥着五角钱的拳头放回口袋，又去摸那一毛钱和两个五分钱的硬币——这是他全部的钱财——把它们都攒到手心，嘴里说，

'你是从镇上来的。我舅舅认识你——加文·史蒂文斯律师。'

'我也还记得你妈妈，'她说。'她以前叫麦琪·丹德里奇小姐。'

'那是我的外婆，'他说。'我母亲也姓史蒂文斯：'他递过硬币；在他认为她会接受那些钱的同一瞬间他知道在那不可挽回的一瞬间他已是永远晚了一步，永远不能挽回了，他站在那里，缓缓流动的炽热的血液像分分秒秒似地缓缓地涌上他的脖子和面孔，那愚蠢的手永远伸开着，上面是四枚抛过光的铸压过的丢人现眼的废料，终于那男人最后做了点至少表示怜悯的事情。

'这是要干什么？'那男人说，他仍然站着不动，甚至没有低下头看看他手心里的东西：又是一个永恒的时刻只有那炽热的死去的不流动的血液直到最后那血液终于汹涌奔腾使他至少能够忍受那耻辱：看着他的手掌翻了过来不是把硬币扔出去而是轻蔑地把它们倒下去让它们叮叮当当地掉在光秃秃的地板上又蹦了起来，其中一个五分钱的镍币甚至滚

出一个长长的大大的弧圈，还发出干涩而轻微的响声，好像是只小耗子在奔跑：接着是他的声音：

'捡起来！'

还是没有动静，那男人一动不动，反背着双手，什么都不看；只有那炽热的死去了的沉重的血液在汹涌奔流，从中传来那声音，并不针对任何人：'把他的钱捡起来：'接着他听见并看见艾勒克·山德和爱德蒙兹的童仆在靠近地板的阴影里俯下身子乱转起来。'把钱给他，'那声音说：他看见爱德蒙兹的童仆把两个硬币放到艾勒克·山德的手心，感到艾勒克·山德的手拿着那四枚镍币摸索着找他垂着的手把钱塞进他的手里。'现在走吧打你们的兔子去，'那声音说。'离那小溪远一点。'

第 二 章

于是他们又走在明亮的冷空气里（虽然现在已经是中午气温可能已经到了今天的最高点），又从小溪的桥上走回去（突然：他四下张望，他们已经沿小溪走了差不多半英里地而他一点都不觉得）那狗把一只兔子赶到一块棉花地旁边的荆棘丛里，又在疯狂的乱吠乱叫中扑上前去把它赶出来，那惊慌失措的黄褐色小东西一瞬间看上去缩成一团呈球形像个槌球不过在接着的一刹那变得很长就像一条蛇，窜出荆棘丛跑在狗的前面，它的小白尾巴一晃一晃地在只有残枝剩梗的棉花垄里左曲右拐地奔跑就像玩具小船的船帆在起了风的池塘水面漂浮这时艾勒克·山德在荆棘丛的另一边大声喊叫：

'开枪啊！开枪打啊！' 接着 '你为什么不开枪打它？' 而他不慌不忙地转过身子稳步走到小溪边从口袋里掏出那四枚硬币抛到水里：那天夜里他躺在床上彻夜不眠他知道那顿饭并不仅仅是路喀斯所能提供的最好的东西而是他可以提供的全部食物；他今天早上上那里去不是做爱德蒙兹的客人而是做老卡洛瑟斯·麦卡斯林农场的客人路喀斯明白这一点而他不知道所以路喀斯打败了他，他叉着腿站在壁炉前连反背在身后的手都没动一下就拿了他① 自己的七毛钱并且用这些钱把他打倒，他辗转反侧无可奈何却又气愤万端，他已经对这个他只见过一次面而且是只不过在十二小时前才见到的男人有了想法，正如第二年他将了解到乡下整个地区每一个白人多年来一直在琢磨这个男人：我们得首先让他像个

---

① 指契克。

黑鬼。他得承认他是个黑鬼。那时候我们也许会按看来他希望大家接受他的方式去接受他。因为他马上开始了解到更多的关于路喀斯的事情。他不是亲耳听到的：他只是了解到，任何一个熟悉那一带乡下的人所能告诉他的关于那个黑人的一切事情那黑人像任何白人一样称女人为'夫人'如果你是白人他就称你为'老爷'或'先生'但你知道他心里并不把你当老爷或先生他还知道你明白这一点可他甚至并不等待，甚至并不看你敢不敢采取下一步的行动，因为他根本不在乎。比如说，有这么件事。

那是三年前一个星期六的下午在离爱德蒙兹农场四英里的一个十字路口的商店里每逢星期六下午有一段时间里附近的每个佃户每个地主每个终身享有不动产的人不管是白人还是黑人都至少要路过那里一般来说会停留一下，常常还会买点东西，那些上着鞍子被缰绳勒伤的骡子和马都拴在泉水下方被人踩来踩去的泥地里的柳树桦树和悬铃木树上而它们的骑手把小店挤得水泄不通一直挤到门前面落满灰尘的软长椅，他们或站或蹲喝着瓶装的果味汽水啐着烟叶汁不慌不忙地卷着香烟从容不迫地划着火柴去点燃已经抽完的烟斗；这一天有三个在附近锯木厂当工人的年纪比较轻的白人，都有点喝醉了酒，其中一人以好吵架好用武力出名，这时路喀斯走了进来穿着那件他进城或星期天才穿的黑色细平布西服戴着那顶做工精致的旧帽子还有那根粗表链和那根牙签，于是发生了一件事情，那故事并没说或者甚至并不知道是件什么事情，也许是路喀斯走路的样子，他走进来不跟任何人说话便径直走到柜台前买他的东西（那是五分钱一盒的薄脆姜饼）转身把盒子的一头撕掉把牙签拿下来放进前胸的口袋里晃晃那盒子往手心里倒出一个姜饼放进嘴里，也许什么事都没有就足够惹事了，站着的那个白人忽然对路喀斯说起话来，说什么'你这个该死的傲慢的犟头倔脑的臭叭唧的脑袋长刺的爱德蒙兹的兔崽子：'而路喀斯慢慢地嚼着姜饼咽了下去盒子已经又在另一只手的上方侧了过来，非常缓慢地转过头看了那白人一阵子然后说：

'我不叫爱德蒙兹。我跟这些新来户没关系。我属于老家老辈的。我是个麦卡斯林。'

'你要是脸上还带着这副神情在这儿走来走去的话你就会变成诱捕乌鸦的烂尸肉,'那白人说。大约有一分钟或者至少有半分钟的时间路喀斯带着沉思默想平静冷漠的神情看着那白人;他一只手里的盒子慢慢地侧过来直到又倒出一块姜饼落在他另一只手的掌心,接着他掀起唇角,吮吸了一个上牙,在突然的静寂里显得挺响但并无含义既不是嘲弄也不是反驳甚至都不是不同意,完全没有任何一点含义,而是几乎漫不经心地咂了一下,好像一个在广漠百里的孤独中吃姜饼的人——要是他吃的话——会吮一下上牙似的,然后说:

'是啊,我以前听说过这种说法。我还注意到提起这话头的人还都不姓爱德蒙兹:'话音未落那白人已经跳了起来同时伸手往背后乱摸他身后的柜台上有六七根犁杖上的单驾横木他抓起一根已经开始往下揍去这时店主的儿子,他也是一个很活跃的年轻人,不是绕过柜台就是从柜台上跳了过来一把抓住那个人结果那横木没有伤害任何人只是飞过过道砸在那冰凉的炉子上;这时另外一个人也抱住了那个白人。

'出去,路喀斯!'店主的儿子扭头说。可路喀斯还是没有迈步,他神色平静,甚至并不含有嘲笑,甚至并不表示蔑视,甚至并不很警觉,那花里胡哨的盒子还在左手倾斜着小饼还在右手里,他只是在观望而店主的儿子和他的伙伴正使劲拦着那满嘴白沫怒骂不已的白人。'滚出去下地狱去,你这个该死的傻瓜!'店主的儿子大声喊:只是在这时候路喀斯才有所动静,不慌不忙地转过身子朝门口走去,一边把右手送到嘴边,因此在他出门时他们看得见他嘴巴一上一下有节奏地咀嚼着。

因为有那五角钱。实际数目当然是四枚硬币七角钱但他从那最初一秒钟的短促瞬间起就把它们换成演绎成一个硬币一个整数从体积和重量都跟它微不足道的可换算的价值不成比例;事实上有时候那煎熬他的后悔心情也许只不过是羞愧难当的心绪或者不管什么样的难受心境终于暂时筋疲力尽甚至消停安宁他便会告诉自己至少我有五角钱，至少我有点东西因为现在不光是他的错误和由此带来的耻辱而且还有这件事的主角——那个男人、那个黑人、那房间、那时刻、那一天——都被锤炼成都消融于那硬币所象征的坚硬滚圆的含义之中他似乎看见自己躺着观望着毫无遗憾甚至很平和因为那硬币一天天地膨胀到巨大的极限，终于永远固定地悬挂在他的痛苦的黑暗洞穴里像那最后的死去的没有亏缺的月亮而他自己，他自己弱小的身影对着硬币指手画脚而又微不足道拼命地要遮盖硬币的光芒却又白费心血；拼命而徒劳但又不屈不挠因为他永远不会停止现在永远不可能放弃因为他并不仅仅损害自己的男子气概而且伤害了他的整个种族；每天下午放学以后还有星期六整天，除非有球赛或者他去打猎或者有些别的他想干或需要干的事情，他总是到舅舅的办公室去接接电话或跑跑腿，这一切都出于某种类似责任心的东西即使并不是真正的需要；至少这体现了他想体现一些自己的价值的愿望。他在孩提时期在他几乎还不会记事时就开始这么做了，那是出于他从来不想追究的对他母亲的唯一的兄弟的盲目而绝对的依恋，从此他就一直这么做了；后来，在十五岁、十六岁、十七岁的时候，他常常会想到那个关于一个男孩和他的宠物小牛的故事，每天男孩都要把小牛抱起来放到牧场围栏的外边；一年年过去了，他们分别成了大人和大公牛了，可那牛还是天天被抱着越过牧场的围栏。

　　他抛弃了他的小牛。离圣诞节还有不到三个星期的时间；每天下午放学后和星期六整天他不是在广场就是在看得见广场，可以观察广场的地方。天气又冷了一两天，接着就变暖和了，风力缓和了，然后明亮的太阳施展威力天又下起雨来，可他还是在街上溜达或站在街头那里商店橱窗里已经都是玩具圣诞节商品炮仗彩色灯泡常青树金银箔，或者隔着杂货店或理发店蒙着水蒸气的窗户看里面乡下人的面孔，那两包东西——给路喀斯的四根一毛二分五一根的雪茄烟和给他妻子的一平底玻璃杯的鼻烟——用鲜亮的圣诞礼物包装纸包好的东西就在他的口袋里，一直到他终于看见爱德蒙兹并把东西交给他请他在圣诞节早晨送过去。不过,这仅仅偿还了(以加倍的利息)那七角钱;那每天夜里悬挂在愤怒与无奈的黑暗深渊里的死去的可怕的没有热气的圆片依然存在:要是他先就当个黑鬼,只当一秒钟,小小的微不足道的一秒钟,那该有多好啊;于是在二月里他开始攒钱——父亲每周给他当零用钱的两角五分和舅舅的作为在他办公室工作的薪水的两角五分钱——到五月里他攒够了钱在母亲的帮助下挑了件带花的仿真丝连衫裙用农村免费投递的方式寄给卡洛瑟斯·爱德蒙兹转交莫莉·布香终于他有某种类似无忧无虑的感觉因为那愤怒已经过去他所不能忘却的只是那悲哀和那耻辱;那圆片仍然悬挂在那黑暗的洞穴,但几乎快有一年了所以洞穴本身不再那么黑暗圆片变得暗淡他甚至可以在圆片下入睡就像神经衰弱的人最后也会在他那越来越亏缺和没有光彩的月亮下打瞌睡一样。接下来是九月;还有一周就要开学了。一天下午他回到家里母亲正等着他。

'这儿有样东西给你,'她说。那是一桶容量为一加仑的新鲜的家制的高粱糖蜜。她还没有把话说完他早就知道答案了:'有人从爱德蒙兹先生家那边给你送来的。'

'路喀斯·布香,'他说,几乎是喊了起来。'他走了有多久?他为什么不等我?'

'不,'母亲说。'他没有亲自送来。他是派人送来的。一个白人孩子骑着头骡子送来的。'

那就是发生的一切。他们又回到他们开始的地方;一切又要从头做起;这一次情况更糟糕因为这一次路喀斯命令一个白人孩子把他的钱捡起来还给他。接着他意识到他根本不可能从头做起因为要是他把那桶糖蜜送回去扔进路喀斯的前门的话只不过是把硬币事件重演一遍让路喀斯再指挥某个人捡起来还给他,更何况他还得骑上那匹小孩子才骑的设得兰矮种马他已经太大不好意思再骑了(只不过他母亲还不同意让他有一匹完全长大的大马或者至少是他想要的舅舅答应给他的那种像个模样的大马）走十七英里的路到他家门口把桶扔进去。事情只能是这样了；任何可以或可能解救他的办法的不仅是他力所难及而且还超越了他的知识范围；如果解救那一天会来到的话他只能等待，如果没有那一天的话他也只好在没有的情况下如此这般地过日子。

四年后他几乎已经自由了十八个月他以为事情就那样了结了：老莫莉死了她跟路喀斯生的女儿跟着丈夫搬到底特律去了他现在终于通过偶然的间接的迟到的传闻听说路喀斯一个人住在那房子里，孤身一人无亲无故倔强而难以对付，显然不仅没有朋友甚至没有他自己那个种族的朋友但他还以此自豪。他又见到过他三次，在镇上广场里而且并不都是在星期六——事实上他在最后一次见到他以后又过了一年才发觉从来没有看见他在星期六进城来而乡下其他所有的黑人还有大多数白人都是在星期六到镇上来的，甚至连他见到他的那几次中间的间隔都差不多是整整一年他能见到路喀斯并不是因为路喀斯的到来是种巧合正好赶上自己偶尔穿过广场而是因为他① 正好赶上路喀斯每年必须进城来的时候——而是在工作日里像那些不是农民而是种植园主的白人一样，那些像商人、医生和律师那样穿马甲打领带的白人，仿佛他拒绝，他不肯接受某个不单是黑人而且是乡下黑人的行为方式中哪怕是小小的规范，他总是穿着描金画架上那张照片——肖像里的那套显然当年很昂贵但现在已经破旧然而刷得很干净的细平布做的黑西服还有那顶歪斜的做工精细的帽子他外公时代的上过浆的白衬衫没有领带的活领很粗的表链以及那根跟外公放在马甲前胸口袋里的牙签一模一样的金牙签：他第一次见到路喀斯是在第二年冬天② 是他先开的口虽然路喀斯马上就认出他来；他谢谢他送的糖蜜而路喀斯的回答跟外公在这种场合上说的话一模一样，只是用词和语法有点差别：

---

① 指契克。
② 指契克掉到小溪后的第二个冬天。

'今年的糖蜜做得不错。我做的时候想起来男孩子总是喜欢吃甜的东西喜欢好的糖蜜的：'他继续往前走，又扭头说：'这个冬天别再掉到小溪里去：'后来他又看见过他两次——还是那黑西服、那帽子、那表链，但再一次见到他时没有了那根牙签这一次路喀斯笔直地看着他，从五英尺外笔直地看着他的眼睛然后走了过去他想他已经把我忘记了。他甚至不再记得我了一直到差不多又过了一年舅舅才告诉他莫莉，那位老太太，在一年前去世了。他当时没有花心血没有费时间去考虑舅舅怎么那么巧会知道这件事（显然是爱德蒙兹告诉他的）因为他已经在飞快地往回计算时间；他抱着一种被证明无罪的感觉一种解脱几乎是一种胜利的心情说，想：当时她刚去世。那就是他没看见我的原因。那就是他不带牙签的原因：怀着一种惊讶的心理想他在伤心。你并不一定非得不是黑鬼才会伤心悲哀接下来他发现自己在等候，经常去广场就像两年前老在找爱德蒙兹要给他那两件圣诞节礼物请他转交，他白等了那以后的两个月三个月四个月才忽然想到他以前总是一年在镇上看到路喀斯一次总是在一月或二月然后他第一次明白这是什么道理：他是来付一年一度的土地税。于是那是在一月末，一个明亮而寒冷的下午。他在微弱的阳光下站在银行的拐角看见路喀斯从县政府大楼里走出来穿过广场对着他走过来，穿着那黑西服那无领带的衬衫那趾高气扬地歪戴着的做工精致的旧帽子，走路时腰板挺得如此笔直使得外套只是在肩部垂下来的地方才碰到他的身体他已经能够看见那根翘起来的歪斜的金牙签的亮光他感觉到自己面部的肌肉开始紧张，他等候着后来路喀斯抬起眼睛又一次笔直地看着他的眼睛大约有四分之一分钟然后往别处看笔直走过来甚至为了从他身边走过去而往边上绕了几步走了过去又继续往前；他也没有回视路喀斯的目光，只是站在微弱的阳光下站在马路边沿心想这一回他甚至没有去想我是谁。他甚至不知道我是谁。他甚至没有费心思去忘掉我：甚至带着平和的心情想：事情过去了。就是这样了因为他自由了，那个三年来使他无论醒着还是睡着都心神不安的人已经走出他的生活。

当然他还会再见到他；毫无疑问在路喀斯的余生里他们还会像这样每年一次在镇上的街道里相遇并且擦肩而过但就是这么回事了：其中一个不再是那个人而只不过是命令两个黑孩子捡起他的钱还给他的那个人的鬼魂；另外一个只不过是那个孩子心中的记忆他拿出钱来要给他后来把钱扔在地上，他带入成年时期的只有那日渐淡却的一鳞半爪的有关那古老的一度使他几乎疯狂的耻辱痛苦与不是报仇雪恨而是重新肯定他的男子气概和白人血统重新平等化的需要的记忆。到了某一天其中一个甚至不再是那个叫人捡起那些硬币的人的鬼魂而对另外那一个来说那耻辱和痛苦不再是想得起来可以回忆的事情而只不过是一次呼吸一句悄悄话就像那男孩在消逝的童年里所吃过的小酸模①的又苦又甜又酸的味道，只是在品尝的一瞬间才记得在它被想起来被回忆起来以前就已经被忘却了；他能够想象他们两个人成为老人，在很老的时候的某次相遇，到了人们称之为活着的痛苦的某个时刻相遇，由于缺乏更好的言词人们只好如此这般地称呼那赤裸裸的无法麻醉的神经末梢的痛苦那时候不仅他们度过的岁月就连他们那年龄相差的半个世纪都跟煤堆里的沙子一样难以区别无法统计他对路喀斯说：我就是那个孩子当年你分给我一半你的饭而我想用那时候大家称之为七角钱的钱币来付给你为了挽救面子我能想到的只是把钱扔在地板上。你还记得吗？而路喀斯说：那是我吗？或者换个方式，倒过来是路喀斯说我就是那个在你把钱扔在地板上不肯捡起来的时候让两个黑鬼捡起来还给你的人？你还记得吗？这一回他说：那是我吗？因为现在一切都过去了。他把另一半面孔也转了过去并且被接受了②。他自由了。

然而那个星期六下午挺晚的时候他回家穿过广场（中学操场上有过一场球赛）听说路喀斯在弗雷泽的店里杀了文森·高里；有人在大约

---

① 一种羊爱吃的带酸甜味的青草，叶子比较窄，开红花。
② 见《圣经·新约·马太福音》第5章第39节，"不要与恶人作对。有人打你的右脸，连左脸也转过去由他打。"

三点钟的时候传话来找县治安官这话又通过另外一组同线电话①向相反方向本县的另外一头传到县治安官当天上午去办公事的地方送信的人很有可能在从现在到明天太阳升起之间某个时候在那里找到他：这不起多大作用因为即使县治安官就在他的办公室里他可能还是来不及因为弗雷泽的商店在第四巡逻区如果约克纳帕塔法县是黑鬼从背后开枪打白人的错误的地方的话那第四巡逻区则是约克纳帕塔法县里有头脑的黑人——或其他任何有色人种的陌生人——最不会选择来枪杀任何人的地方尤其不会选择来枪杀一个姓高里的人不管是从前面还是从后面开枪；最后一辆装满年轻人和有些不那么年轻的人（他们的办公地点不仅在星期六下午而且在一周内都是台球房和理发店有些人还跟棉花汽车或土地证券交易有点说不清的关系，他们参与职业拳击赛击彩盘和全国球赛的赌博活动）的汽车早就离开广场急急忙忙地赶十五英里的路去停在警官的家对面的公路边因为警官把路喀斯带到他家里去了传言还说他把路喀斯用手铐跟床柱铐在一起现在正拿着滑膛枪坐在那里看守着他（当然现在还有爱德蒙兹；即便是最愚蠢的乡下警官也会有足够的常识在大喊大叫找县治安官以前派人把只有四英里外的爱德蒙兹叫来）以防万一高里家的人和他们的亲友决定不要等到把文森下葬以后再动手；爱德蒙兹当然会在那儿，要是爱德蒙兹今天在镇上他肯定会在上午某个时候在他去球场前看见他的既然他没有看见他那么爱德蒙兹显然是在家里，离那儿只有四英里；送信的人会找到他的爱德蒙兹本人很可能在另外那个人背熟了县治安官的电话号码和要带的口信并且骑马赶到最近的一架可以用得上电话号码或口信的电话以前就赶到警官的家里；他们——爱德蒙兹（有件事情又一次在一瞬间困扰他的注意力）和警官——只是两个人而高里和英格伦姆和沃基特家有多少人就连上帝本人都数不过来要是爱德蒙兹正忙着吃晚饭看报纸数钱或做什么事情那警官即使拿着滑膛枪也只是一个

---

① 几户人家合用一条线路的电话。

人：不过反正他自由了，他几乎连脚步都没有真正停下来，还是朝着他拐弯回家的街角走去直到他看见街上还有些许阳光，下午还剩下多少的时间他才转过身子往来处走回几码的路这时他才想起来他干吗不直接穿过现在几乎没有人的广场走到通往那办公室的户外楼梯。

虽然他确实没有真正的理由指望舅舅在星期六下午这么晚的时候还待在办公室里但他一旦走上楼梯就至少可以抛开这件事了①，他今天正好穿了双橡胶底的鞋然而即便如此那木头楼梯还是吱吱嘎嘎地乱响除非你只踩梯级紧靠墙里面的那一边：他心想他以前从来没有真正欣赏过橡胶底的好处，其实任何东西都比不上橡胶底能给你时间作出选择决定你真正想要做的事情后来他可以看到办公室的房门是关着的虽然现在还没到舅舅开灯的时候不仅如此那房门的外观是只有锁上的门才有的那种样子因此即便穿着硬底鞋都没有关系，他用自己的钥匙打开门又用身后的指按门栓②把门闩上走到那在舅舅使用以前是外公的笨重的带滚轮的转椅前坐了下来面对舅舅用来替代外公那个旧时代的卷盖式书桌的桌子人们在这张桌子上研究县里法律事务的年代比他的记忆要长，事实在他的记忆只不过是个记忆不管怎么说只是他个人的记忆，因此那破损的桌子与做过记号退了色的文件以及它们所代表的需求和激情还有那丈量过的四周有边界的县区都是同一个时代同一样东西，最后一抹阳光穿过那棵桑树射进他身后的窗户照到桌子上堆得乱七八糟的文件墨水池放回形针的盘子脏兮兮的生了锈的钢笔笔尖清理烟斗用的通条倒翻在烟灰里的玉米芯做的烟斗和它们边上的没有洗过的脏糊糊的咖啡杯碟和那从海德堡的 stube③ 带回来的塞满了用报纸做的点烟斗的纸捻的彩色杯子就像那天放在路喀斯家壁炉台上的花瓶在他还没意识到自己想到了那只花瓶以前他已经站起来拿起杯碟在穿过房间时又拿起咖啡壶和水壶走到厕所把咖

---

① 即不去想他舅舅是否在办公室里。
② 即弹簧锁，用大拇指一拨就能锁上。
③ 德语，意为"斗室"，这里指学生宿舍。

啡渣倒掉把咖啡壶杯碟都洗刷干净把水壶灌上水把它和咖啡壶杯碟都放回柜架上又走回来坐在椅子上好像根本没有走开过，还有很多时间来端详那桌子和桌上所有熟悉的乱七八糟的杂物看着它们随着阳光的消失而渐渐地暗淡得跟黑夜一样无声无息：想着回忆着舅舅曾经说过人所拥有的只是时间，在他跟他所害怕与恐惧的死亡之间有的也只是时间可人花费一半的时间发明消耗另一半时间的方法：忽然不知从哪里冒出来一个念头他想起来那老在困扰他注意力的事情是什么了：爱德蒙兹不在家，甚至不在密西西比；他在新奥尔良的一家医院做手术取胆结石，他站起身时那笨重的椅子在木头地板上发出的轰隆隆的响声几乎跟大车行进在木头桥上的响声一样洪亮他站在桌子边等待那回响渐渐消失只剩下他呼吸的声音：因为他是自由的：然后他开始走动：因为他母亲即使听不见从镇边缘传来的叫喊声也会知道棒球赛是在什么时候结束的她会知道连他要走回家也只能花费黄昏的一定的时间，他锁上房门又走下楼梯，广场上现在一片暮色杂货店的灯光开始亮了起来（台球房和理发店的灯从来不灭从擦皮鞋的人和看门的人今天早上六点钟打开大门把头发和烟蒂扫出去起就一直是亮着的）其他的商店也亮起了灯因此全县除了第四巡逻区以外所有的地方都会有个地方等候着一直等到弗雷泽商店传话来说一切都恢复正常又平安无事他们可以从僻静的街巷里发动卡车汽车赶上大车骡子回家去睡觉了：这时候他拐过街角那监狱，影影绰绰，除了正面墙上部一块加了横档的正方形以外一片漆黑，平时夜里那小窗口后面那些掷双骰子赌博的卖威士忌酒的用剃刀行凶的黑鬼会对着下面街上他们的情人或女人大喊大叫而路喀斯本来在这三个小时里也可以待在那里（很有可能在使劲敲铁门要人给他拿晚饭或者已经吃过晚饭现在只是在抱怨饭菜质量不好因为毫无疑问他认为晚饭跟他的住房及其他生活必需品一样都是他的权利）只不过大家似乎认为所有国家政府机关的唯一目的只是选一个像汉普敦那样的人身材高大或至少有头脑有个性足以管理全县然后把所有曾经尝试过其他一切工作均未成功的表亲和姻亲都安插到剩下的工作岗位上。不过他是自由的,何况现在也许一切都已经过去了即使还没有结束他也知道他打算做什么而且还有足够的时间去做,明天会有充裕的时间;他今天晚上所要做的只是为了给明天作准备而多给棒小伙子① 两杯燕麦他在熟悉的房间熟悉的桌子前坐下来面对洁白的餐巾桌布明亮的银餐具水杯和一盆水仙花唐菖蒲花还有几朵玫瑰他起先相信至少在一刹那的时间里相信他自己会饿得不得了这时舅舅说,

'你的朋友布香这一次似乎做成功了。'

'是的,'他说,'他们总算在他这一辈子里让他当了一次黑鬼。'

'查尔斯②!'他母亲说。——他吃得很快吃得相当多话讲得很快也讲得很多都是关于那场球赛的一直等着下一分钟下一秒钟会觉得饥饿突然他知道即便刚才那一口也是多吃的他嚼着那口饭还没有把它吞下去送到它该去的地方就已经站了起来。

'我去看电影了,'他说。

'你还没吃完饭呢,'他母亲说:接着她又说,'电影还要再等快一个小时才放映呢;'然后甚至并不一定对着他父亲和舅舅而是对从耶稣诞生以来的第一千九百三十和四十和五十年说:'我不想让他今天晚上到镇上去。我不要——'然后从那女人们——至少母亲们——似乎总选择居住的龙穴里(这儿笼罩着恐惧与害怕永远是黑夜)最后发出对那至高无上的神灵;对他父亲本人的一声哀号一声叫喊:'查利③——'终于舅舅也放下餐巾站了起来说:

'这是一个你给他断奶的机会。不过我也正要他替我办点小事:'他走了出去:来到前面阴凉黑暗的门廊过了一会儿舅舅说,'怎么了?走啊。'

'你不来吗?'他说。接着他说,'但是为什么呀?为什么?'

'这很重要吗?'舅舅说,接着又说了他在快两个小时以前走过理

---

① 这是他给马起的名字。
② "查尔斯"是契克的正式名字。他母亲这样称呼他是为了显得严肃表示批评。
③ 契克是以他父亲的名字"查尔斯"命名的。"查利"是"查尔斯"的爱称。

发店时已经听到过的话：'现在还不行。在那里不光对路喀斯对其他他那个肤色的人都不行。'不过他自己早已想到这一点不只是在舅舅说了以前甚至在那个不知是谁的人两小时前在理发店说这番话以前就想到了，而且还想到了其余的那些话：'事实上真正要问为什么的不是他遇到了什么危机以至不从背后枪杀一个白人就活不下去而是为什么在所有的白人中他偏偏要挑一个姓高里的人来开枪又为什么在所有可能的地方里偏偏要在第四巡逻区干这件事。——去吧。可别太晚了。归根到底一个人有时候即便是对父母也应该友好一点。'

果真有一辆汽车尽管他知道也许所有的人都已经回到理发店和台球房所以显然路喀斯还是平平安安地被铐在床柱上那警官拿着冰凉的滑膛枪还坐在他边上（可能坐的是张摇椅）警官的妻子可能把晚饭端到那里给他们吃路喀斯胃口很好，而且早就有所准备胃口很好因为他不光是不必付钱而且一个人不是一周之内天天开枪杀人的：终于似乎有了点多少比较可靠的消息县治安官总算得到了报告传回话说他今天晚上晚一点的时候回镇来明天一大清早去接路喀斯于是他①得做点事情，消磨时光等电影散场因此他不如现在就去电影院他穿过广场来到县政府大楼的院子坐在一条长凳上在那满天星斗让人透不过气的天空下虽然没有风却摇曳不定的春天的叶子所形成的边缘不整齐的阴影里的黑暗凉爽空虚的孤独之中他在那里可以看到电影院前有灯光照亮的遮篷也许县治安官这么做是对的；他似乎跟高里英格伦姆沃基特麦卡勒姆等家族建立了足够的关系可以动员他们每八年投票选他一次所以他也许知道他们在一定的情况下大概会做些什么或者也许理发店里的人是对的英格伦姆沃基特麦卡勒姆他们并不是在等明天把文森下葬的只不过是因为现在再过三个小时就是星期天他们不想草率行事，为了不亵渎安息日而匆匆忙忙地赶在十二点钟以前把事情了结：然后第一批观众先是陆陆续续地后来是络绎不绝

---

① 指契克。

地从遮篷下走出来见到亮光眨巴着眼睛甚至有那么一秒钟或一两分钟的时间里摸索着走路,把心灵里渐渐淡却的电影的大胆梦想的残余带回到并不体面的地球上于是他现在可以回家了,事实上他不得不回家:她凭简单的直觉知道电影什么时候该散场就像她知道球赛什么时候会结束一样虽然她永远不会原谅他能够自己扣扣子自己洗耳朵后面脏的污垢她至少接受这一点不再亲自来接他而只不过派他的父亲来要是他现在在电影散场以前就开始走的话他可以从没有人的街道上一直走回家,实际上一直走到院子的拐角因为舅舅没戴帽子,抽着一个用玉米芯做的烟斗,从树篱丛边上走了出来。

'听着,'舅舅说。'我到小贩田老镇跟汉敦谈过了他已经给弗雷泽先生打过电话弗雷泽亲自去了斯基普沃思家看到路喀斯给铐在床柱上一切都很好,今天夜里那儿挺安静的明天早上汉普敦就会把路喀斯关到监狱里——'

'我知道,'他说。'明天午夜以前他们不会对他处以私刑的,要等到把文森安葬了把星期天混了过去才动手;'他继续往前走:'在我看来这样很好。路喀斯不必只是为了我的缘故就如此下功夫不当黑鬼。'因为他自由了:他躺在床上:在熟悉的房间里熟悉的凉爽的黑暗之中因为他知道他将做些什么可他结果还是忘了告诉艾勒克·山德为了明天多给棒小伙子一点饲料但早晨给也一样因为他今晚要睡觉因为他有一样比羊①还要快一千倍的东西要数;事实上他要非常快地入睡快得他可能没有时间数到十以上:悻悻然,受着一种几乎难以忍受的愤慨与激怒的煎熬:随便哪个白人都可以从背后枪杀可就是不可以枪杀所有白人中的这一个:一家六个兄弟中最小的一个其中一个已经因为当逃兵而又武装拒捕在联邦监狱里服刑一年还因做威士忌酒在州立劳役农场服过刑,还有一大堆堂兄弟表兄弟和姻亲们占了县里整整一个角落他们的总数恐怕连

---

① 美国人在失眠时常常用数羊的方法来使自己入睡。

老奶奶和没结过婚的姑妈姨妈们都没法随口说出来——一伙好斗分子农民打狐狸的猎人买卖证券和木材的人他们在任何地方都不会是允许他们中的人被任何他人杀害的最后一伙人不过只是最后一伙中的一个因为这些人反过来又跟别的好斗分子和打狐狸的猎人做威士忌酒的人连成一片互相结交互相通婚不仅仅形成一个简单的家族或部落而是形成一个种族一个人种在此事以前就已经把他们的山头堡垒构建得足以抵御县政府和联邦政府，他们并不是仅仅居住在那种地区也不是仅仅腐蚀那地区而是把那由零零落落歪斜的小农场流动的锯木厂和酿私酒威士忌的烧锅点缀着的荒凉的柏树山头的整个地区——从城里来维持治安的官员除非受到派遣否则是不会来这里的外来的白人在天黑以后决不在离公路太远的地方走动而任何时候都不会见到黑人——当地一个说话风趣的人曾经说过唯一能安然无恙地进入这里的外乡人是上帝而他也只能在大白天和星期天进得来——转变为变形为独立和暴力的同义词：一个有着具体范围的犹如瘟疫隔离区的概念因而在全县独一无二绝无仅有只此一家别无分店其余的地方只是通过测量坐标值的数字来知道这地方——第四巡逻区——就像在二十年代中期人们不知道也不在乎芝加哥在哪一州但都知道伊利诺伊州的西塞罗镇①在哪儿什么人住那里和他们都干些什么：可这还不够还要偏偏选这么一个时刻正好赶上所有白人或黑人中唯一的一个人——爱德蒙兹——全约克纳帕塔法县或者全密西西比州甚至还包括全世界里唯一的不但愿意而且有力量有能力（这里他不由得笑了起来尽管他就要睡着了，想起来他最初居然还想要是爱德蒙兹在家的话情况就大不一样了，想起了那张脸那顶帽子歪斜的角度那个背着手叉着腿架子十足像公爵或乡绅或议员似地站在壁炉前甚至并不低头看看他们就是命令两个黑鬼孩子捡起硬币还给他，甚至并不需要回忆自他长大到能听懂

---

① 西塞罗镇在芝加哥的郊区，二十年代是芝加哥犯罪集团首脑卡彭（1899—1947）的据点。卡彭设赌营妓，贩运私酒，袭击对手以扩大地盘，制造过多起著名的流血事件，使该镇和他自己闻名全美国。

他的话以来舅舅一直在提醒他的话没有人能插在另外一个人和那个人的命运之间因为就连舅舅尽管上过哈佛和海德堡大学也找不到一个充满错觉鲁莽得敢于妨碍路喀斯做他想要做的事的人)敢于站到路喀斯和他追求的充满暴力的命运之间的那个人正仰面朝天地躺在新奥尔良的一间手术室里;然而这正是路喀斯所选择的,那时间那受害者那地点:在另外一个星期六的下午在同样的一家商店里他以前至少已经跟一个白人有过一次麻烦了:选择了第一个合适的方便的星期六下午拿着一把从口径到型号都不再生产的单发柯尔特①左轮手枪(这正是路喀斯会拥有的那种手枪正如县里没有别的活着的人会有一根金牙签)在店里等待着——那是星期六下午全县一端的人迟早一定会经过的唯一的地方——等到那受害者出现了便开枪打死他没有人知道为什么而且根据他②在那天下午所发现的甚至在他那天晚上最后离开广场时所了解的并没有人琢磨过这一点为什么并不重要尤其对路喀斯来说一点都不重要因为他显然已经向着这个登峰造极的时刻不屈不挠坚持不懈全神贯注地努力了二十或二十五年;跟着他③走进离商店咫尺之距的树林里在人群听得见的地方从后面向他开枪而且在第一批人赶到现场的时候他还站在尸体边上用过的手枪已经干净利索地放回到裤子的后兜里毫无疑问他完全可能在当时当地马上就被处以私刑要不是有那个七年前把他从单驾横木上救下来的多伊尔·弗雷泽和警官老斯基普沃思———个比半大的小伙子大不了多少的枯瘦干瘪耳朵全聋了的老头他外套的一个口袋里随随便便地放着一把镀了镍的手枪另一个口袋里是个胶木做的喇叭形助听器用生皮带拴着套在脖子上像个打狐狸时吹的号角,他居然在这种场合显示了几乎是没有道理的勇气和刚毅,把路喀斯(他毫不反抗,只是用那一贯的平静冷漠甚

---

① 柯尔特(Samuel Colt, 1814—1862),美国枪械制造商,曾发明科尔特六发左轮手枪。
② 指契克。
③ "跟着"的主语是路喀斯,而后面的"他"指"文森·高里"。

至并非蔑视的兴趣观察着）带出人群带到他家把他铐在床柱上等县治安官来接他把他带进城关起来与此同时高里沃基特英格伦姆等人家和他们的客人与有关系的人可以把文森安葬好度过星期天以便精神抖擞自由自在地迎接新的一周以及一周里的任务不管你信不信夜晚居然过去了，先是公鸡在黎明前的假曙光里犹犹豫豫地啼了几声然后一阵寂静然后是鸟雀们响亮而动人的喧闹透过东边的窗户他可以看见灰蒙蒙的亮光下的树木后来是高悬于树梢上方火辣辣的太阳明晃晃地照射着时间已经不早了这种事情当然一定也会出在他身上：不过他是自由的吃过早饭他会觉得好受一些他总是可以说他要去上主日学校不过他可以什么都不说只是散着步从后面走出去：走过后院进入场地穿过它再穿过树林到铁路边再到火车站再走回到广场后来他想到一个更简便的路线后来他干脆一点都不想了，穿过前厅走过前面的门廊走下车道来到大街以后他想起来他是在这里第一次注意到他没有见到一个黑人除了给他端早饭的巴拉丽；通常星期天早晨这个时候他会在家家户户的门廊上看见女仆和厨子们穿着干净的围裙拿着扫帚或者隔着相连的庭院站在各自的门廊上聊天说话孩子们也为上主日学校而穿得整整齐齐洗得干干净净手里还紧攥着焐了半天的五分钱镍币不过也许时间还早一点也许由于大家的同意甚至大家的禁止今天没有主日学校了只有教堂做礼拜因此在某个大家一致约定的时间比如说大约十一点半的时候约克纳帕塔法县的全部上空就会像心脏的跳动一样无声无息地回荡着一个共同的祈求平静这些失去亲人和愤怒的人的心灵不要自己伸冤主说伸冤在我我必报应①只不过这也有点晚了，他们应该在昨天把这一点告诉路喀斯的，他走过监狱在平常的星期天二楼那装了横档的窗口空隙里该挤满了黑人的黑手在横档的后面的阴影里他们的眼白还会时不时地闪烁一下他们圆润的嗓门对着下面大街上走过的或停留的黑人女人或姑娘大声笑着或叫喊着就是在这个时候他才意识到

---

① 见《圣经・新约・罗马书》第 12 章第 19 节。

从昨天下午起他除了巴拉丽没见过一个黑人虽然他要到明天才知道那些住在洼地和自由人之镇的黑人从星期六晚上开始就没有进镇来做工：广场上也没有黑人，连理发店里都没有黑人要不然星期天是擦皮鞋的人的最好的日子他们可以给住在租来的房间里的单身汉的卡车司机和加油站工人以及其他的年轻人和那些不太年轻但整整一周在台球房辛勤工作的人擦皮鞋刷衣服跑腿和放洗澡水那县治安官终于真的回到镇上甚至放弃自己的星期天去接路喀斯：他注意地倾听：无意中听见了那番谈话：昨天下午有十一二个人急急忙忙地赶到弗雷泽的商店可空着手回来了（他猜想有一汽车的人昨天夜里就回来了，现在正打着哈欠七歪八斜地躺着抱怨睡眠不足：这一点也要算在路喀斯的账上）他在此以前也听到过这种说法他本人在此以前甚至也这么想的：

'不知道汉普敦去的时候是否拿了一把铁锹。那才是他需要的。'

'他们那儿的人会借一把给他的。'

'是的——如果有什么东西要埋葬的话。即使在第四巡逻区他们也会有汽油的。'

'我认为老斯基普沃思会解决这汽油问题的。'

'当然。不过那是第四巡逻区。斯基普沃思看着黑鬼的时候他们会照他说的办。可他要把路喀斯转交给汉普敦。那时候就要出事。霍普·汉普敦也许是约克纳帕塔法县的治安官，可他在第四巡逻区里只不过是又一个人而已。'

'不。他们今天什么事都不会做的。今天下午他们要给文森下葬而在葬礼进行的时候烧死一个黑鬼那对文森实在是不大尊敬。'

'是这么回事。那也许是今天夜里。'

'在星期天夜里？'

'这难道是高里家的过错？路喀斯在选星期六杀死文森以前就应该想到这一点。'

'我不知道。要从那儿带走囚犯的话霍普·汉普敦也得是个肯拼命

的人。'

'一个黑鬼杀人犯？这个县或这个州里谁会帮助他保护一个从背后枪杀白人的黑鬼？'

'在整个南方都没有这样的人。'

'对。整个南方都没有。'他在再一次离开家出来以前就听到过所有这些话：只有舅舅也许会决定提前到镇上来以便到邮局去领中午的邮件要是舅舅没看见他他就真的可以告诉他母亲他不知道自己在哪里当然他先想到的是那间没有人的办公室不过要是他上那儿去的话那正是舅舅也会去的地方：因为——他又一次记起他今天早上又忘了给棒小伙子多吃点饲料不过现在已经太晚了何况他总是会随身带些饲料的——他完全知道他打算做些什么：县治安官在大约九点钟的时候离开镇上的；警官在家离镇十五英里在一条并不太好走的沙砾路上但即使县治安官赶到那里又在那里停留一会儿拉几张选票然后再把路喀斯带回来那也绝对不会超过中午时分；可在县治安官回来以前他早就回到家给棒小伙子装上马鞍在鞍子后面绑一袋饲料掉转马头向着跟弗雷泽商店相反的方向然后朝着那个方向不偏不倚地骑上十二个小时就大概到了今天夜里十二点钟然后给棒小伙子喂饲料让它休息到天亮或者要是他愿意的话就休息更长的时间然后再骑十二个小时回来确切地说是十八个小时也许甚至是二十四或者三十六个小时可至少一切都结束了也了结了，不再是愤怒与愤慨得只好躺在床上好像要靠数羊来使自己入睡他拐过街角走到街的对面来到关了门的铁匠铺子前面的小棚子，沉重的木头做的两扇大门不是用搭扣或门闩闩上的而是在两扇门上各钻了一个洞里面穿了根链条用铁锁锁起来的因此下沉的链条使门向里形成一个弯角几乎像个壁龛；他站在那里街两头的人甚至走过这里的人（反正今天不会是他母亲）都看不见他除非他们停下来看一眼现在教堂的钟开始敲了起来圆润而不慌不忙不协调地从右到左又从左到右回舞着的钟声在小镇在大街在广场上空从教堂的尖塔到另一个盘旋着鸽子的尖塔回荡突然涌现出一股端庄稳重的人流穿着深色西服的男人穿着绫罗绸缎打着遮阳伞的女人成双作对的姑娘和小伙子端庄稳重地从那圆润的轰鸣声下走出来走到那喧闹的乐声之中：离去了，广场和大街又空荡荡的虽然钟声还接着响了一阵，对于爬行的地球上的人来说天空的居住者，上没有盖下没有底的空气里的居民太高太不可企及太无知无觉于是管风琴管穴里颤抖的不慌不忙的乐声和落定下来的鸽子冷静而单调的咕咕唤叫一声又一声地消停了。两年前舅舅告诉他咒骂没有什么不对头；相反，咒骂不仅有用而且无法替代但跟其他一切有价值的东西一样它也是物以稀为贵如果你在无所谓的事情上浪费了它那在你有紧急需要时也许会发现你已经破产于是他说我他妈的在这儿干什么呀然后给了自己那个显而易见的答案：不是来看路喀斯，他见过路喀斯而是如果路喀斯希望的话路喀斯可以又一次看见他，不是从普普通通没有特色的死亡的边缘而是在燃烧的汽油的轰鸣声中羽化成仙的时刻对他回看一眼。因为他是自由的。路喀斯不再是他的责任，他不再是路喀斯的看守者[①]；路喀斯本人把他释放的。

  突然空荡荡的大街挤满了人。然而并没有很多的人，不到二十四个人，有些人安安静静地忽然从不知什么地方冒了出来。然而他们似乎把大街挤得满满的，把路堵住了，使它突然变得禁止通行，仿佛并不是人们无法经过这里，无法通过这大街，无法把它当街道来使用而是没有人敢进来，甚至不敢走近来冒险试一下，就像人们见到'高压'或'爆炸物'的牌子就躲得远远似的。他知道，他认识所有这些人；有的人他甚至在两小时以前在理发店里见过还听过他们讲话——年轻人或不到四十岁的男人，单身汉，星期六和星期天在理发店洗澡的没有家的人——卡车司机和加油站的工人、轧花厂的加油工，杂货店冷饮部的售货员还有那些一个星期里几乎天天在台球房里里外外转悠的人，没

[①]《圣经》典故。见《旧约·创世记》第 4 章第 9 节。该隐杀死弟弟亚伯，上帝追问时他说，"我不知道。我岂是看守我弟弟的吗？"

有人知道他们做过什么事情，他们有汽车大把地花着钱没有人真正知道他们究竟是怎么在周末到孟菲斯或新奥尔良的妓院里去挣来的——舅舅说南方每一个小镇里都有这样的人，他们从来都不是暴民的真正领导者，甚至从来不是他们的煽动人，但由于他们人数众多召之即来他们总是闹事群众的核心。然后他看见了那辆汽车；他老远就认出来了，他不知道甚至没停下来想一下他是怎么认出来的，不知不觉地走出他藏身的门洞来到街上过街到对面人群的后边人们静悄悄不出声地站着把监狱栅篱边的人行道挤得水泄不通还拥到了大街上，汽车开了过来，速度不快但很从容，几乎跟小汽车在星期天上午应该有的行驶风度一样稳重得体，开到监狱前的马路边时停了下来。一个副警官开的车。他没有要下车的表示。后来后车门打开县治安官出现了——一个身材魁梧，没有一点肥肉的彪形大汉冷漠的有点没精打采的讨人喜欢的脸上长着一对冷峻的浅色小眼睛他甚至没对人群瞥上一眼就转身拉着打开的车门。于是路喀斯慢慢地僵硬地下车来，完全像一个被锁在床柱上过了一夜的人，有点笨拙，把脑袋撞在车的门框上方或者至少在那里刮了一下因此在他出现到车外时他那被压皱的帽子从他脑袋上滚到了人行道上几乎就在他的脚下。这是他第一次看见路喀斯不戴帽子在同一瞬间他意识到也许除了爱德蒙兹以外在街上观看的人很可能是全县绝无仅有的看见过不戴帽子的路喀斯的白人：他们观看着，路喀斯虽然下了车但还弯着腰，艰难地伸手去捡那帽子。可县治安官已经做了一个幅度很大但却惊人地潇洒的弯腰动作一把抓起那顶帽子递给还弯着腰似乎也在摸索着捡那帽子的路喀斯。然而那帽子似乎马上变成原来的模样现在路喀斯站了起来站得笔直，只是他的脑袋，他的脸还低俯着因为他在前臂的袖口上像砺剃刀似的又快又轻又灵巧地来回蹭他的帽子。然后他的脑袋，他的脸也抬了起来，他做了一个幅度不算太大的动作把帽子又戴到头上角度跟从前一样仿佛他把帽子抛了上去而帽子自己取了那么一个角度，他现在站得笔挺，那身黑西装也因他凑合度过的不管什么样的夜晚而皱巴巴（有一侧从肩膀到脚踝是一长片肮脏的污迹仿佛他以同一个姿态在没有打扫过的地板上躺了很久而没法翻身）路喀斯第一次看了看他们他想现在。他现在会看见我了接着又想他看见我了。就是这么回事然后他想他什么人都没看见因为那张脸并没有看着他们，只是朝着他们，傲慢平静没有挑衅也没有恐惧：超然，冷淡，几乎是在沉思默想，倔强而从容不迫，眼睛在阳光下甚至在人群某处发出的倒抽一口气的声响后稍稍地眨了一两下一个声音说：

'霍普，把那帽子再打掉。这一次把他的脑袋也一起打掉。'

'你们大家离开这儿。'县治安官说。'回理发店吧：'他转过身，对路喀斯说，'好了。来吧。'这就是全部过程，那脸又一次对着他们而并不看着他们，县治安官已经向着监狱大门走去，路喀斯终于转身去跟他要是他①赶快一点他可以在他母亲派艾勒克·山德来找他去吃饭以前给棒小伙子备好鞍并且离开这里。就在这时候他看见路喀斯停下脚步转过身子他错了因为路喀斯甚至在他转身以前就知道他在人群里，甚至在他转过来以前就笔直地看着他，对他说：

'你，年轻人，'路喀斯说，'告诉你舅舅我要见他：'然后又转身走在县治安官的后面，步履仍然有点不灵活，穿着那身肮脏的黑西服，阳光下帽子显得傲慢而又苍白，人群中的那个声音说，

'去他妈的律师。等高里家的人今天晚上把他收拾完他连殡仪人员都用不着：'路喀斯还在往前走超过了县治安官而县治安官倒停下脚步，回过头来望着他们，同时用温和冷漠没精打采没有火气的声音说，

'我跟你们大家说过一遍叫你们离开这里。我不打算再跟你们说一遍。'

---

① 此处起"他"指叙述者而不是路喀斯。

第 三 章

所以如果他像他最初想的那样今天早上从理发店直接回家给棒小伙子备好鞍子出发的话他现在已经走了有十个小时了，也许有五十英里了。

现在没有教堂的钟声了。平时现在街上的人正端庄稳重地从一盏路灯走向另一盏路灯穿过被影子蚕食得支离破碎的黑暗去参加那不太正式却更加亲切的晚祷会；因此在跟安息日暂时的没有喧闹的静默协调一致的气氛下他跟舅舅会不断地走过这些人的身边，隔着好几码远就认出他们但并没有明确知道甚至不必停下来想一下是什么时候或是怎么样或为什么会认出他们——不是从他们的侧影看出来的甚至也不需要听见他们的嗓音：他们的存在，也许是那种氛围；也许只不过是由于彼此相互并存：这一天这一刻这一处的这一有生命的实体，这就是你所需要的借以认出那些你与之生活一辈子的人的根据——为了绕过他们而从铺了水泥的路面走到路边的草地上，（舅舅）叫着他们的名字跟他们说话，也许只交换一个短语或一个句子，然后又踏上水泥路面。

然而今晚大街上空荡荡的。就连路边的房子都显得又严密又警惕又紧张仿佛住在里面的人，（那些不去教堂的人）在这样和煦的五月的夜晚本来是会在晚饭后在黑暗的门廊上在摇椅或门廊的秋千里坐一会儿，彼此安静地交谈或者要是房子挨得很近的话坐在自家的门廊上跟另一个门廊里的人说话。然而今天晚上他们只走过一个人的身边那人并不在走路而是站在通向去年造的夹在两栋已经靠得很近都能听到彼此冲马桶的声音的房子中间像方方正正的皮鞋盒子似的小房子的前门里（舅舅曾经解释过这一点：'要是你从生下来到长大成人再一辈子都住在什么也听不见只听得见夜里猫头鹰叫和天亮时公鸡啼晓在潮湿的天气里离你最近的邻居劈木柴的声音可以传到两英里外的地方的话你就会希望住在左右两边人家每冲一次污水或打开一罐大麻哈鱼或粥的时候你都能听见或闻见的地方。'）那人比阴影还要黑而且肯定还要安静———个一年前搬进城的乡下人现在在一条小街上开一家小小的简陋的顾客多半为黑人的食品杂货店，他们并没有注意到他一直到快走到跟前时才看见他但他隔着一段距离早就认出他们至少认出了舅舅现在正等着他们而且在他们还没有走到他面前时就已经开口对舅舅讲话了：

'还早了一点，对吗，律师先生？那些第四巡逻区的人在吃完晚饭进城来以前还得挤牛奶劈第二天早饭要用的柴火呢。'

'也许他们决定星期天晚上还是待在家里，'舅舅和气地说着，继续往前走：那男人的回答几乎跟今天早晨理发店里那个男人说的话一字不差（他想起舅舅曾经说过人要舒舒服服甚至效率很高地过一辈子其实所需要的词汇是非常少的，不光是个人就是在他那整个类型种族和种类里几个简单的用滥了的套语就能表达他那不多的简单的激情需求和欲望）：

'当然。今天正好是星期天这怪不了他们。那个兔崽子在挑星期六下午杀白人以前应该先想到这一点。'他们继续往前走时，他提高嗓门在他们身后追着喊了一句，'我老婆今天晚上不舒服，我也不想去那儿光是站着看那座监狱。不过跟他们说一声要是他们要帮忙的话就大声嚷嚷。'

'利勒先生，我想他们早就知道能指望你帮忙的，'舅舅说。他们继续往前走。'看见了吗？'舅舅说。'他对那些他称为黑鬼的人没有一点嫌隙。你要是问他的话他可能还会告诉你比起他认识的有些白人他更喜欢黑鬼，他相信这一点。他们很可能在他的小店里不断地在这儿那儿骗他几分钱甚至很可能拿走一些东西——几包口香糖、蓝色漂白剂、一根香蕉、一听沙丁鱼、一副鞋带，或一瓶直发剂——藏在他们的外衣里或围裙下面,而他是知道的;他甚至也许还白给他们一些东西——他存肉的冰柜里的肉骨头或变质的肉还有变味的糖果和猪油。他唯一的要求是他们的一举一动要像黑鬼。路喀斯的所作所为正完全符合他的想法:头脑发昏到了谋杀白人的地步——利勒先生很可能相信所有的黑人都想这么做——现在白人要把他揪出来烧死,所有这一切都做得有板有眼合乎逻辑,他们做得完全如他相信的那样是路喀斯希望他们所做的:一举一动像个白人;他们双方都绝对按规则行事;黑鬼表现得像黑鬼,白人表现得像白人,一旦泄了愤双方就没有什么真正的怨恨(因为利勒先生不是高里家的人);事实上利勒先生很可能是第一批站出来捐钱埋葬路喀斯抚养他妻子儿女(要是他有的话)的人。这又一次证明最能够制造不幸的莫过于盲目坚持祖先邪恶行为的那个人。'

现在他们可以看见广场了,也是空荡荡的——那圆形露天剧场似的没有灯光的商店,那白色铅笔似的细长的邦联战士纪念碑和与之形成鲜明对照的庞大的县政府大楼,楼体顺着圆柱巍然上升至四个暗淡的钟面每个钟面由一个灯泡照明跟那四个由机械固定的企求与警告的呼喊相比给人以萤火虫的荧光似的一种不调和的感觉。接着他们看见了那座监狱就在这时候,随着在广袤的夜空下和空旷的小镇上显得既渺小却又目空一切的耀眼的明晃晃的转着圈的灯光和马达的轰鸣,一辆小汽车从不知什么地方冲了出来绕着广场转起圈来;从汽车里传出一个尖厉的声音,一个年轻人的声音——没有词语,甚至不是呼喊;一个既意味深长又毫无意义的尖声怪叫——汽车绕着广场飞驰,绕完圈子后又向着那茫茫来处返回去灯光和轰鸣声渐渐地消失了。他们拐弯进入监狱。

监狱是用砖盖的,四四方方,比例匀称,正面有四根带浅浮雕的砖砌的柱子,屋檐下甚至有砖砌的飞檐,因为这座监狱很古老,是在人们即使造监狱都肯花时间精雕细琢的时代建造的他记得舅舅曾经有一次说过真正记录一个县、一个社区的历史的建筑物不是县政府大楼甚至不是教堂,而是监狱因为不仅那些涂写在墙上的谜一般的被遗忘的首字母和词语甚至只言片语是表示挑战和控诉的呼喊就连那一砖一石本身都饱含一些早已化为尘土没有痕迹不再被人记得的心灵所竭力承担或不胜重负的痛苦与羞耻与悲伤,不是在溶液里而是在悬浮液里使这些痛苦羞耻悲伤保存得完整永恒有力量不可摧毁。这个说法对这座监狱来说是千真万确的因为它跟另外一座教堂是镇上最古老的建筑物,县政府大楼和广场上或广场里其他一切东西都在一八六四年①一次战役后被联邦占领军烧成瓦砾。因为在门上扇形气窗的一块玻璃上刻着一个年轻姑娘的单名,是她自己亲手在那一年用金刚钻刻的,有时候一年里有那么两三次他②会走到平台上去看看这个名字,这个现在在外面看是反写的因而显得神秘的名字,不是为了感受过去而是为了再一次体会青春的永恒、不朽与不变——当时看守的一个女儿的名字(舅舅对每件事情都有所解释不是用事实而是用早就超越了干巴巴的统计数字而变成某种更为动人的东西因为那是真理:真理动人心弦跟那只不过是可以被证明的信息所表达的一切毫无关系,舅舅也曾告诉过他:当年密西西比这一部分还年轻,作为一个城镇一个居民点一个社区还不到五十年,所有那些在若干年前——那时间几乎都及不上最老的长者的一辈子的年限——来到这里的人为获取这土地而齐心协力地工作,既干了不起的工作也做低下卑贱的粗活不是为了报酬也不是为了政治而是为了给子孙后代构建一片土地,所以那时候一个人可以在做监狱看守旅馆老板钉马掌的或卖蔬菜的同时又是律师种植园主医生牧师心目中的绅士)那天下午那看守的女儿站在那扇窗户边上望着一支邦联军部队的残兵败将穿过小镇往后撤退,突然她的目光越过空间跟一个衣衫褴褛胡子拉茬正率领其中一支残缺不全的连队的中尉的目光相遇,她没有也把他的名字刻在玻璃上,这不仅因为那时的姑娘绝对不会做这种事情也是因为她当时并不知道他的名字,更

---

① 指美国南北战争,联邦军又称北军,为美国联邦政府的军队。
② 指叙述者查尔斯。

不知道六个月以后他会成为她的丈夫。

事实上，由于一楼前面有一排带矮护墙的木质长廊监狱看上去仍然像一栋住宅。但长廊上方的砖墙上除了那唯一的高高的装着横档的长方形外没有任何窗户他再一次想起现在看来仿佛属于跟尼尼微[①]一样的死亡时代的星期天的夜晚从吃晚饭的时候开始一直到看守关上灯对着楼上大声吼叫要他们闭嘴为止，那柔软灵活的黑手总放在满是污垢的横档的空隙里而圆润的无忧无虑的毫无悔意的嗓门对着聚集在下面街上的穿着厨子或护士围裙的女人和穿着从邮购商店买来的艳丽而俗气的服装的姑娘或还没有被捕或曾经被捕但前一天已经获释的年轻人大喊大叫。然而今天晚上没有这种景象了甚至连洞口后面的房间都一片漆黑虽然现在还不到八点钟他能够看见，能够想象他们也许并不一定缩成一团互相偎依但肯定挤在一起，彼此挨得很近不管他们的身体是否真的靠在一起而且肯定都十分安静，今天晚上不会放声大笑也不会说话聊天，只是坐在黑暗里注视着楼梯口因为这样的事情并不是第一次发生对白人暴民来说所有的黑猫都是灰色的不仅如此他们还总是懒得好好数一下。

然而监狱的前门是敞开的，对着街道门户大开这他即便在夏天也从没看到虽然底层是看守的住房，有个人坐在一把向后斜靠在后墙上的椅子上使他能面对大门一览无遗地看到大街，这个人不是看守甚至也不是县司法行政长官的副手。因为他认出他来了：是住在离镇两英里的一个小农场里的林区最优秀的猎人、全县最出色的神枪手、最了不起的捕鹿手威尔·里盖特，他手里拿着孟菲斯今天出版的报纸有彩色连环滑稽漫画的那一版坐在翘起的椅子里，斜靠在他身边墙上的不是那把他用来杀死过连他自己都记不得确切数字的野鹿（还有奔跑的兔子）的来复枪而是一支双管猎枪，他显然在既不放低又不挪动报纸的情况下早已看

---

① 尼尼微，古代亚述人口最多最古老的城市。公元前 612 年被巴比伦人、斯基泰人和米提亚人劫掠并焚烧。

见他们而且在他们还没有走进大门就已经认出他们了，现在正全神贯注地看着他们沿着小道走过来走上台阶穿过长廊走了进去：正在这一刻看守本人出现在右边的一扇门的门口——一个脾气暴躁衣冠不整腆着一个大肚子满脸烦躁焦虑愤慨的男人，他腰上围着一条子弹带上面挂着一把笨重的手枪，看上去跟一顶丝质礼帽或五世纪时戴在奴隶脖子里的铁制领圈一样又别扭又不合适，他一面关身后的房门一面已经对着舅舅大声嚷嚷：

'他连前门都不肯关上锁起来！只是拿着那张该死的滑稽连环漫画报坐在那儿等着想要长驱直入的人！'

'我在做汉普敦先生叫我做的事，'里盖特以平和悦耳的嗓音说。

'难道汉普敦先生认为那张滑稽连环漫画报能挡住那些从第四巡逻区来的人？'看守嚷道。

'我想他还没有为第四巡逻区发愁操心呢，'里盖特还是笑眯眯地心平气和地说。'现在这一切是为了本地消费的需要。'

舅舅看了一眼里盖特。'看来这还是管用的。我们往这边来的时候看见那辆汽车——或者说是其中的一辆——绕着广场转了一圈。我想它也上这儿来过。'

'噢，来过一两次，'里盖特说。'也许三次。我实在没有太注意。'

'我他妈的但愿这方法永远管用。'看守说。'因为你肯定不能就靠那一管后膛枪来挡住什么人的。'

'当然不行，'里盖特说。'我不指望能拦住他们。要是有足够的人拿定了主意而且铁了心，什么东西都拦不住他们干想干的事儿，不过到那关口，我还有你和你那管枪帮我的忙呢。'

'我？'看守大声说。'为了七十五块钱一个月我去挡高里和英格伦姆家人他们的道？仅仅为了一个黑鬼？除非你是个傻瓜，要不然你也不会这么干的。'

'哦，我非干不可，'里盖特用轻松愉快的声调说。'我非得拦住他

们。汉普敦先生付我五块钱呢。'接着对舅舅说,'我猜你是想见他。'

'是的,'舅舅说。'如果塔布斯先生同意的话。'

看守瞪着眼看着舅舅,愤怒而又困扰。'原来你也非裹进来不可。你也不肯罢休。'他忽地转过身子。'来吧:'领着他们穿过里盖特翘起的椅子边上的房门,走进有着通往二楼楼梯的后厅,打开楼梯脚旁的电灯开始上楼梯,舅舅跟在他后面,他跟着舅舅同时凝望看守臀部鼓鼓囊囊高低不平的手枪皮套。突然看守仿佛要收住脚步;连舅舅也这么认为,也站停下来但看守又接着朝前走,边走边扭头说:'别把我的话放在心上。我会尽心尽意的;我也宣过誓要忠于职守。'他的嗓门大了一点,仍然平静,只是更响了:'不过别以为你能让我承认我喜欢这么干。我有一个老婆两个孩子;要是我为了一个该死的臭黑鬼给人杀了,那对他们有什么好处?'他的嗓门又高了起来;不再平静:'可要是我让一伙浑蛋饭桶从我这里带走一个犯人那我以后怎么活?'他停住脚步,在他们上面的台阶上转过身子,比他们两人都要高,脸上的表情又一次既困扰又焦灼,他的声音焦躁而愤怒:'他们那伙人要是昨天刚抓着他就把他带走那倒对大家都有好处——'

'可他们没有那么做,'舅舅说。'我认为他们不会来的。就算他们来的话,其实也没什么关系。他们也许会来也许不会来,要是不来的话一切都好要是来的话我们大家尽力而为,你、汉普敦先生、里盖特还有我们,我们该干什么就干什么,能干什么就干什么。所以我们不必担忧。你明白吗?'

'明白,'看守说。然后他转身继续向前走,把挂在手枪皮带下面的皮带上的钥匙圈解了下来,插进锁住楼梯顶部的笨重的橡木大门(这是一扇手工砍出来的厚度超过两英寸的很结实的木门,用一把挂在穿过两个铁槽的手工铸造的铁杆上的笨重的现代挂锁锁着,铁槽跟玫瑰花形的铰链一样也是手工铸造的,一百多年前在街对面他昨天站过的铁匠铺子里锤打出来的;去年有一天,一个陌生人,一个城里人,一个不知怎么让他想起舅舅的建筑师，没戴帽子也没打领带，穿着一双网球鞋和一条旧法兰绒裤子带着一箱喝剩的香槟酒开着一辆起码值三千块钱顶篷可以启合的汽车，不是穿过而是穿进了镇子，没有伤害任何人只是把汽车开上人行道又穿过人行道撞进一扇平板玻璃窗，醉醺醺的，高高兴兴的，口袋里的现金不到五毛钱但有各种各样的说明身份的证件，还有一个放支票簿的夹子，从存根来看在纽约某家银行里还有六千多元存款，尽管警察局长和玻璃窗主人都努力劝他去旅馆睡一觉醒醒酒以便可以为那窗户和墙开一张支票他却坚持要人把他关进监狱；最后警察局长终于把他关进监狱而他马上就像个小娃娃一样睡着了汽车修理厂也把汽车拉走了，第二天一早五点钟的时候看守给警察局长打电话要他去把这人带走因为他在他的牢房里跟对面大囚室里的黑鬼聊天说话把整幢房子的人都吵醒了。于是警察局长来了强迫他离开监狱可他又要求跟在街上干活的囚犯一起干活而他们不肯让他这么做他的汽车也修好了可他还是不肯走，当天夜里待在旅馆里两天以后舅舅甚至把他带到家里来吃晚饭，他跟舅舅大谈欧洲巴黎和维也纳他和他母亲听他们谈了三个小时，虽然他父亲托词告退了；两天以后他还在旅馆里还在设法要从舅舅镇长市政委员会最后是镇长委员会那里购买这整扇大门或者如果他们不肯卖的话至少让他买那门栓槽孔和铰链）打开锁推开门。

然而他们已经走出了人的世界，男人的世界：干活的家里有老有小要养家糊口的想方设法要比他们也许应该得到的稍稍多挣一点钱的人（当然是通过公正至少是通过合法的手段）以便在寻欢作乐上花一点但又能省下一部分以便积谷防老。因为随着橡木大门的开启，从里面仿佛汹涌而出向着他扑面冲来一股体现人间一切堕落和羞耻的污浊气息——一种杂酚①粪便酸臭的呕吐物同怙恶不悛公然违抗拒人千里混杂在一起的气息像一个可以触摸得到的物体顶住他们向上向前的身体随着他们走

---

① 一种带有浓烈的刺鼻气息的消毒液。

上楼梯进入过道,那过道其实是主室大囚室的一部分,用铁丝网隔了出来像个鸡笼或狗房似的,里面靠着最远的那堵墙是一排有上下铺的床上面躺着五个黑人,他们一动不动,双眼紧闭但没有打鼾声,什么样的声音都没有,一动不动井然有序平静地躺在那唯一的没有灯罩的落满灰尘的电灯泡的强光下好像他们是经过防腐处理的尸体,看守又站停下来,两手紧紧地抓住铁丝网,怒目凝视那些纹丝不动的身躯。'瞧瞧他们,'看守说,他的嗓门太高,太细,差一点就成了歇斯底里:'像绵羊一样安静可他妈的没一个是睡着的。不过有那么一伙白人半夜三更拿着手枪拎着汽油罐在这儿闹腾,他们睡不着,我也不能怪他们。——来吧,'他说着转过身又往前走。前面没多远的铁丝网上有一扇门,没有用挂锁锁起来而是像狗房或玉米仓那样只用个搭扣和U形钉扣起来但看守走了过去。

'你把他放在牢房里,是吗?'舅舅说。

'汉普敦下的命令,'看守回头说。'我不知道下一个认为只有杀了人才能睡得好的白人会怎么想。不过我把床上所有的毯子都拿掉了。'

'因为他在这儿不会呆很久不需要睡觉吗?'舅舅说。

'哈哈,'看守用他那种不自然的又尖又高的不带笑意的嗓门说:'哈哈哈哈。'他走在舅舅的后面心里想在人间所有的事业中唯有杀人最最需要隐秘绝对不能受干扰;人会下很大的功夫保持他退隐或谈情说爱的地方的隐秘性可他会不惜一切代价,甚至通过杀人来保持他消灭生命的地方的隐秘性,然而这种行动却又最完全彻底地无可挽回地破坏他所追求的隐秘:这儿是一扇现代化的装有犹如女人手袋大小的锁头的铁门看守用他钥匙圈上另外一把钥匙打开锁然后转身往回走,他在走廊里的脚步声听起来快得像在跑步直到楼梯口的橡木大门隔断了脚步的声音,铁门里当照明用的也是一个暗淡的落满灰尘叮着苍蝇的用铁丝网扣在天花板上的灯泡,牢房比放笤帚的小间大不了多少实际上也就是靠墙能放一个有上下铺的床,床上不光是毯子连床垫都给撤光了,他和舅舅走进屋可他看到的依然只是他第一眼就看见的东西；整整齐齐地挂在墙上钉子上的帽子和黑外套；他后来回忆起他当时倒吸了一口气，大为宽慰地想：他们已经把他带走了。他不在了。太晚了。这事儿已经结束了。因为他不知道自己究竟想要些什么，只知道他并没有预料到会是这样的情景：几张细心地打开的报纸整整齐齐地铺在下铺光秃秃的弹簧上另外一部分报纸同样细心地铺在上铺以便挡住灯光不晃眼睛而路喀斯本人仰天躺在铺好的报纸上，睡着了，脑袋枕着一只他的鞋子两手交叉放在胸口，相当安详或者说至少像老年人那样安详地睡着，张着嘴，呼吸轻微而急促；他站着，几乎难以忍受那涌上心头的不仅仅是愤慨而且还有愤怒的冲击，他低头看着那张第一次，至少在这一刻显得孤立无援并且暴露他年龄的脸盘和那双粗糙松弛就在昨天还把一颗子弹打进另一个人的后背的老年人的手，他穿着老式的没有领子的颈部用一颗弓形的几乎有小蛇脑袋那么大的氧化铜纽扣系紧的浆过的白衬衫平静而安详地躺着，他想：归根结底他不过是个黑鬼尽管他鼻子很高脖子很硬戴着金表链即便嘴里叫先生心里从不承认任何人是先生。只有黑鬼才会杀人才会从背后开枪而且一旦找到一块平坦的可以躺下的地方就马上会睡得跟娃娃似的；他还在看着他的时候路喀斯没有翻动身体只是闭上了嘴张开了眼睛，那眼睛向上看了一下，然后脑袋没有动只是眼珠转动终于路喀斯眼对眼地看着舅舅可身体还是没有动：只是躺在那里看着他们。

　　'好啊，老头，'舅舅说。'你终于惹了麻烦。'于是路喀斯动了起来。他艰难地坐了起来又费劲地把腿挪到床边，两手扳起一条腿的膝盖就像打开或关上一扇倾斜下陷的门那样摆动他的腿，嘴里呻吟着，不仅仅是公然地毫无掩饰地哼哼而且还颇为自得其乐，就像老年人为某些由来已久的早已习惯的因关节僵硬而引起的小疼小痛要呻吟会哼哼，他们对这种疼痛非常习惯习惯得甚至不再觉得是疼痛了，如果给治好了他们甚至还会感到失落和不知所措；他倾听着注视着仍然带有刚才的愤怒不过现在又夹杂了惊讶，这个不光处在绞刑架的阴影下而且还受到想把他处以私刑的暴徒们威胁的杀人犯，不但不慌不忙地为了腰背关节不灵活而呻吟而且还哼哼得好像他得到了正常生活里所有的长时间的休息，在那正常的生活里他每活动一下都要感受体会那熟悉的有年头的疼痛。

'好像是那么回事，'路喀斯说。'所以我才找你来。你打算拿我怎么办？'

'我？'舅舅说。'什么也不干。我不姓高里。这儿甚至也不是第四巡逻区。'

路喀斯又费劲地活动起来，他弯下腰费力地看看两脚周围，然后伸手到床下拽出一只鞋子又直起腰艰难而费劲地想转过身往身后看这时舅舅伸手从床上拿起那只鞋子放在另一只的边上。可路喀斯并没有把它们穿上脚。相反他坐在那里，一动不动，两手扶着膝盖，眨巴着眼睛。接着他用一只手做了个动作，把高里一家人、暴徒、报复、残杀等等都彻底抛弃。'等他们走了进来我再担心吧，'他说。'我指的是法律。难道你不是县里的律师？'

'哦，'舅舅说。'是地方检察官将判你绞刑或者送你去帕契门①——不是我。'

路喀斯还在眨眼睛，眨得不是很快；只是一下又一下连续不断。他注视着他。突然他意识到路喀斯根本没有在看他的舅舅，显然已经有三四秒钟没在看舅舅了。

'我明白了，'路喀斯说。'那么你可以接受我的案子了。'

'接受你的案子？在法官面前为你辩护？'

'我会给你钱的。'路喀斯说，'你不必担心。'

'我不替从背后开枪打死人的杀人犯辩护，'舅舅说。

路喀斯又一次用他那粗糙的黑手做了一个'别管它'的动作。'咱们别去想审判那回事。还没到时候呢。'现在他看到路喀斯在注视舅舅，

---

① 美国密西西比州一地名，为州监狱所在地。

他低着头以便从两簇花白眉毛底下往上观察舅舅——那目光精明隐秘而专注。然后路喀斯说：'我想雇个人——'可他不再说下去了。他看着他，想起回忆起一位老太太，已经死了，一个老处女，一个邻居她戴一顶染过的假发在食品储藏室的架子上永远有一大碗给所有在街上玩的孩子吃的自己做的小点心，有一年夏天（那时候他还不到七八岁）她教他们大家玩五百分①：在炎热的夏天早上他们坐在她装有纱窗的边廊里的牌桌周围她会用唾沫沾湿她的手指头，从手里抽出一张牌放到桌子上，她的手当然不再放在牌上面而是就在牌边上等到下家以某种表示胜利或兴奋的动作或姿势或者也许仅仅是变得更急促的呼吸流露出暴露出想打王牌或吃掉她的牌的意图，她就会马上说：'等一下。我拿错牌了，'就把牌又拿起来放回到手里然后另外出一张牌。路喀斯做的正是这一手。他原先就坐着不动可现在绝对是纹丝不动。他看上去似乎都不在呼吸。

'雇个人？'舅舅说。'你已经有律师了。我来以前就已经接了你的案子。你告诉我究竟是怎么一回事我马上就告诉你该怎么办。'

'不，'路喀斯说。'我要雇个人。并不一定是个律师。'

现在轮到舅舅瞪大眼睛看着路喀斯。'雇人干什么？'

他看着他们。现在不再是童年时代不下赌注的五百分纸牌游戏。现在更像他不太注意的扑克牌游戏②。'你接还是不接这个活儿？'路喀斯说。

'原来你是要在我同意接这个案子以后才告诉我你要我干什么，'舅舅说。'好吧，'舅舅说。'现在我告诉你该做些什么。昨天那里究竟发生了什么事？'

'那你是不想要这份工作，'路喀斯说。'你还没说你是接还是不接。'

---

① 一种纸牌游戏，首先得到五百分的人为赢家。
② 指人们通常下赌注的扑克牌戏。

'不接！'舅舅厉声说，嗓门太高了一点，他意识到这一点但还没有把声音降回到愤怒明确而平静的程度就已经又说了起来：'因为你并没有活儿要雇人干。你是在监狱里，要靠上帝的恩惠来阻拦那些该死的高里一家人不把你从这里拖出去吊死在他们经过的第一根路灯灯柱上。我始终闹不明白他们为什么居然让你到城里来——'

'别管这一点，'路喀斯说。'我要的是——'

'别管这一点！'舅舅说。'今天夜里高里家的人冲进来的时候你去告诉他们别管这一点。告诉第四巡逻区把这事给忘了——'他停了下来；又一次作了番努力你几乎可以看得见他是怎么把嗓门又压低到那愤怒而耐心的状态。他深深地吸了一口气又慢慢地吐了出来。'好了。告诉我昨天到底是怎么回事。'

又过了一分钟，路喀斯没有回答，他坐在床铺上，手放在膝盖上，倔强而沉着，不再注视舅舅，微微地蠕动着嘴巴仿佛在品尝什么东西。他说：'有两个人，是锯木厂里的合伙人。至少他们在锯木厂里买刚锯下来的木料——'

'他们是谁？'舅舅说。

'其中一个是文森·高里。'

舅舅看着路喀斯，看了很长一会儿。但他的声音现在很平静了。'路喀斯，'他说。'你有没有想过要是你对白人称呼先生而且说得好像是真心实意的话，你现在也许就不会坐在这里了？'

'那我就从现在开始吧，'路喀斯说。'我走的第一步就是对那些要把我从这儿拉出去在我身子下面点把火的人称先生。'

'你不会出什么事的——在你面对法官以前，'舅舅说。'你难道不知道连第四巡逻区的人都不敢对汉普敦先生随便行事——至少在这儿镇上不敢随便胡来？'

'汉普敦治安官现在在家里睡觉呢。'

'但威尔·里盖特先生现在拿着猎枪在楼下坐着。'

'我不认识什么威尔·里盖特。'

'不认识那个打鹿的猎手?那个能用点三〇/三〇[1]毫米步枪打中飞跑的兔子的人?'

'哈,'路喀斯说。'高里那家人可不是鹿。他们也许可以说是美洲狮是黑豹可他们不是鹿。'

'好吧,'舅舅说。'那我就待在这儿要是你觉得这样更好的话。说下去。文森·高里和另外一个人在合伙买木料。另外那个人是谁?'

'出头露面的就文森·高里一个人。'

'他出头露面的结果是在光天化日之下给人从背后打了一枪,'舅舅说。'是啊,这么做也是一种办法。——好吧,'舅舅说。'另外那个人是谁?'

路喀斯没有回答。他一动不动;他也许并没有听见,他安详地心不在焉地坐着,甚至并不在等待:只是坐在那里让舅舅看着他。后来舅舅说:

'好吧。他们买木料要干什么?'

'他们把锯木厂锯好的木头堆放在场院里,打算在都锯好以后一起卖掉。只是另外那个人在夜里偷偷地把木头运走,天黑以后深更半夜里开了卡车来,装满一车就运到格拉斯哥或浩莱芒特[2],卖掉以后把钱放进自己的口袋里。'

'你怎么会知道的?'

'我看见的。一直在看着。'他对此毫不怀疑,因为他想起巴拉丽的父亲,去世前的艾富拉姆,一个老头,一个鳏夫,他白天大部分的时间是在摇椅上醒醒睡睡,夏天在巴拉丽的门廊里冬天在炉火前,可一到晚上就出门去,不到什么地方,就是在大路上走,有时候走出镇外五六英

---

[1] 指有30药柱火药量的.30毫米口径的步枪。
[2] 均为密西西比州地名。

里又在天亮的时候回来又坐在椅子上醒了睡睡了醒。

'好吧,'舅舅说。'后来呢?'

'就这么些,'路喀斯说。'他差不多每天夜里都要偷一车木料。'

舅舅盯着路喀斯看了大约有十秒钟。他说话时很平静,几乎是因为惊讶而压低了嗓门:'你就为此拿了枪去处理这件事。你,一个黑鬼,拿把枪去纠正两个白人之间的不道德的行为。你指望什么?你还想指望什么?'

'别管什么指望不指望的,'路喀斯说。'我要——'

'你去那家商店,'舅舅说。'只不过你碰巧先遇到了文森·高里。就跟着他进了树林,告诉他他的合伙人在抢他的东西,很自然他就骂你,说你撒谎,不管那件事是真是假,他自然非这么做不可;也许他把你打倒在地就继续往前走,而你就朝他的后背开枪——'

'没有人把我打倒在地,'路喀斯说。

'那就更加糟糕,'舅舅说。'那就对你更为不利。那就连正当自卫都不是。你就是从他背后开枪打死他的。然后你就站在他身边,用过的手枪放在口袋里,让白人们过来把你抓住。要不是那个小个子有关节炎的干瘪警官有勇气的话,他首先没必要在那个地方,其次,没有必要为了每送一张传票或逮捕令给犯人才得一块钱的代价勇敢地把该死的第四巡逻区的人挡十八个小时一直到霍普·汉普敦觉得应该或者想起来或者终于能够把你送进监狱——挡住了那边乡下所有的人使你或你在一百年里所能找到的一切朋友——'

'我没有朋友,'路喀斯带着坚定的不可动摇的骄傲说,他还说了句话可舅舅已经又说了起来:

'你他妈的说对了你没有朋友。你要是有的话你那发子弹早就把他们也都炸得上了天国——什么?'舅舅说。'你说什么?'

'我说我总是用自己的办法付钱走我的路的,'路喀斯说。

'明白了,'舅舅说。'你不利用朋友;你总是付现金的。是,我明白了。现在你听我说。你明天会被带去见大陪审团。他们会对你提出起诉。然后，要是你愿意的话，我可以让汉普敦先生把你挪到莫茨镇或者更远的地方一直待到下个月法院开庭。那时候你就表示服罪；我会劝说地方检察官让你这么做因为你年纪大了而且以前从来没有出过问题；我的意思是根据法官和地方检察官所知道的情形，因为他们并不住在约克纳帕塔法县五十英里的范围之内。这样的话，他们不会绞死你，他们会把你送到州监狱；你也许活不到可以被假释的时候，但至少高里他们不可能上那儿去抓你。你要我今天夜里守在你这里吗？'

'我想不用了，'路喀斯说。'他们昨天整整一宿没让我合眼，我得睡点觉。你要是在这儿的话，你会说话说到天亮的。'

'对，'舅舅厉声说，然后对他说，'来吧：'说着话已经朝门口走去。接着舅舅停下脚步。'你想要什么东西吗？'

'也许你可以给我送点烟叶来，'路喀斯说。'要是那些姓高里的人还给我时间抽的话。'

'明天吧，'舅舅说。'我不想让你今天晚上睡不着觉：'说完又往前走，他跟在后面，舅舅让他先走出房门，于是他往边上跨了一步站在那里回头望着那牢房等舅舅走出门口把门带上，那笨重的铁棒插进铁槽孔时像那涂了防腐润滑剂的世界末日那样发出一种表示无可辩驳的终结定局的沉重而油滑的响声，这时候舅舅说人的机器终于把他从地球上消除得无影无踪，没有东西可以毁灭了，这些机器对它们自身来说现在是毫无意义了，它们已经关闭了最后一扇带有金刚砂槽的大门，把它们自己没有祖先的尊神关在一把没有钟表只对永恒的最后声响作出反应的锁头的后面，舅舅朝前走着，走廊里回响起他咚咚的脚步声，然后是他的指关节敲击那橡木大门时发出的又尖又急的响声，而他跟路喀斯仍然隔着铁栅彼此相望，路喀斯现在也站到地板中央灯泡下面，望着他脸上说不清楚的神情使他一时觉得路喀斯在大声说话。但他没有说话，他没有发出任何声响：只是带着那充满耐心的默默无声的迫切神情一直到看守的脚步声在楼梯上越来越近门上槽孔里的门闩吱喇喇地给拉了出来。

　　看守又一次插上门闩锁了起来他们走过依然拿着有连载滑稽漫画的报纸坐在猎枪边上面对敞开的大门的向后斜靠的椅子上的里盖特的身边，走出大楼，顺着人行小道到了大门又上了街，他跟在后面走出大门，舅舅已经转身朝家的方向走去；他停了下来，心里想一个黑鬼一个杀人犯他朝白人的背后开枪还一点都不后悔。

　　他说：'我觉得我找得到在广场上溜达的斯基慈·麦高温。他有商店的钥匙。我今天晚上就给路喀斯送点烟叶。'舅舅站停下来。

　　'这可以等到明天早晨，'舅舅说。

　　'是的，'他说，感到舅舅在注视他，甚至没有想过要是舅舅说不行他该怎么办，甚至并没有在等待，只是站在那里。

　　'好吧，'舅舅说。'别待太久了。'因此他可以走了。但他还是站着不动。

　　'我以为你说了今天晚上不会出事的。'

　　'我还是认为不会出事的，'舅舅说。'可也难说。高里家那样的人对死亡或死亡的过程并不看得很重要。但他们对死者和他是怎么死的确实非常在乎——尤其是他们自己家里的人。你买了烟叶以后让塔布斯给他送上去，你就直接回家。'

　　于是这一下他连行啊都不用说了，舅舅先转身然后他转过身朝广场走去，一直走到舅舅的脚步声消失了，于是他站着等舅舅的黑色身影变成他亚麻布西服的白色幽光终于连这点光亮也消失在最后一盏弧光灯的光晕之外，要是他今天早晨一看到县治安官的汽车就骑上棒小伙子走的话到现在也有八个小时差不多走了四十英里了，于是他转过身朝着监狱大门往回走，里盖特的眼睛一直盯着他，他还没走到大门口他已经从有连载滑稽连环漫画的报纸上方认出他来了，要是他继续往前走他可以沿着树篱后面的小路进到场院给棒小伙子装上马鞍从牧场的大门走出去把杰弗生镇和黑鬼杀人犯等等抛在身后让棒小伙子爱跑多快就跑多快随他爱跑多远就跑多远甚至跑到他终于筋疲力尽只好走了起来,只要他的尾巴还是对着杰弗生镇和黑鬼杀人犯;他走进大门走上人行小道又走过门廊,看守又一次急匆匆地从右边的门走出来,脸上的表情已经变得困扰和愤慨。

'又来了,'看守说。'你难道永远没有个够吗?'

'我忘了样东西,'他说。

'等早晨再说,'看守说。

'让他现在去取吧,'里盖特慢腾腾地用平和的声调说。'要是等到早晨的话东西可能会给踩坏的。'于是看守转过身;他们又一次走上楼梯,看守又一次打开橡木门上门闩的铁锁。

'别开那扇门了,'他说。'我可以从铁栅里拿的:'看守没有等候,把大门关上了,他听见门闩又插进了槽孔即使在这个时候他也只要敲敲门,倾听着看守的脚步走下楼梯即便如此他也只要大声呼喊使劲蹬地板里盖特反正会听见的①,心想也许他会提醒我让我想起那盘该死的甘蓝和咸猪肉也许他甚至会对我说他所有的,他所剩下的只有我了那也就足够了——于是快步走着,来到铁门,路喀斯并没有挪动地方,还是站在牢房中央灯光下面望着门口他走上前停了下来用舅舅用过的那种严厉的嗓音说:

'好吧。你要我干什么?'

'上那儿去看看他,'路喀斯说。

'上哪儿去?去看谁?'他说。但他完全明白了。在他看来他似乎一直知道那将是怎么一回事;他有点宽慰地想原来就是这么回事即使他的嗓门不由自主地带着愤懑与不信在尖声说,'我?我?'仿佛有一样事情你多年来一直害怕恐惧躲避的事情结果这事情就成了你的整个生活,尽管你想尽办法那事情终于还是发生了,而这事情有的只是痛苦,

---

① 指契克如果不想跟路喀斯谈话的话,他现在还可以让看守开门放他出去。

它所做的只是带来疼痛于是一切都过去了，都结束了，都不成问题了。

'我会付你钱的，'路喀斯说。

他并没有在听，甚至没听见他自己的带着惊讶的怀疑的愤怒的嗓音：'我上那儿去把那座坟挖开？'他甚至不再想原来这就是我为那盘肉和青菜要付出的代价。因为他已经早就超越了这一点当那样东西——不管那是什么东西——使他五分钟以前停留在这里回顾他跟这个年老的黑人杀人犯之间巨大的几乎不可逾越的鸿沟，看见，听见路喀斯对他说话不是因为他就是他，小查尔斯·莫里逊，也不是因为他吃了那盘菜在他家烤过火取过暖，而是因为在所有的白人中唯有他是路喀斯从现在到他被用绳子绑着拉出牢房拉下楼梯之前可能有机会说上话的人唯有他可能会听见对方眼睛里没有声音没有希望的迫切恳求。他说：

'到这儿来。'路喀斯照他的话做，走过来，像站在栅栏里面的孩子那样扶住两根铁栅他并不记得自己这么做了但他低下头看见自己的双手也抓着两根铁栅，两双手，一双黑的一双白的，紧紧抓着铁栅，他们的脸彼此相望。'好吧，'他说，'为什么？'

'去看他一眼，'路喀斯说。'要是你回来的时候已经太晚了，我现在就签字说我欠你钱随便你说该是多少钱。'

可他还是没有在听：他知道那一切：只是对自己说：'我在黑夜里走十七英里到那儿去——'

'九英里，'路喀斯说。'高里那一家把死人埋在卡里多尼亚教堂的坟地里。你一过九里溪桥就往右朝山里去。你开你舅舅的汽车只要半个小时就能到那里。'

'——我去冒高里家的人逮住我挖那座坟的风险。我得知道为什么。我根本不知道我要去找什么。为什么？'

'我的手枪是点四一口径的柯尔特左轮手枪，'路喀斯说。应该是这么回事；他还没有确切知道的唯一的事情是枪的口径——那个精心保养可以使用的效果不错而又跟那金牙签似的古老特别独一无二的武器，也许（毫无疑问）是半个世纪以前老卡洛瑟斯·麦卡斯林的骄傲。

'好吧，'他说。'那又怎么样？'

'他不是给点四一口径柯尔特左轮手枪打死的。'

'那他是给什么打死的？'

可路喀斯没有回答，只是站在铁门的那一边，两手轻轻地一动不动地扶着两根铁栅，除了轻微的呼吸外没有任何动静。他也不指望路喀斯回答他知道路喀斯永远不会回答，不会对任何白人再说什么，再进一步说些什么，他还知道这是为什么，正如他知道路喀斯为什么等待着告诉他，一个小孩，有关手枪的事情可不告诉舅舅也不告诉县治安官尽管县治安官才是挖开坟检查死者的人；他有点吃惊因为路喀斯差一点就讲给舅舅听了，他又一次认识到，体会到舅舅身上有一种气质能使人告诉他他们不打算讲给任何人听的东西，甚至能引诱黑人告诉他他们生来就知道绝对不能告诉白人的事情；想起了老艾富拉姆和五年前那个夏天跟他母亲的戒指有关的那件事——那戒指不值钱，是个人造宝石；实际上有两个戒指，完全一模一样，是母亲和她在弗吉尼亚多花蔷薇学院里的同屋省下零用钱买的而且像年轻姑娘那样互相交换答应要戴到死为止，那同屋长大了住在加利福尼亚有了女儿现在也在多花蔷薇学院上学她跟他母亲已经多年没见过面很可能永远不会再见面可母亲还是保留着那只戒指；终于有一天戒指不见了；他记得他常常在半夜三更醒过来看见楼下亮着灯他就知道她还在找戒指；整个这段时间里老艾富拉姆一直坐在巴拉丽前门门廊里家制的摇椅上直到有一天艾富拉姆对他说要是他给他半块钱他能找到那个戒指他就给了艾富拉姆半块钱当天下午他去参加童子军野营走了一个星期他回到家发现母亲在厨房里她把报纸铺在桌子上把她和巴拉丽存放玉米粉的石头坛子里的东西都倒在报纸上她跟巴拉丽用叉子仔细地在玉米面中梳理寻找于是在这个星期里他第一次想起了那只戒指便转身去巴拉丽家果然艾富拉姆坐在门廊的摇椅里艾富拉姆说，'戒指在你爸爸农场的猪槽底下：'艾富拉姆当时不需要告诉他他是怎么知道的因为他已经想起来了：一定是唐斯太太：一个白人老太太，单身一人住在镇边黑人居住区里一个鞋盒似的臭得像狐狸窝的又小又脏的屋子里，整个白天而且毫无疑问还有多半个晚上黑人们川流不息地在这小屋里出出进进；她（这不是从巴拉丽那里听说的她似乎永远什么都不知道至少当时总没有时间说话而是艾勒克·山德告诉他的）不光会算命施魔法治病还会找东西；那半块钱一定是给了她了他立即相信并且确认不言而喻那戒指已经找到了，他马上也永远不再考虑这一点而是对由这件事引起的推理发生了兴趣，对艾富拉姆说，'你知道戒指在哪里足足有一个星期了，可你居然一直都不告诉她们？'艾富拉姆看了他一阵子，一面不断地安闲地前后摇着椅子每摇晃一下就抽一口只有冰凉的烟灰的烟袋跟得了气喘病的小汽缸似的发出呼哧呼哧的声响；'我可以告诉你妈。不过她得有人帮忙。所以我等你回来。年轻孩子和女人，他们的脑袋不是装得满满的。他们听得进别人的话。可像你爸和你舅那样的中年男人，他们不会听的。他们没有时间。他们忙着找事实。说实话，你也许应该记住这一点，也许有朝一日你会用得上。要是万一你有件事想找个不是一般的普通人来做，千万别在男人身上浪费时间；找女人和小孩子去做。'他记得父亲并不是怒火万丈只是气得不行，他那几乎是狂乱的批驳，他把整个这件事归结成道德原则受到攻击被迫进入战斗的论证，甚至连本来跟他一样往往正是因为事情的不合理性才毫不犹疑地相信其他成年人怀疑的事情的舅舅现在也不相信了，只有母亲平静而倔强地准备去她一年多来没有去过的农场连父亲也在她丢戒指以前好几个月去过那里以后就再也没去过连舅舅都拒绝开车于是父亲只好从汽车修配厂雇了个人他跟母亲去了农场在工头的帮助下在喂猪的食槽下找到了那只戒指。不过，这一次不是什么两个年轻姑娘在二十年前交换的没有价值没有意义的小戒指而是一个人将被可耻的暴力所杀死他的死不是因为他是个杀人犯而是因为他的肤色是黑的。不过路喀斯要告诉他的就是这么一点他知道这就是所有的内容；他气呼呼地愤怒地想：相信？相信什么？因为路咯斯并没有要求他相信什么；他甚至并没求他帮忙，没有做最后挣扎苦苦哀求他发点善心表示怜悯而是答应付他钱只是要价别太高，请他独自一人在黑夜里走十七英里（不，九英里：他记得他至少听到这句话的）在黑夜里冒着被人抓获他在亵渎死者坟墓的危险而死者的家人已经箭在弦上一心要发泄那绝对的疯狂而血腥的愤懑，可是居然连为什么都不告诉他。他又试了一下，他知道路咯斯不仅知道他会这么做的而且知道他知道会得到什么样的答复的：

'路咯斯，他是用什么枪打的？'得到的回答甚至跟路咯斯知道他所期待的完全一样：

'我会付给你钱的，'路咯斯说。'你开个价，只要合理我会付的。'

他吸了长长的一口气又慢慢地吐了出来，他们隔着铁栅四目相望，那老人昏花的眼睛注视着他，神秘莫测，不露声色。那眼神现在甚至都不显得很急切了，他宁静地想他不仅打败了我，他还连一刹那的怀疑都从来没有过。他说，'好吧。就算我懂得子弹的大小，光让我看他一眼不起什么作用。你明白这是什么意思。我得把他挖出来，在高里一家人逮住我以前把他从那个坑里搬出来，运到镇上这样汉普敦先生可以把他送到孟菲斯找个懂得子弹的专家。'他看看路咯斯，看看在牢房里面轻轻地握着铁栅现在不再看着他的那个老人。他又抽了一口长气。'不过要紧的是把他从地下挖出来有人可以检查他而且这是要赶在……'他看着路咯斯。'我得赶到那里把他挖出来再赶回来得在十二点或者一点钟以前也许连十二点都太晚了。我看不出来我有什么办法做到这一点。我干不了。'

'我会等着的，'路咯斯说。

第 四 章

  他回到家时门口路边停着一辆饱经风雨侵蚀看上去像是二手货的破旧的小运货卡车。现在早就过了八点多了；最大的可能性是舅舅要在剩下不到四小时的时间里去县治安官家说服他然后找一个治安法官或任何一个他们必须找的人叫醒他然后使他也认为有必要打开坟墓（以这种方式替代高里家的允许，不管为了什么理由，尤其是为了拯救一个黑鬼不被吊在火堆上面活活烧死这个最为糟糕的理由，连美国总统本人都永远不会得到他们的同意更别提一个乡下的县治安官了）然后上卡里多尼亚教堂把尸体挖出来再带着尸体及时赶回镇上。可偏偏就在这个晚上有个农民的牛或骡或猪走散了被邻居圈了起来非得要按一块钱一磅收费否则不还给他，这农民非得来见舅舅，在舅舅的书房里坐上一个小时说着是或不是或我想不是而舅舅谈论庄稼或政治，对于一个话题舅舅一无所知而另外那个话题那农民一窍不通，一直说到那农民终于绕着弯子说出他上门来的目的。

  不过现在他不能讲究礼节了。他离开监狱以后一直走得很快可现在是在小跑，抄近路穿过草坪，跑上门廊进入门厅经过书房（父亲还坐在灯下看孟菲斯报纸星期日版纵横填字谜专页而在另一盏灯下母亲在看读书会推荐的每月新书），往后走来到母亲一直想叫成加文的书房而巴拉丽和艾勒克·山德早已重新命名为办公室于是大家现在就一直这么叫的房间。房间的门关闭着；他还没有停步就敲了两下门并且在这一瞬间听见里面一个男人说话的嗡嗡声与此同时他打开房门走了进去，嘴里已经在：

'晚安，先生。对不起。加文舅舅——'

因为那是舅舅的嗓音①；隔着桌子坐在舅舅对面的不是一个穿着整齐的没有领带的出客服装的刮过胡子但脖子晒得黝黑的男人，而是一个穿一件素净的印花棉布裙服头上端端正正地顶着一顶类似他祖母常戴的略带土灰色的黑色有檐圆帽的女人接下来他还没看见那块表———一块带有打猎用表的表盖的小金表用一只金胸针别在她平坦的胸前几乎就像绣在击剑用的帆布马甲前胸的那颗心而且几乎就在那同一个位置上——就认出她来了因为自从他祖母去世以后他认识的女人中没有人再戴这样的帽子甚至没有人拥有一顶这样的帽子事实上他早就应该认出那辆小货车是谁的：哈伯瑟姆小姐的，她的姓氏现在是全县留存下来的最古老的一个。从前有过三个古老的姓氏：哈伯瑟姆医生和一个叫霍尔斯敦的旅馆老板还有一个信奉胡格诺教派②的格里尼厄家族的小儿子他们当年都是骑着马进入这个县的那时候这个县还没有被测量界定和命名，杰弗生不过是契卡索人③的一个贸易站有一个契卡索名字作为那时只有甘蔗丛和森林的人迹不到的蛮荒中的一个标志不过这些姓氏现在都已经一去不复返，除了一个姓氏外它们甚至从县里口头相传的故事里都消失得无影无踪：霍尔斯敦只是广场上一家旅馆的名字县里很少有人知道或者看重这个名称的由来，那 *elegante, dilettante*④ 的在巴黎受过教育的建筑师做过一点法律工作但大部分时间花在当种植园主和画家（可业余更爱种粮食和棉花而不是使用画布和画笔）的路易·格里尼厄的最后的血液现在正

---

① 叙述者契克在门外听见的说话声其实是舅舅，而他以为是来找舅舅打官司的农民，因此他对那人称"先生"并表示道歉。
② 十六世纪欧洲宗教改革中兴起于法国的一个新教教派，由于受到长期迫害，不断逃亡他国。十七世纪末，有二十五万以上的胡格诺派教徒逃往英格兰、普鲁士、荷兰或美洲。
③ 北美洲印第安人的一个部落，原居住在今密西西比州北部，1832 年被迫迁移至今俄克拉荷马州的印第安居留地。
④ 法语，用以说明那家人是法国后裔。elegante 意为"优雅的"，dilettante 为带贬义的"爱好艺术的"。

温暖着一个平和的高高兴兴的长着一张娃娃脸有着幼儿心智的中年人的筋骨此人住在二十英里外河岸上他自己用别人扔掉的木板和把烟囱及罐头砸平的铁皮盖起来的半是窝棚半是洞穴的小屋里,他不知道自己的年龄他叫自己龙尼·格林纳普但连这几个字都不会写更不知道他现在居住的那块地是他祖先曾经拥有的千百英亩土地的最后一小片,只有哈伯瑟姆小姐还留在人间:一位七十岁的无亲无故的老处女住在镇边一座自她父亲死后就没有油漆过的没有水电的带圆柱的殖民时期的房子里还有两个黑人用人(此时在一刹那间有件事情搅乱他的脑子他的注意力但在同一刹那间就已经消失了,甚至没等他去驱赶:而是自己消失了)住在后院的小屋里,他们(那妻子)做饭,哈伯瑟姆小姐和那个女人的丈夫养鸡种菜开着小运货卡车在镇里兜售。两年以前他们一直赶一匹胖乎乎的老白马(他第一次想起这匹马时据说它已经有二十岁了,油亮的鬃毛下马的皮肤跟婴儿一样粉润洁净)和一辆四轮轻便马车。后来他们有了一场好收成或者什么好运气哈伯瑟姆小姐买了那辆二手货车,于是冬夏两季每天早晨人们可以看见他们在街上走门串户,哈伯瑟姆小姐坐在方向盘后面,脚穿棉纱长袜头戴那顶她至少戴了四十年的黑圆帽身穿一件干干净净的你在西尔斯-罗伯克①百货公司目录里可以找到的价格为两元九角八分的印花棉布裙衫那块小巧玲珑的金表别在她平坦的不显乳峰的前胸她戴的手套和穿的鞋据她母亲说是在纽约一家商店定做的一件值三十元四角另一件是十五元二角,那黑人男人一手提着一篮新鲜的蔬菜或鸡蛋另一手抓着一只毛拔得干干净净的白条鸡挺着大肚子匆匆忙忙地挨家挨户走进走出;——认出来了,想起来了,(他的注意力)甚至受到干扰又已经排除干扰,因为时间紧迫,急切地说:

'晚安,哈伯瑟姆小姐。请原谅。我得跟加文舅舅说些话:'接着就

---

① 简称西尔斯百货公司,是美国一家最大的邮购公司。每年出版极为详尽的货物目录,内容应有尽有。

又对着舅舅说:'加文舅舅——'

'哈伯瑟姆小姐也得跟我说话,'舅舅立刻就说,说得很快,用的声调搁在平时他立刻就能听出来;在平常的时候他连舅舅话里有话的含义都会听得出来。可现在并没有。他其实没有听见舅舅的话。他并没有在听。事实上他自己真的没有时间说话,他说得很快但很平静,只是很急迫即便如此也只是针对舅舅因为他已经把哈伯瑟姆小姐忘了,甚至连她的存在都不记得了。

'我得跟你说点话:'只是在这个时候他才停了下来不是因为他说完了,他根本还没有开始呢,而是因为他现在才第一次听见舅舅在讲话,舅舅甚至并没有停止讲话,他半侧着身子坐在椅子里,一手搭在椅子背上另一只手拿着点燃了的玉米棒芯做的烟斗放在他面前的书桌上,还在用那种像柔软的小枝条在懒洋洋地来回拍拂的声调说话:

'原来你亲自给他送了上去。也许你对烟叶的事根本没有费心思。而他给你讲了个故事。我希望那故事讲得不错。'

这就是舅舅讲的话。他现在可以走了,事实上也应该走了。为此他根本不应该停下来穿过门厅甚至根本不该进屋来而是应该绕过楼房可以在去马厩的路上叫上艾勒克·山德;三十分钟前路喀斯在监狱里就已经告诉他了连路喀斯都几乎提到了这一点甚至在高里家的阴影下都终于懂得怎么做都比告诉舅舅或任何一个别的白人要好得多。可他还是站着没有挪窝。他已经忘了哈伯瑟姆小姐。他已经把她打发掉了;他说过了'请原谅'便把她不仅从这个房间而且从这个时刻排除出去就像魔术师用一个字或一个手势使一棵棕榈树或一只兔子或一盆玫瑰花消失得无影无踪,只有他们留了下来,他们三个人:他站在门口一手还扶着门,半个身子在他其实并没有完全走进来也根本不应该走入的房间里,而半个身子已经退了出去到了他最初根本不应该浪费时间走进来的门厅,舅舅半躺半靠地坐在也堆满文件和放着另外一个装满纸捻和大概十来个不同程度地烧焦的玉米棒芯做的烟斗的德国啤酒杯的桌子后面,半英里外那个年迈的没有亲人没有朋友固执己见自高自大顽固不化桀骜不驯独立自主（还傲慢无礼）的黑人一个人待在牢房里他听到的第一个熟悉的嗓门也许是独臂老讷布·高里在楼下大厅里说，'别挡路，威尔·里盖特。我们是来找那个黑鬼的，'而在那安静的点着灯的房间外面无边无际的犹如磨坊水车搅动的水流似的时光正咆哮着不是冲向午夜而是把午夜一起拖拽着，不是把午夜猛烈撞击成碎片而是把午夜的碎片在一个冷静沉着遮云蔽日的哈欠里猛烈地投掷到他们的头上：他现在知道那不可挽回的时刻不是他隔着牢房的铁门对路喀斯说'好吧'那一刻而是他退到门厅并在身后关上这扇门的时候。于是他又作了一次努力，仍然平静，话现在说得不很快，甚至不那么急切：只是说得貌似有理清楚明确合情合理：

'也许并不是他的手枪打死他的。'

'当然，'舅舅说。'这正是我自己会强调的如果我是路喀斯的话——或者任何其他的黑人杀人犯当然也可以是任何愚蠢的白人杀人犯。他可能甚至还告诉你他用手枪在打什么。打的是什么东西？一只兔子，或者也许是一个铁皮罐头或树上的一个标志，只是为了看看枪里是不是真的有子弹，是不是真的能开火。不过别管这一点。暂时就算如此：那又怎么样？你有什么建议？没有；路喀斯要你干些什么？'

他甚至回答了这个问题：'难道汉普敦先生就不能把他挖出来看一看？'

'根据什么理由？路喀斯是在枪声响过以后两分钟之内被抓住的，他站在尸体旁边，口袋里有一把刚发射过的手枪。他从未否认他开过枪；事实上他拒绝作任何说明，甚至对我，他的律师——他本人请来的律师——都拒绝作任何说明。还有，怎么去冒这个风险？如果让我去对讷布·高里说我要把他儿子的尸体从举行过祭祀和祈祷的坟地里挖出来那我真还不如上那儿去再开枪打死他另外一个儿子。要是我真走这么远的话，我宁可对他说我只是想烧毁尸体以获取他牙齿里的金子，也不想

告诉他那是为了不让一个黑鬼受私刑被处死。'

'不过假如——'他说。

'听我说,'舅舅带着一种疲惫但坚忍不拔的耐心说。'请好好地听我说。路喀斯关在一道防弹门的里面。他得到了汉普敦或本县其他任何人所能提供的最好的保护。正如威尔·里盖特所说,如果真想干的话那本县有足够的人可以冲过他和塔布斯的身边甚至冲破那扇门。但我不相信这个县里有那么多人真的想要把路喀斯吊在电线杆子上用煤油活活烧死。'

还是这一套。但他继续努力。'不过你就设想——'他又说,可他现在第三次听见过去十二小时内已经听过两遍的几乎一模一样的话,他再一次对并非个人的词汇而是词汇本身的贫乏感到惊讶,靠着这实在是几乎千篇一律的贫乏词汇人居然能成群结队地大量集居在简直是拥挤不堪的水泥筑造的地区甚至还过得相对来说挺友好和睦;甚至连他的舅舅也一样:

'那就设想一下吧。路喀斯在从白人背后开枪打死他以前就该想到这一点。'只是在事后他才意识到舅舅现在也在对哈伯瑟姆小姐说话;当时他既没有重新发现她就在房间里也没有发现她的存在;他甚至于不记得她早就停止存在了,转过身,关上门,挡住舅舅毫无意义的貌似有理的话语:'我已经告诉他应该怎么做。如果要出事的话,他们在当地,在他们的家里,在自己的后院里就干了;他们决不会让汉普敦先生把他带到镇里来的。事实上,我还是不明白他们为什么让他这么做了。不管是运气还是组织工作的失误还是因为老高里先生年纪老了不中用了,反正结果很好;他现在挺安全的,我会劝他承认犯了杀人罪;他年纪大了,我认为地方检察官会接受这一点的。他会去州监狱,也许过几年如果他还活着——'他关上房门,他以前已经听过这番话不想再听了,走出那间他一直没有完全走进去而且根本不该停留的房间,第一次松开了他一直紧握着的球形门柄怀着一个正在燃烧的房间里努力想把一串断了线的珠子捡起来的人所感到的疯狂而纠缠不清的耐心想道：现在我又得返回监狱去问路喀斯坟墓在哪里：认识到路喀斯可能性怀疑和其他种种跟实际愿望正好相反的事情① 他确实希望舅舅和县治安官会承担责任到那里去进行考察的，不是因为他认为他们会相信他而完全是因为他根本无法想象自己和艾勒克·山德如何来处理这件事；终于他回忆起路喀斯早已经考虑到这一点，也预见到这一点；他没有感到宽慰而是怀着又一阵连他自己都想不到他可能会有的强烈愤怒和气恼；想起来路喀斯不仅告诉他他的要求而且讲了具体的地方甚至怎么上那儿去然后才用事后想起来的方式问他肯不肯干：——听见书房里面报纸在父亲膝盖上的沙沙声闻到他手边烟缸里点燃着的雪茄烟的香味然后看见一缕青烟慢慢地从打开的房门飘了出来因为他父亲一定在某个类似中断或阵痛② 的时刻拿起烟抽了一口：（想起来）甚至他该用什么办法上那里去再赶回来③，于是他想象自己再一次打开房门对舅舅说：忘了路喀斯吧。只要把你的汽车借我用一下然后是走进书房对总是把他们家汽车的钥匙放在口袋里到晚上脱衣服睡觉时才想起来拿出来放在他母亲第二天能找到的地方的父亲说：爸，把车钥匙给我。我要赶到乡下去挖开一座坟；他甚至想起了门前哈伯瑟姆小姐的小卡车（不是哈伯瑟姆小姐这个人；他从来没有再想到过她。他只记得在不到五十码以外的街面上有一辆空车子看来没有人看守着）；那钥匙也许，可能，还插在启动开关和转向锁的孔眼里那个逮住他抢劫他儿子或兄弟或表亲的坟墓的姓高里的人完全可以说还抓住了一个偷汽车的小贼。

因为（他不再想了放弃杂念挥一下手摆脱那些愤怒的如飞舞的五

---

① 契克在这里想到了一系列的事情：在监狱里的路喀斯，路喀斯杀人的可能性，自己对这事的怀疑，以及其他一切不符合他希望的事情。
② 指契克的父亲在用脑子思考如何填字谜游戏，他不时得停顿下来思索而想不出来的时候很苦恼。
③ 这里契克又回到破折号以前的思绪，在回想路喀斯对他说的话。

彩纸屑的低级滑稽故事从而清醒过来）他意识到他从来没有怀疑过他应该到那边去甚至没有怀疑过他应该把尸体挖出来。他能够看到自己毫不费力地甚至也不花很多时间便抵达教堂，到达墓地；他可以看见自己居然单枪匹马地把尸体挖出来搬上来甚至还不花很多力气，没有大口喘气没有绷紧肌肉憋住气，也没有撕心裂肺的畏怯退缩的感受。只是就在这个时候那整个粉碎的坍塌的午夜（虽然他又窥视又喘息但他看不到午夜的远处更看不到它以外的地方）哗啦啦地朝他头上压下来。于是（走动着：他自从关上那办公室房门的第一秒钟的瞬间起就没有停下过脚步）他猛一使劲把自己的身心投入一种十分透彻的经过愤怒的思考与分析的理智状态，一种平静的精明的孤注一掷的理性思维，不是考虑赞成或不赞成因为没有人赞成：他要到那里去的理由是因为需要有个人去但别人都不去而需要有个人去的理由是因为甚至连县治安官汉普敦先生他们都并不完全相信高里一家和他们的亲戚朋友今天晚上不打算把路喀斯从监狱里拉出来（参见县治安官安插在监狱底层大厅里好像是在有照明的舞台上的威尔·里盖特和他的猎枪任何走近的人在还没有到达大门时就会看见他或者被他看见）因此如果他们① 今天晚上都在镇上想办法对路喀斯处以私刑的话在那一头就不会有人在闲逛等着在他打开坟墓时逮住他如果这是个具体事实的话那么反过来的假设也就成立了：如果他们今天晚上不来镇上杀害路喀斯的话那跟死者有直接血缘关系或不过因为打狐狸酿威士忌买卖松木而跟他有关系的五十到一百个男人或小伙子中的任何一个就有可能在无意之中发现他和艾勒克·山德：还有这一点，还有这一条：出于同样的原因他必须骑马去：因为只有十六岁的除了马没有别的交通工具的小伙子才骑马去别人是不会这样做的即使在这一点上他还必须做出选择：是一个人花一半的时间骑马去然后花三倍的时间一个人把尸体挖出来搬上来（因为一个人的话他不光得承担全部挖掘工作

---

① 指文森·高里的亲人和朋友。

而且还得观察四周留心动静)还是带上艾勒克·山德(他以前跟艾勒克·山德两人一起骑着棒小伙子走过十多英里地的——那是一匹高大的瘦骨嶙峋的骟马曾经驮着一百七十五英磅的重量还跳过五道横杠接着甚至驮着两个人还好好地慢跑一番然后甚至还作长距离小跑速度跟慢跑差不多只不过连艾勒克·山德都在鞍子后面没坐多久就受不了此外还驮着他们俩说不上名堂地半跑半颠地走上许多英里。艾勒克·山德在马慢跑时坐在他身后然后在马边上小跑拽着右边的马镫为下一阶段做准备)从而花三分之一的时间把尸体起出来但冒着让艾勒克·山德在高里家人提着煤油来的时候给路喀斯做伴的风险:突然他发现自己逃回到那五彩缤纷的低级滑稽故事里去了就跟你不断推延最终不得不把脚放进冷水的时刻一样,想着看着昕着自己努力向路喀斯作解释:

我们只好骑马了。我们没有办法:而路喀斯说:

你可以问他借那辆车的:他说:

他会拒绝的。你难道不明白吗?他不光会拒绝,他还会把我关起来那我连走着去都不可能,更别说骑马了:路喀斯说:

好吧,好吧。我不是在批评你。反正高里他们家人想要放火烧死的不是你:——走出门厅来到后门:他错了;那无可挽回的时刻不是他隔着铁栏杆对路喀斯说好吧的时候也不是他退回到门厅把办公室的门在身后关上的时候,现在才是那跨出一步就绝对没有挽回余地的时刻;他可以在此停步不跨越过去,让午夜的残骸无害又无能地撞击这些墙壁因为它们很强大,它们能承受;它们是家,比残骸要高大,比恐惧更强大;——居然根本没有停下来,甚至没有出于好奇问一问自己是否也许是由于不敢才没有停步,让纱门在他身后轻轻地关上走下台阶进入柔和的五月夜晚那广袤无边的疯狂的旋涡之中,现在疾步穿过庭院走向那黑暗的小屋在那里巴拉丽和艾勒克·山德跟小镇方圆一英里之内的其他黑人一样今天夜里都睡不着觉,甚至根本不上床而是静悄悄地坐在关闭的门窗后的黑暗里等待着愤怒与死亡的某种喧哗某种声响拂过春天的黑夜：然后停下来用口哨吹出自从他和艾勒克·山德学会吹口哨以后呼叫对方时一直使用的调子，一秒一秒地数着等待着又该再吹一遍的时刻，心里想着如果他是艾勒克·山德的话他也不会在今天晚上听见有人吹口哨就出屋来突然没有一点声响尤其是后面没有一点灯光来显现他艾勒克·山德在阴影下出现了，走动着，在没有月亮的黑暗中已经走得很近了，比他个子高一点，尽管只比他大几个月：走上前来，并不看着他，而是从他头上望出去，朝着广场的方向，仿佛看上一眼就会出现像抛垒球那样的高高的轨迹，越过树木街道和房屋，把视线落入广场——不是落在背阴的庭院里的家不是那安静的饭食不是那作为生命的终结和报偿的休息与睡眠，而是那广场：那为了交易治理审判与监禁而构建而任命的一座座大厦人们的七情六欲在其中挣扎搏斗，对它们来说永恒的休息和那短暂的死亡似的睡眠是终结逃避和报偿。

'看来他们还没有来整老路喀斯，'艾勒克·山德说。

'你们大家也是这么想的？'他说。

'你们也一样，'艾勒克·山德说。'就是像路喀斯这样的人才给大家惹麻烦。'

'那你也许最好去办公室跟加文舅舅坐在一起而不要跟我来。'

'跟你上哪儿去？'艾勒克·山德说。于是他用几个严酷的不带修饰的字眼告诉了他：

'去把文森·高里挖出来。'艾勒克·山德一动不动，仍然越过他的脑袋往广场方向看。'路喀斯说不是他的枪打死他的。'

艾勒克·山德还是纹丝不动，他笑了起来，不太响也不带欢乐：只是哈哈地笑；他说的话跟舅舅在不到一分钟前讲的话几乎完全一样：'我也会这么说的，'艾勒克·山德说。他说：'我？到那边去把那个白人挖出来？加文先生是不是已经在办公室了，还是我得坐在那里等他来？'

'路喀斯会给你钱的，'他说。'他在叫我干活以前就先说了他会给

钱的。'

艾勒克·山德笑了，不带欢乐或嘲笑或其他任何含义：笑声中没有任何含义就像呼吸的声音除了是呼吸以外没别的含义。'我不富，'他说。'但我不需要钱。'

'我去找个手电筒，你至少可以给棒小伙子装上鞍子，好吗？'他说。'你还不至于为路咯斯骄傲到了连这件事都不肯做的地步，对吗？'

'当然可以，'艾勒克·山德说着转过身子。

'还拿上镐头和铁锹。还有那根拴马的长缰绳。我也有用。'

'当然，'艾勒克·山德说。他停下脚步，半转过身。'你怎么能又拿镐又拿铁锹去骑棒小伙子，它看见你手里拿根马鞭都不乐意。'

'我不知道，'他说，艾勒克·山德向前走了，他转身朝房子走回去。开始他以为是舅舅从前面绕过房子疾步走来，不是因为他相信舅舅已经怀疑并预料到他会这么做的因为他并不相信，舅舅早已经不仅从构想观念而且从可能性方面排除了这种想法排除得太快太彻底，而是因为他不再记得周围还有别的人会这么想，即使在他发现那是个女人他还是以为那是他母亲，即使他早就应该认出那顶帽子的，就在哈伯瑟姆小姐叫他的名字的那一瞬间他第一个念头还是赶快悄悄地绕过车库的拐角，从那儿在没人看见的情况下到达场院的栅栏爬过栅栏到马厩从那里出草场大门不必再从房子前面走过，不管有没有手电筒，然而已经太晚了：那人一面用紧张急迫的声调悄声喊他的名字'查尔斯。①'一面很快地走过来面对着他站停下来，用那紧张急速的语调小声地说：

'他② 跟你说什么了？'现在他才明白刚才在舅舅的办公室里认出她时是什么东西骚扰他的注意力可又马上消失：那是路咯斯的妻子老莫莉，她是哈伯瑟姆小姐的祖父哈伯瑟姆医生的一个黑奴的女儿，她跟哈

---

① 查尔斯为契克的大名，常常在正式的场合下使用。此处主语为哈伯瑟姆小姐。
② 指路咯斯。

伯瑟姆小姐年纪一样大,在同一个星期里出生一起吃莫莉母亲的奶长大两人形影不离像姐妹,像双胞胎一样难舍难分,在一间屋子里睡觉,白人姑娘睡在大床上,黑人女孩睡在床前的帆布床上几乎一直到莫莉和路喀斯结婚的时候,莫莉生第一个孩子的时候哈伯瑟姆小姐站在黑人教堂里做孩子的教母。

'他说不是他的手枪打死的,'他说。

'那他没有干那件事,'她说,语调仍然急促嗓门里除了急迫还有别的内容。

'我不知道,'他说。

'瞎扯,'她说。'如果不是他的手枪——'

'我不知道,'他说。

'你一定知道。你见过他——跟他说过话——'

'我不知道,'他说。他说得很沉着,很安静,怀着一种难以相信的惊讶的口吻仿佛他现在才认识到他答应了什么,打算做些什么:'我就是不知道。我现在还是不知道。我只是打算到那边……'他停住了,他的嗓音消失了。一刹那一瞬间他甚至想到他应该希望他能够想起来那最后的没有说完的句子。虽然也许已经太晚了她也许自己早就补充了完成了那句子所需要的那一丁点东西,现在随时随地会哭起来,会抗议,会喊叫,会把一屋子的人都叫出来对付他。然而就在同一秒钟里他不再想这一切了。她说:

'当然:'说得急迫低微而平静;他在又一个半秒钟的时间里以为她完全不明白接着在另外半秒钟里又把这一点给忘了,他们两人面对面站着在那紧张而急迫的悄声低语的黑暗里几乎难以分辨;然后他听见自己的声音用同样的语气和声调在说话,他们俩并不完全像在串通一气搞阴谋而是像两个无可挽回地接受了他们自己都不敢肯定有把握对付的一着妙棋的人;只不过他们将对此进行抵抗:'我们连那是不是他的手枪这一点都根本不知道。那只是他说的话。'

'对。'

'他没说那是谁的手枪也没说他是不是用过那把枪。他甚至都没告诉你他没有开过那把枪。他只是说了那不是他的手枪。'

'对。'

'而你舅舅在他书房里对你说这正是他要说的话,他可能说的全部的话。'他没有回答。这不是问题。她也没给他时间作回答。'好吧,'她说。'现在该怎么办?想办法查出来那是否真的不是他的手枪——不管他是什么意思想办法查出来?到那边去了以后又干吗?'

他告诉她,跟他告诉艾勒克·山德一样糟糕,说得直统统地简明扼要:'去看他一眼;'甚至没有停下来想一想他至少在这里应该预料她会倒抽一口气:'上那边去,把他挖出来,搬到城里来,让懂枪眼的人可以看看他身上的枪眼——'

'对,'哈伯瑟姆小姐说。'当然。他自然不会跟你舅舅讲的。他是个黑人而你舅舅是个男人;'现在轮到哈伯瑟姆小姐来重复来变换措辞解释那些话了他想到其实并不真的是由于词汇的贫乏或不足,而是首先因为那有意识的用暴力铲除消灭一个人的生命本身就非常简单无可更改以致围绕它包围它隔离它使之完好无缺地进入人的编年史的冗词废语也必须简单而不复杂,是重复的,甚至几乎是很单调的;其次,远比前一点要宽广,对前一点起影响的是因为哈伯瑟姆小姐释义的是简单的真理,并不仅仅是事实因此并不需要大量的多样化的标新立异的词汇来加以表达因为真理是有普遍性的,只有有普遍性的东西才是真理因而并不需要很多真理只要保持把事情说得不比地球大使人人都可以知道真理;他们所要做的不过是停下来,只不过是停顿,只不过是等待:'路喀斯知道得找个孩子——或者像我这样的老太婆:一个不在乎可能性,不在乎证据的人。你舅舅和汉普敦先生那样的男人做男人已经做得太久了,忙得太久了——是吗?'她说。'把他搬到城里来让懂行的人看看那枪眼。可要是他们看了一下,发现那就是路喀斯的枪呢?'他根本没有回

答,她也没有再等他回答,而是已经说起话转过身:'我们需要一把镐一把铁锹。我在卡车里有个手电筒——'

'我们?'他说。

她停了下来;她几乎是很耐心地说:'到那边去有十五英里地呢——'

'十英里。'他说。

'——坟有六英尺深。现在已经过了八点钟了而你直到午夜才能及时赶回城来——'她还说了些别的话可他根本没听见。他根本没有在听。十五分钟前他自已已经对路喀斯说过这些话但只有现在这个时候他才明白他说了些什么。只有在别人说了以后他才意识到并不是他的计划很宏大而是他所面临的事情简单而无生气难以驾驭难以对付实实在在无边无垠;他安静地,怀着绝望的不可摧毁的惊讶说:

'我们不可能做到。'

'不可能,'哈伯瑟姆小姐说。'哦?'

'夫人?'他说。'你说什么?'

'我说你连汽车都没有。'

'我们打算骑马去。'

现在她来说,'我们?'

'我和艾勒克·山德。'

'那我们就有三个人了,'她说。'快去拿你的镐和铁锹。屋子里那些人会奇怪我怎么还没有把卡车发动起来。'她又走动起来。

'是,夫人,'他说。'顺着小巷一直开到牧场大门口。我们在那里跟你会合。'

他也没有再逗留。他爬上场院的栅栏时听见卡车启动了;没过多久他就在马厩过道幽深的黑暗里看见棒小伙子脸上的白斑;他走过去时艾勒克·山德正把扣上的肚带在搭环处使劲拽紧。他把拴马的绳子从马嚼子上解了下来然后想了起来又把它扣回去把另一头从墙上的吊环解下来把它和缰绳绕在棒小伙子的脑袋上拉着它走出过道走了过来。

'给你,'艾勒克·山德边说边举起那镐和铁锨但棒小伙子还没看见这两样东西就已经蹦跳起来它总是这副样子即便是看见一把树枝做的枝条都要乱蹦乱跳他用力把它按回去使它站稳不乱动这时艾勒克·山德说一声'站稳了!'在棒小伙子的屁股上使劲揍了一下,把镐和铁锨递了过来他把它们平放在马鞍的前鞍桥上同时又使劲让棒小伙子再站停一秒钟以便有足够的时间把他的脚从靠近艾勒克·山德的马镫里抽出来让他把脚放进去。艾勒克·山德骑上去的时候棒小伙子几乎弓背高高跃起可又努力想奔跑一直到他用一只手把它再度摁住(镐和铁锨在马鞍上来回撞击),使它调转身子朝牧场大门走去。'把该死的镐和铁锨给我,'艾勒克·山德说。'你拿了手电筒没有?'

'你管这事干吗?'他说。艾勒克·山德腾出一只手绕到他身前拿起镐和铁锨;一瞬间棒小伙子又看得见这两样东西了可他现在可以用两只手来拽紧缰绳勒紧马嚼子。'你又不去要用手电筒的地方。你刚才这么说的。'

他们快到牧场大门了。他可以看见门外幽暗的路面上停着的卡车的黑影;这就是说,他能够相信他看见了因为他知道卡车会在那里。但艾勒克·山德确实看见了:他在黑暗里看东西的本领很大几乎像动物一样。艾勒克·山德拿着镐和铁锨,再腾不出手来,可他还是有了,那手忽然伸到前面抓住他的手没握着的那部分缰绳使劲一勒差点没把棒小伙子拽倒往后蹲了下去他低声喝问,'那是什么?'

'尤妮丝·哈伯瑟姆小姐的卡车,'他说。'她跟我们一起去。松开它,该死的!'他使劲从艾勒克·山德那里拽那缰绳,后者很快松手,说,

'她要开卡车去:'说着他不是放下镐和铁锨而是把它们哐啷啷地扔到门边自己刺溜一下下了马下得很及时因为棒小伙子后腿一挺直立起来他用绕起来的缰绳使劲打它两耳之间的脑袋。

'打开大门,'他说。

'我们用不着这匹马了,'艾勒克·山德说。'卸下鞍子,把它套在这儿。等我们回来再把它关好。'

这也是哈伯瑟姆小姐说的话;艾勒克·山德把镐和铁锹装上卡车的后车厢,棒小伙子趔趔趄趄蹬打着蹄子穿过大门好像认为艾勒克·山德这下要把镐和铁锹向它扔过来,从卡车黑糊糊的驾驶室里传来哈伯瑟姆小姐的声音:

'它听起来倒是匹好马。它走路是不是也用那四步步法①?'

'是,夫人,'他说。'不是,'他说。'我还是把马也带去。离教堂最近的房子有一英里,可有人也许还是会听见卡车声音的。我们过小溪时把卡车停在山脚下。'然后他在她还没有发问前就把问题回答了:'我们需要这马把他驮回来驮到卡车那里。'

'嘿,'艾勒克·山德说。这不是笑声。可并没有人认为他在笑。'这马连你挖坟的家伙都不肯驮你怎么会认为它肯驮你挖出来的东西。'但他早已经考虑过这一点,他想起祖父讲过的杰弗生周围十二英里的约克纳帕塔法县里还能捕捉鹿和熊的老日子,讲过的那些猎人:他祖父的表亲德·斯班少校老康普生将军卡洛瑟斯·爱德蒙兹的叔公九十岁还活着的艾克·麦卡斯林大叔还有母亲的母亲是个契卡索族女人的布恩·霍根贝克和父亲是契卡索族酋长的黑人山姆·法泽斯②,以及德·斯班少校那头连熊的气息都不怕的能打猎的叫艾丽斯的独眼骡他想如果你真的是祖先的总和的话么那些把你发展成为一个偷偷摸摸的挖乡下坟墓的盗尸者的祖先就实在太糟糕了因为他们没有想到为他提供一匹那头天不怕地不怕的独眼骡的后代来驮运尸体。

'我不知道,'他说。

---

① 指马走起来时每个蹄子着地的时间不同,因此每走一步四个蹄子会发出四个声响。
② 这些都是《熊》中的人物。

'也许等我们回到卡车跟前的时候它会学会的,'哈伯瑟姆小姐说。'艾勒克·山德会开车吗?'

'会的,夫人,'艾勒克·山德说。

棒小伙子还是烦躁不安;使劲勒住它的话它只会没完没了地口吐白沫。由于今天晚上挺凉快头一英里他一直保持可以看见卡车尾灯的速度。然后他放慢速度,尾灯的灯光渐渐地离远了越来越弱在拐弯以后消失了,他让棒小伙子拖拖沓沓地半跑半走任何表演裁判都不会认可这种步法但它确实在行走;要走的路还有九英里他怀着惨淡的兴味想到他终于有时间可以想一想了,想到现在来想已经太晚了,他们三人中现在没有一个人敢想一想,如果今天晚上他们只做一件事的话,那至少就是把一切思维推理审视都永远置之脑后;离镇五英里处他将越过(也许卡车里的哈伯瑟姆小姐和艾勒克·山德已经越过)那看不见摸不着的勘测员测定为第四巡逻区边界的测线:那臭名昭著、几乎绝妙惊人,可又绝对是他们中没有人现在敢想一下的地方,又想到让外人来立刻做两件第四巡逻区不喜欢的事其实永远不难因为第四巡逻区事先就不喜欢城里来的人(或县里其他大部分地区来的人)做的大多数事情:可还是要由他们三人,一个十六岁的白人男孩和一个同样年龄的黑人男孩还有一个七十岁的白人老处女从人类发明创造和才智能力的巨大宝库里作选择并同时进行第四巡逻区将最激烈地予以拒绝和还击的两件事:亵渎该地区一位子弟的坟墓以便挽救一个黑人杀人犯免遭报复。

但至少他们会得到一些警告(他不去琢磨这警告对谁有利因为应该受到警告的他们已经离监狱有六七英里而且还在以他胆敢驱赶那马的速度飞快地离开那监狱)因为要是第四巡逻区的人今天晚上进城来的话他应该很快就会走过他们的身边(或者他们走过他的身边)——经过那些破旧的沾满泥土的小汽车,空荡荡的运牲口和木材的卡车,备好鞍子的马和骡子。可自他离开小镇以后他什么都没有遇到;他身前身后的道路都暗淡而空荡;没有灯光的房子和小棚屋在路边耸立或低伏着,黑黝黝的大地向着黑暗延伸充满了新翻过的田地的强烈的泥土气息和不时从路旁等着他骑马经过的正在开花的果园飘来像滞重的烟柱似的浓郁的香味，也许他们在路上花的时间比他希望的要少得多他还来不及制止就已经想到也许我们能够做到，也许我们最终可以做到，——他来不及跃过跳过这想法把它从思想里排除掉抹杀掉不是因为他不能真正相信他们也许能够做到也不是因为你自己都不敢把你最珍贵的希望或愿望更别说是一个事出无奈的绝望从头到尾想周全以免你自己就把它置于死地，而是因为即使自己对自己把这个想法用言语表达出来都会像划一根火柴那样非但不能驱赶黑暗反而更加揭露黑暗之恐怖——那微弱的稍燃即逝的火花会在一瞬间揭示那空旷的道路那黑暗而空旷的大地的无可挽回的难以更改的空虚。

因为——现在快到了；艾勒克·山德和哈伯瑟姆小姐也许早在三十分钟前就已经到了，他花了一秒钟的时间去希望艾勒克·山德有足够的远见会把卡车开到路边行人看不见的地方，接着就在同一秒钟里知道艾勒克·山德当然会这么做的他怀疑的不是艾勒克·山德而是自己居然会在一瞬间对艾勒克·山德产生怀疑——他离镇以后没有见过一个黑人，往常在五月星期天的晚上这个时候在这条路上黑人们应该如过江之鲫熙来攘往——男人年轻的妇女和姑娘甚至几个老人和女人天色不是太晚的话甚至还会有孩子但主要是男人和年轻的单身汉他们自上星期一天亮时分就一直打起精神和那磨人的土地融为一体，扶着那一冲一晃的犁走在一冲一撞地使劲往前行进的骡子后面然后到了星期六的中午就梳洗一番穿上干净的出客穿的衬衣和长裤于是整个星期六的晚上走在这尘土飞扬的道路上整个星期六和星期日晚上还是在这些道路上行走一直到快要来不及赶回家再度换上那工装裤和劳动靴抓上骡子并套好轭具，于是经过四十八小时没沾床（除了在短暂的一刻床上有过一个女人）又回到了田野在星期一太阳升起的时刻犁头又耕出新的一行犁沟；可现在没有黑人，今晚没有黑人：在镇上除了巴拉丽和艾勒克·山德他在二十四小时内没有见着一个黑人但他预料到这一点，他们的举动跟黑人和白人双方预料黑人在这种时刻会采取的行动完全一致；他们还在原来的地方，他们并没有逃遁，只不过你看不见他们——你感受到感觉到他们无所不在他们近在咫尺：黑人男人女人和儿童在他们拴好的关闭的屋子里呼吸着等待着，并不匍匐并不蜷缩并不畏缩并不愤怒也不太害怕：只是等待着，守候着因为他们的武器是白人无法匹配的，也不是——但愿他知道这一点——他们所能对付的：耐心；只是不让人看见也不挡人的路，——但不是在这里，这里感受不到感觉不到身边有大量的人，那黑色的等待着的但无法看见的人的存在；这片土地是沙漠也是一个证据，而这空荡荡的道路是土地的一种假设（他还要再过一程子才意识到他走了有多远：一个密西西比州的乡下人，一个孩子，在今天太阳下山以前他看上去——连他自己也这么相信，如果他想过这个问题的话——还是他本乡本土漫长传统中一个包在襁褓里的不懂人事的婴儿——或者说是一个没有智力本身也在挣扎之中的胎儿——如果他知道曾经有过剧烈的痛苦的话——一个没有视力的无知觉的甚至在进入人世那单纯的没有痛苦的痉挛中尚未苏醒过来的胎儿）假设那全体以他们的肩背建立这土地的经济的黑色种族从容不迫地万众一体似地没有怒火或愤怒甚至没有遗憾只是作为一种无可挽救的不屈不挠的坚定不移的谴责转身背对并非一场种族暴行而是一个人类的耻辱。

现在他来到那里了；棒小伙子闻到水气，抖擞起精神，甚至即便已经走了九英里可还加劲跑快了一点，现在他看得见也分辨得出那座桥至少是横跨那柳树围绕的漆黑的小溪边的略微泛白的道路然后艾勒克·山德显现在桥的栏杆旁；棒小伙子对着他喷鼻息他也马上认出他来了，他并不吃惊，甚至不记得他曾经怀疑过艾勒克·山德是否有先见之明会把卡车藏起来，甚至不记得他指望的不多不少就是这样，他没有停下来，而是勒紧棒小伙子让它走着过桥然后放开它的脑袋使它转身偏离桥边的道路以僵硬的前腿一蹦一跳的方式朝着那还是看不见的水面走下去接着他也看见水面折射天空所泛起的银光:终于棒小伙子停住脚步又一次喷起鼻息然后突然前腿高举向后挺立几乎把他摔下来。

'它闻到流沙①了,'艾勒克·山德说。'让它等着吧至少等到回家再说,我也宁可干别的事,也不想做我现在在做的事情。'

但他又迫使棒小伙子往河岸下面再走几步走到它能下到水里去的地方但它又一次只是虚晃一枪于是他夹着马退回到大路上退出一只马镫让给艾勒克·山德,棒小伙子在艾勒克·山德翻身上马时已经又跑了起来。'这边,'艾勒克·山德说可他已经掉转马头让棒小伙子离开沙砾地走上狭窄的土路那土路成锐角折向那黑黝黝的高大的山脊而且几乎马上开始通向山上长长的斜坡,然而在路面还没开始上升以前那浓郁的无所不在的松柏的香味已经自上而下向他们扑过来尽管后面没有风的力量但还是结实而顽强几乎像只手一样抵挡着前进的身体仿佛跟水流似的可以触摸得到。斜坡在马的脚下变得越来越陡了,尽管它驮着两个人它还是努力想跑(这是它的习惯,遇到斜坡就要跑)鼓足力气往前冲直到他猛一下使劲控制住它,即便如此他还是得在手腕上加力气勒住它一冲一撞高低不平地走着一直到第一层高坡变得平坦了,就在艾勒克·山德又一次说'这边'时哈伯瑟姆小姐拿着镐和铁锹出现在路边黑暗处。棒小伙子停步时艾勒克·山德下了马。他也跟着下马。

'坐着吧,'哈伯瑟姆小姐说。'我拿着工具和手电筒呢。'

'还要走半英里地呢,'他说。'上山的路。这不是女鞍②,不过也许你能侧着身子坐。卡车在哪里?'他对艾勒克·山德说。

'灌木丛后面,'艾勒克·山德说。'我们不是在举行游行让大家来看。至少我不是。'

'不必,不必。'哈伯瑟姆小姐说。'我能走。'

---

① 英语里,"流沙(quicksand)"还有"陷阱"、"危险"的含义。
② 供妇女骑马使用、双腿在马身同一侧的鞍子。

'我们可以节省些时间。现在一定过十点了。它挺温顺的。刚才只不过是因为艾勒克·山德扔了一下镐和铁锹——'

'当然,'哈伯瑟姆小姐说。她把工具递给艾勒克·山德,朝马走过来。

'很抱歉这不是——'他说。

'得了,'她说着从他手里拿过缰绳他还来不及用手去接她的脚她已经把脚放进马镫跟他和艾勒克·山德那样轻巧飞快地上了马,而且还是跨着骑的他刚来得及转过脸,觉得她在黑暗中低头看他转过去的头。'得了,'她说。'我都七十岁了。再说,等我们忙完这件事再去考虑我的裙子吧:'——她没等他抓住马嚼子就自己驱马回到大路,这时候艾勒克·山德说:

'别出声,'他们停下脚步,一动不动地站在那长长的无所不在的视而不见的流动的松树的香味之中。'有头骡子下山来了,'艾勒克·山德说。

他开始马上掉转马头。'我什么都没听见,'哈伯瑟姆小姐说。'你有把握吗?'

'有的,夫人。'他说着把棒小伙子引回路外边:'艾勒克·山德有把握的。'他站在树木和矮树丛里棒小伙子的脑袋边上,另一只手捂着马的鼻子防备它决定对另一头动物嘶叫起来,他也听见了——从山顶上沿着大路稳步走下来的马或骡子。牲口也许没打掌;实际上他真正听到的唯一的声音是皮革的摩擦声他纳闷(一秒钟都不怀疑他已经纳闷过)艾勒克·山德怎么会在牲口走到他们这边的两分多钟里居然听出来了。接着他看见那牲口了或者说看见那牲口经过他们身边的地方——黑糊糊的一团、一个在行动的东西、在道路暗淡的灰土映照下的比黑影还要黑的影子顺着山坡走了下去,轻快稳健的步伐和皮革的吱嘎声渐渐远去,终于消失了。但他们又等了一忽儿。

'他前面鞍子上驮的是什么东西?'艾勒克·山德说。

'我连马上是不是个男人都没看出来,'他说。

'我什么都看不见,'哈伯瑟姆小姐说。他领着马返回大路,'万——'她说。

'艾勒克·山德会及时听见的,'他说。于是棒小伙子又一次向着越来越陡的山坡使劲稳步向前冲,他拿着铁锹抓着马的一侧哈伯瑟姆小姐又细又硬的小腿下面的马鞍的皮革艾勒克·山德在另一侧拿着镐,向山上走去,马走得相当快迎着松树强烈的浓郁的鲜明的活生生的对肺,对呼吸有刺激的香味,类似酒对胃的作用(他想象着:他从来没有喝过酒。他本来可以喝过——在感恩节和圣诞节的餐桌上,但他从来不要喝——从圣餐杯里喝的那一口不能算因为那并不仅仅是一口酒而且是酸唧唧的圣化了①的辣乎乎的东西:我们的主的不死的血液并不是用来品尝的,不是向下运动进入胃里,而是向上向外进入善恶之间的全知和永远的抉择拒绝与接受。)他们已经走得相当高了,隆起的土地向外延伸着起伏着在黑暗里看不见摸不着但给人以高度和空间的感受,感觉;大白天他可以看得见这一切,一层又一层为茂密的松树所覆盖的山脊向着东方和北方翻滚起伏气势极像卡罗来纳州真实的山峦和在那以前的苏格兰(他的祖先是从那里来的但他还没有见过)的山峦,他的呼吸现在有点急促了,他不仅能听见还能感受到棒小伙子肺部吐出的剧烈而短促的呼吸因为他确实努力还要在这个山坡上跑尽管他驮着一个骑手还拖着另外两个,哈伯瑟姆小姐稳住他,控制他不让他快跑一直到他们来到真正的山顶艾勒克·山德又说了一个'这边'而哈伯瑟姆小姐引导着马走下大路因为他还是什么都看不见终于他们完全离开了大路只是在这个时候

---

① 据《圣经·新约》载,耶稣同使徒进最后晚餐时,对饼和酒进行祝祷,分给他们领食,并称其为自己的身体和血,是为众人免罪而舍弃和流出的。因此,领圣餐是基督教的一个重要仪式,通常由牧师或神甫对面饼和葡萄酒进行祝祷,然后分给已受过洗礼的信徒。但从"酸唧唧"和"辣乎乎"两个形容词可以看出福克纳颇有讽刺挖苦的味道。

他才分辨出那片空地不是因为这是片空地而是因为在稀薄惨淡的星光下出现一块狭长的大理石的墓碑,由于泥土下陷而略微倾斜。即使在他牵着棒小伙子绕到教堂后面把缰绳绑在一棵小树上解下马嚼子上的绳子又回到哈伯瑟姆小姐和艾勒克·山德等候的地方他还是几乎完全看不见那(饱经风霜的、没上过油漆的、用木头造的比一间房间大不了多少的)教堂。

'这应该是唯一的新挖的坟,'他说。'路喀斯说从去年冬天以来这儿没有埋过死人。'

'对,'哈伯瑟姆小姐说。'还有花。艾勒克·山德已经找到了。'但为了更有把握(他平静地想,他不知道要对谁说:我以后会犯很多错误,但千万别让这一个成为其中之一。)他把团成一团的手绢蒙着手电筒使细如铅笔的光束在一秒钟内迅速地掠过那新修的墓冢稀少而凌乱的花圈花束甚至单支的花朵,接着在坟堆附近的墓碑上停留了又一秒钟,刚好来得及看清上面刻的名字:阿曼达·沃克特 N.B. 弗雷斯特·高里之妻(1878—1926)。于是他关上手电筒黑暗又一次笼罩一切还有那强烈的松树的香味他们在新修的墓冢旁站了会儿,什么都不干。'我讨厌这件事,'哈伯瑟姆小姐说。

'你并不是唯一这么想的人,'艾勒克·山德说。'只要走半英里地就可以回到卡车那里。而且还是下坡路。'

她动了起来;她是首先动手的人。'把花搬走,'她说。'小心点。你看得见吗?'

'看得见,夫人,'艾勒克·山德说。'并不多。看样子他们把花往坟上乱扔。'

'但我们不乱扔,'哈伯瑟姆小姐说。'搬的时候一定要小心。'现在一定快十一点了;他们不可能有足够的时间;艾勒克·山德是对的:他们应该回到卡车那里开着车离开这里回到镇上穿过小镇一直往前开不要停留,甚至不要有时间去想到应该继续行驶,把好方向盘,让卡车永远前进以便保持行动,永远不回来;然而他们从来就没有时间,他们在离开杰弗生以前就知道这一点,他忽然想如果艾勒克·山德说他不愿意来时是真心实意的话如果他因此就得单枪匹马一个人来的话,接着(很快地)他根本不要去想这一点,一上来艾勒克·山德用铁锨他用镐虽然泥土还很松并不真正需要用镐(要是泥土不松的话,即使在白天他们也是不可能这么干的);要有两把铁锨就好了干得也会更快一些可现在想到这一点已经来不及了不过突然艾勒克·山德把铁锨递给他爬出洞去消失了(甚至连手电筒都没用)凭着那超越视觉和听觉的感觉那使他认识到棒小伙子在溪边闻到的是危险使他在他和哈伯瑟姆小姐都没有可能开始听见以前整整一分钟就已经发现有骡子或马下山来的同样的感觉带着一块短小轻巧的木板回来了因此他们现在两人都有铁锨了在艾勒克·山德把木板插进土里再把木板上的土抛上来抛出去的时候,他能听到咔!的一声和轻微的沙沙响而且艾勒克·山德每次都吐出一口气说一声'哈!'———一种狂暴的愤怒的强压抑着的声音,说得越来越快那哼声简直快得像个人在跑步的脚步声:'哈!……哈!……哈!'以至于他回头说:

'慢慢来。我们干得挺好的:'他也趁机直了直腰擦了一把脸上的汗跟每次一样他在头上方的天空里看见哈伯瑟姆小姐纹丝不动的侧影穿着直统统的没有腰身的棉布裙那顶圆帽端端正正地戴在她脑袋上那种样子五十年来很少有人见过可能任何时候都没有人从一个被偷盗了一半的坟穴里往上仰看过;盗了一半还要多因为他再铲一下的时候突然听见木头与木头的撞击声,接着艾勒克·山德厉声说:

'走开。走出去,让我有点地方:'他把木板向上抛了出去,从他手里拿过,夺过铁锨于是他爬出坑穴他还在弯腰摸索的时候哈伯瑟姆小姐已经递给他那盘好的绑马的绳子。

'还有手电筒,'他说。她递给了他,他也站着,那强烈的结实的固定不动的松树的气流冲去了他身上的汗水湿衬衣沾在肉上使他感到凉飕飕的他脚下那看不见的洞穴里铁锹刮打着木头发出刺耳的声音,他弯下身子又一次蒙着手电筒向下照了一下那没有上过漆的松木棺材的棺盖就把手电筒关掉了。

'好了,'他说。'行了。出来吧:'艾勒克·山德扔掉最后一铲土和那铁锹把所有的东西一下子像标枪一样成弧形扔出坑外,人跟着同时跳了出来,他① 拿着绳子和手电筒下到坑里,只是在这个时候他才想起来他需要锤子和横杆——用来撬开棺盖的东西而这类东西唯有哈伯瑟姆小姐的卡车里才也许会有可车在半英里外还得返回去得上山,他弯下腰去摸,去检查那搭扣或者随便什么必须强行打开的东西忽然发现棺盖根本没有锁上:于是他跨骑着棺材,重心放在一只脚上使劲打开棺盖扳起来用胳臂肘顶着同时放松绳子找到头打开手电筒往下照接着就说,'等一等。'他说'等一等。'他还在说'等一等'的时候,终于听见哈伯瑟姆小姐压低了嗓门嘶声说:

'查尔斯……查尔斯。'

'这不是文森·高里,'他说。'这人的名字是蒙哥马里。他是从克罗斯曼县过来的买木头做小本生意的人。'

---

① 指契克。

第 五 章

他们当然得把坑重新填好此外他还有那匹马①。但即便如此他在牧场门口把棒小伙子留给艾勒克·山德照看并且努力记得要蹑手蹑脚地进屋时离天亮还差得远呢可他母亲（穿着睡衣头发披散着）立刻就从前门边上哭兮兮地叫了起来：'你上哪儿去了？'然后跟着他到舅舅的房门口然后在舅舅穿衣服的时候说：'你？把坟墓挖开了？'而他怀着某种疲惫的不屈不挠的耐心，他本人由于骑马和挖土然后反过来填土再骑马现在也快要筋疲力尽了，总算想办法提前制止了她的进攻，一场他反正从来没有真正指望能挫败的进攻：

'艾勒克·山德和哈伯瑟姆小姐帮了忙的：'这话如果起作用的话似乎反而使事情更糟糕了尽管她的嗓门还是不高：只是惊讶而又不可战胜，终于到舅舅走出门来衣服穿得端端正正甚至戴了领结只是没有刮胡子，他说，

'好了，麦琪，你打算把查利②吵醒？'然后跟着他们又回到前门，这一次她③说——他又一次想到你永远不能真正地击败她们因为她们机动灵活她们不但有应变的能力而且还乐于像没有实质的风和空气那样迅速敏捷地放弃不仅放弃立场而且还放弃原则；你并不需要召集安排作战的力量因为你已经有了：更胜一筹的炮火、重量、公正正义、先例、习惯用法和其他一切事物，你发起进攻清理战场，横扫你面前的一切——

---

① 指他得骑马回家，不能坐哈伯瑟姆小姐的卡车。
② 指契克的父亲。查利是查尔斯的爱称。
③ 指契克的母亲麦琪。

或者你是这样认为的直到你发现敌人根本没有撤退而是早已放弃了那战场不光放弃战场而且还在放弃过程中篡夺了你的战斗口号；你相信你攻占了一个城堡相反却发现你不过进入了一个难以防守的阵地接着又发现在你未加保护的毫不提防的后方那未受损失的甚至没有标志的战役已经又开始了——她说：

'但他得睡觉！他连床都还没有沾过！'结果他真的停下脚步直到舅舅说，压低了嗓门厉声对他说，

'走啊。你这是怎么回事？难道你不知道她比你和我都还要厉害，就像老哈伯瑟姆比你和艾勒克·山德加在一起都还要厉害；你也许用不着她拽着你的手自己会上那儿去的，但艾勒克·山德是不会的，真追究起来我还是不那么肯定你会去的。'于是他跟着舅舅走了起来朝着哈伯瑟姆小姐呆着的地方她坐着的停在舅舅汽车后面的卡车（昨天夜里九点钟的时候舅舅的汽车停在车库里；以后有时间的时候他要记得问舅舅他母亲都派他上哪些地方去找过他）。'我收回我说的话，'舅舅说。'忘了我说的话。从娃娃和乳臭未干的小伙子还有老太太的嘴里说出来——'他解释说。'很对，许多真理常常是这样说出来的，只不过男人就是不喜欢有人在凌晨三点钟的时候直统统地把真理说给他听。还有别忘了你母亲，当然你是不可能忘的；她早就在这一点上下了功夫。只是记住她们能经受任何事情，接受任何事实（只有男人才拒绝承认事实）只要她们不必面对它；她们吸收消化事实就像政客接受贿赂那样把脑袋转向一边把手伸在背后。瞧瞧她；她会心满意足地活得很久可在有一点上是一点都不会退让的：她永远不原谅你居然能自己系裤子了。'

舅舅把汽车停在县治安官家的大门口时离天亮还有不少时间，他带头走过那短短的车道走上那租来的门廊。（由于他不能连任，他虽然现在处在第三任任期，但汉普敦县治安官在几次任职之间消逝的岁月要比他效劳的十二年差不多长一倍。他第一次当选的时候是个乡下人，是个农民也是农民的儿子现在他拥有他诞生时的农场和房子，在任职期间

他住在城里租来的房子任期一满就回农场他真正的家一直住到他又能竞选——并再一次被选为——县治安官。）

'我希望他不是个睡得很死的人，'哈伯瑟姆小姐说。

'他不在睡觉，'舅舅说，'他在做早饭。'

'做早饭？'哈伯瑟姆小姐说：于是他知道，尽管她腰板挺直那帽子从未偏离过头的正上方仿佛她不是用卡子固定的而是跟黑人女人头顶一家人家全部要洗刷的衣物那样的靠硬挺着的脖子才保持平衡的，她也因为紧张和缺少睡眠而疲惫不堪。

'他是个乡下人，'舅舅说。'早上天亮以后吃的任何东西都是正餐。汉普敦太太在孟菲斯陪着女儿等临产，而愿意在早上三点钟给男人做饭的只有他的老婆。没有一个雇来的城里的厨子肯这么做。她在八点左右一个体面的时间来，然后洗洗碗。'舅舅没敲门。他刚要开门就又停了下来，回过头来望着在他们两人身后的站在前门台阶下面的艾勒克·山德。'你可别以为因为你妈妈不选举你就跑得了，'他告诉艾勒克·山德。'你也进来。'

于是舅舅打开房门他们马上闻到咖啡和煎猪肉的香味，踩着地板革往门厅后面有微弱光线的地方走去走过铺着地板革摆着租来的大急流家具①的餐厅进入厨房，进入那柴火熊熊发出欢乐轰鸣的柴灶间，县治安官站在灶头看着一个油星四溅的长把平底煎锅他穿着内衣裤和袜子，裤子背带垂挂着头发像十岁的孩子睡过觉以后那样蓬松而凌乱，一手拿着翻面饼的铲子另一只手拿着块擦碗布。他们还没走进屋县治安官已经把大脸转向了房门口他看着他们浅灰色的严酷的眼珠从舅舅转到哈伯瑟姆小姐再到他身上又转到艾勒克·山德，即使在那个时候并不是那眼睛张大了一秒钟而是那小小的冷冰冰的黑瞳仁在那一瞬间收缩成针尖那样大

---

① 大急流是美国密歇根州的一个小镇。这里出产家具，尤其在二十世纪二三十年代，这里的一种线条简明、没有华丽的雕刻装饰的家具十分出名。这类家具统称为"mission furniture"。

小。但县治安官还是没有说话,只是望着舅舅,在连那小小的冷冰冰的瞳仁都似乎又扩大了好像吐气的时候胸部松弛了下来似的他们三人静静地站着目不转睛地望着县治安官,舅舅叙述着,迅速概括而简练,从前一天晚上在监狱里舅舅意识到路喀斯开始告诉——或者说询问——他一些事情讲起,一直讲到他十分钟前进舅舅的房间把他吵醒为止,然后他不说了他们看着那小小的冷冰冰的眼珠又一次嗒。嗒。嗒。噢。① 越过他们的脸又回到舅舅的脸上,看着舅舅几乎有四分之一分钟没有眨一下眼。然后县治安官说:

'要不是有这样的事情你们是不会清早四点钟到这儿来讲这么个故事的。'

'你不是在听两个十六岁的孩子讲的故事,'舅舅说。'我要提醒你哈伯瑟姆小姐也在场。'

'你用不着提醒,'县治安官说。'我没有忘记。我想我永远不会忘记的。'接着县治安官转过身子。他身材魁伟又是个五十多岁的人,你想不到他行动会那么敏捷他似乎还没挪动身体可已经从炉灶后面墙上的钉子上拿下另一个煎锅似乎还没转动就已经转身向着桌子(这时候他才第一次注意到,看到那块熏肋肉)他似乎还没有转动就已经从肉边上拿起一把刀子而舅舅还没来得及开口说话:'我们有时间吃吗?你得开车走六十英里到哈里斯堡找地方检察官;你得带着哈伯瑟姆小姐和这两个孩子一起去做证人,说服他起草一个诉状要求挖掘文森·高里的尸体——'

县治安官用擦碗布飞快地把刀把擦了两下,'我以为你告诉我文森·高里不在那坟墓里。'

'从官方意义上来说,他是在坟墓里,'舅舅说。'根据县里的记载,他是埋在那里的。要是你这样的人,住在这里的人,这辈子政治生涯里

---

① 此处标点为原文所用。

一直认识我和哈伯瑟姆小姐的人,你都要问我两遍才相信,你想想吉姆·海勒德会怎么样?——然后你得开车六十英里带着你的证人和申请书回到这里,再去找梅科克斯法官签署命令——'

县治安官把擦碗布放在桌子上。'我非得这么做吗?'他平淡地,几乎心不在焉地说;舅舅停止说话,在县治安官手里拿着刀子从桌子前转过身时一动不动地望着他。

'噢,'舅舅说。

'我也想到了另外一些事,'县治安官说。'我很奇怪你没有想到。或者也许你已经想到了。'

舅舅瞪大眼睛望着县治安官。接着艾勒克·山德——他在他们大家的后面,几乎还没有走进餐厅通往厨房的门——用一种平淡的无动于衷的声调说话仿佛他在读一个宣传某样他并不拥有也从来不想要的东西的广告上的流行口号:

'那可能不是骡子。那可能是匹马。'

'也许你现在已经想到了,'县治安官说。

'噢,'舅舅说。他说:'对。'但哈伯瑟姆小姐已经讲起话来。她飞快地狠狠地瞪了艾勒克·山德一眼不过她现在又用同样的飞快而凶狠的眼神看着县治安官。

'我也想到了,'她说。'我认为我们不必保密。'

'我也这样认为,尤妮丝小姐,'县治安官说。'只不过需要考虑的那个人现在不在这间屋子里。'

'哦,'哈伯瑟姆小姐说。她还说了'是的'。她嘴里说,'当然:'人已经走动起来,在门和桌子半中间的地方跟县治安官相遇从他手里拿过刀子继续走向桌子而他走过她身边向房门走来,舅舅还有他还有艾勒克·山德都侧身让路县治安官走进餐厅穿过餐厅走进那黑暗的门厅,把身后的门关上:于是他捉摸起来为什么县治安官起床的时候不把衣服穿整齐;一个不在乎或者不得不或者反正要在凌晨三点半钟起床给自己做早饭的男人总不会在乎再早起五分钟可以有时间穿上衬衫穿好鞋子这时候哈伯瑟姆小姐说话了他想起她了；因为有女士在场当然他连早饭都等不及吃就去穿衬衫和鞋子了哈伯瑟姆小姐说话了他猛地一激灵，没有动作但从睡眠里挣扎出来，他已经像马似的站着睡了几秒钟也许甚至是几分钟了可哈伯瑟姆小姐还在把肋肉转到一边刚要切第一片。她说：'难道他不能打电话到哈里斯堡让地方检察官打电话给梅科克斯法官吗？'

'他现在就是在这么做的，'艾勒克·山德说。'在打电话。'

'也许你最好上门厅去可以好好偷听一下他说些什么。'舅舅告诉艾勒克·山德。然后舅舅又看了看哈伯瑟姆小姐；他①也看着她飞快地一片又一片地切着那咸猪肉快得像机器几乎跟机器切得一样整齐。'汉普敦先生说我们不需要什么文件。我们不必麻烦梅科克斯法官就可以自己处理这件事——'

哈伯瑟姆小姐松开刀子。她不是放下刀子，她只是松开手同时抓起那擦碗布一边擦手一边从桌子跟前转过身子，穿过厨房朝他们走来走得飞快，比县治安官要快多了。'那我们在这儿浪费时间干什么？'她问，'等他戴上领结穿好外套？'

舅舅快步走到她前面。'我们在黑暗里什么都干不了，'他说。'我们一定得等到天亮。'

'我们②没有等，'哈伯瑟姆小姐说。接着她站停下来；她要么停住脚步要么就得从舅舅身上走过去虽然舅舅并没有碰她，只是站在她和门之间直到她只好收住脚步至少停一秒钟等舅舅让开道儿：他也看着她，腰板笔挺，瘦骨伶仃，滚圆的圆帽下面直筒式的棉布裙衫里简直没有曲线和体形他想道她太老了不该干这个接着又纠正这个想法：不一个女人一个女士不应该干这种事然后想起头天夜里他离开办公室走过后院吹口

---

① 指契克。
② 指她同契克和艾勒克·山德。

哨叫艾勒克·山德的时候于是他知道他曾经相信——他现在还相信——即使艾勒克·山德坚持拒绝的话他还是会一个人去的但只是在哈伯瑟姆小姐绕过房子走过来跟他讲话以后他才知道他会去办那件事的于是他又一次想起他们在猪槽下面找到戒指以后艾富拉姆告诉他的话：如果你有一件不合常情的事要做而且要立即就做不能等待的话，千万别在男人身上浪费时间；他们是按照你舅舅所谓的规则和案例来办事的。要去找女人和孩子来干；他们是根据形势办事的。这时候门厅的门打开了。他听见县治安官穿过餐厅来到厨房门口。但县治安官并没有走进厨房，只是站在门口，即使在哈伯瑟姆小姐用粗鲁的、几乎是恶狠狠的口气说：

'怎么样？'以后还是站在那里，他并没有穿好鞋甚至也没有拉好掉下来的背带他似乎根本没有听见哈伯瑟姆小姐说的话：只是站在那里魁梧的身子堵着房门看着哈伯瑟姆小姐——不是看她的帽子，不是看她的眼睛，甚至不看她的脸——那情景就像你看着一串俄文或中文①字母而你信赖的人刚告诉你用这字母拼写了你的名字，好半天才用沉思的困惑的语气说：

'不：'接着转过头看着他说，'也不是你：'把头更转过去一直到他看见艾勒克·山德而艾勒克·山德偷眼向上看了县治安官一眼又把眼睛溜往他处接着又抬眼看看他。'你，'县治安官说。'是你。你在黑夜里上那儿去帮忙挖出一个死人。不但如此，一个死掉了的其他白人声称是另外一个黑鬼杀死的白人。为什么？是不是因为哈伯瑟姆小姐逼你去的？'

'没有人逼我去，'艾勒克·山德说。'我根本不知道我会去。我已经告诉契克我不打算去。只不过等我们走到卡车跟前，大家好像都理所当然地觉得我不会干别的而是一定会上那儿去的，我还没闹明白就跟着

---

① 福克纳似乎并不知道中文文字是什么样的。他以为中文和俄文一样也是由字母组成的。

去了。'

'汉普敦先生,'哈伯瑟姆小姐说。现在县治安官看着她。他现在甚至听见她在讲话了。

'你还没把肉切好?'他问,'那就把刀子给我。'他扶着她的胳臂,把她送回到桌子边。'难道今天晚上你冲来冲去忙忙碌碌还不够,还不想歇会儿?再过十五分钟天就亮了,大伙儿是不会在天亮的时候开始行私刑的。他们可能在天亮时分结束私刑,要是他们出了点麻烦或者运气不好耽误了时间。但他们从来不在天亮的时候开始执行私刑,因为那时候他们看得见彼此的脸。有多少人吃得下两个以上的鸡蛋?'

他们留下艾勒克·山德在厨房的桌子上吃他的早饭,把他们的早饭拿进餐厅,他和舅舅和哈伯瑟姆小姐拿着一盘煎鸡蛋和肉、一煎锅昨天夜里烤的今天又在烤箱里热过几乎像烤面包片那样的小圆饼还有那个咖啡壶(没有过滤过的咖啡渣和水在壶里一直滚开着直到县治安官想起来把壶从炉灶近火热烫处挪开到凉一点的地方);他们四个人虽然县治安官摆了五个人的餐具他们还没完全坐好县治安官忽然抬起头来倾听,虽然他本人①并没有听见什么动静,接着站起来②,走进黑暗的门厅朝屋子后面走去接着他③听见后门的开关声很快县治安官回来了还有威尔·里盖特不过少了那管猎枪,他④转过头一直转到可以看见他后面的窗户,果然天亮了。

县治安官给大家的盘子里分饭,舅舅和里盖特把他们的杯子和县治安官的杯子递给坐在咖啡壶边上的哈伯瑟姆小姐。忽然他好像在很远的地方听县治安官说了很长时间的'……孩子……孩子……'后来是'加文,把他弄醒。让他吃了早饭再睡觉,'他猛一激灵,还只是天亮时分,哈伯瑟姆小姐还是在往同一个杯子里倒咖啡于是他吃了起来,嚼着

---

① 这里指契克。
② 此处主语为县治安官。
③④ 指契克。

甚至吞咽着，上上下下仿佛随着咀嚼的动作沿着那深深的柔软的无底的睡眠之渊走进又走出那嗡嗡的叙述着古老的已经结束的而他不再关心的事情的声音：县治安官的声音：

'你知道杰克·蒙哥马里吗？从克罗斯曼县那边来的。这六个来月一直在这儿镇上出来进去的？'然后是里盖特的声音：

'当然知道。他现在好像是个蹩脚的买木材的人。从前在刚过田纳西州州界孟菲斯① 外面开一个他说是饭馆的铺面，可我从来没听说有人在那里买过可以嚼着吃的东西，后来大概两三年前有一天夜里有个人在那儿被杀了。他们始终不知道杰克到底陷了多深，跟这事究竟有没有关系，可田纳西的警察把他赶回密西西比州完全是按原则办事。我想他从此在格拉斯哥那边他爹的农场上晃悠。也许他等着有朝一日大家把那件事情忘了，他可以在公路边另外一个地方再开个地板上有个窟窿大得可以藏一箱威士忌酒的铺子② 。'

'他在这儿附近干什么？'县治安官说：接着里盖特说：

'买木材，不是吗？他跟文森·高里不是……'然后里盖特用几乎没有抑扬变化的声调说，'以前是？'然后用非常平淡的声调说，'他在干什么？'而这次他③，他自己的声音处在那柔软深邃的睡眠边缘显得很冷漠，冷漠得都不在乎那声音是高还是低：

'他现在什么都不在干。'

不过后来情况好一些，从空气污浊的温暖的房子里出来走进新鲜的空气里，清晨，太阳高悬在树梢的最高处金黄色柔和的阳光沐浴着大地，照射着小镇那高耸而无动静的肥胖的水塔在蓝天下像蜘蛛的腿似的移动着延伸着，他们四人又一次坐在舅舅的汽车里而县治安官站在开车

---

① 孟菲斯为田纳西州西南部一城市，离密西西比州很近。
② 1920 至 1933 年是美国禁酒时期。但很多人往往以开饭馆为名经营私酒来赚钱。
③ 指契克。

人那边的车窗边,现在他穿戴整齐甚至还戴着一个鲜艳的橘红夹黄色的领结,对舅舅说:

'你把尤妮丝小姐送回家,让她可以睡一会儿。我在大概一小时以后到你家去接你——'

跟舅舅一起坐在前座的哈伯瑟姆小姐说了一句'呸。'就这么一个字。她没有骂。她不需要骂。这比光骂人要明确得多也更有权威性。她俯身向前隔着舅舅去看县治安官。'坐进你的车上监狱去或者到你要去的随便什么地方吧,这一次找个人替你挖。我们把坟又填了起来因为我们知道即便如此你还是不会相信的,除非你自己亲自到那儿亲眼看见。走啊,'她说。'我们在那儿跟你会面。走啊,'她说。

但县治安官没有离开。他①听见他呼吸的声音,深深的、强压着的、从容不迫的,几乎像是在叹气。'当然我不了解你,'县治安官说。'你这位女士没有什么东西只有一两千只小鸡要喂要养要洗,还有个不到五英亩的小菜园子要管理,你也许一天到晚没什么事情要做。但这两个孩子总得上学吧。至少我还没听说学校董事会有规定可以放假去挖坟。'

这一条居然让她不说话了。但她并没有靠后坐。她还是上身前倾以便隔着舅舅看见县治安官,他又一次想她太老了,干不了这件事,不应该干这事儿:只不过要是她不干的话那他和艾勒克·山德(他舅舅和县治安官他们三人还有他母亲父亲和巴拉丽都管他俩叫孩子)就不得不去做了——不是会去做而是不得不做为了维护不仅是正义和体面而且还有纯真:他想到人显然非得杀人不是出于某个动机或理由而只是为了非得杀人这个目的需要冲动,事后才发明创造动机和理由以便能在人中间仍然保持理性生物的形象:不管是谁,那个非得杀害文森·高里的人还必须把死了的他挖出来然后另外再杀一个人去放在他腾出来的坟墓里以

---

① 指契克,下面的"他"指县治安官。

便使那个杀害他的人得以安宁；而文森·高里的亲人和邻居们又不得不杀死路喀斯或某个人或随便什么人，到底是谁并不重要，以便他们能躺下来，平静地呼吸甚至平静地悲痛从而得到安宁。县治安官的嗓门很平和，甚至颇有点温柔：'你回家吧。你和这两个孩子干得不错。很可能你们救了一条命。现在你回家，剩下的事情让我们来处理。那里不是女士该去的地方。'

不过哈伯瑟姆小姐只是被制止说话，而且这段时间并不长：'昨晚的事也不是男人该干的。'

'等一下，霍普，'舅舅说。接着舅舅转身对着哈伯瑟姆小姐。'你的任务在城里，'他说。'难道你还不知道？'现在哈伯瑟姆小姐看着舅舅。她还是没有往后靠在座椅上，暂时还对谁都寸步不让；她看着舅舅，仿佛根本没有把一个对手换成了另一个而是丝毫没有停顿或犹疑地接受了他们两人作对手，既不请求饶命也不要求照顾。'威尔·里盖特是个农民，'舅舅说。'而且昨晚一夜没睡觉。他得回家花点时间照看他自己的事情。'

'汉普敦先生不是还有别的副手吗？'哈伯瑟姆小姐说。'他们都是干什么的？'

'他们不过是些有枪的男人，'舅舅说。'里盖特自己昨晚告诉契克和我，要是有足够的男人下了决心而且一直保持这个决心的话，他们可以及时走过他和塔布斯先生的身边①。可要是有个女人，一位女士，一位白人女士的话……'舅舅不说话了，停止说话；他们彼此对视；他看着他们又一次想到昨天夜里舅舅和路喀斯在牢房里的情景（当然是昨天夜里；可现在想起来好像是在几年以前了）；要不是舅舅和哈伯瑟姆小姐确实在彼此看进对方眼睛的深处而不是把一切感官（在全部的感官里那微不足道的笨拙的容易出错的察觉比阅读梵文的能力好不了多少）的

---

① 指到监狱楼上去抓路喀斯。

高度集中的注意力加在对方，他也许是在观看扑克牌游戏里的最后两家。'……只要坐在那儿，让人人都看得见，那样头一个经过那地方的人就会在第四巡逻区还没来得及把卡车发动起来准备进城以前就把话传了出去……而这时候我们就上那边去，把这事情给了结了，一劳永逸地，永远地结束掉——'

哈伯瑟姆小姐慢慢地向后靠一直到她的背靠在座椅上。她说，'那我就去坐在那楼梯上把裙子铺开，或者也许更好一点的办法是背靠楼梯扶手一只脚踩在塔布斯太太的厨房的墙上，你们这些男人昨天从来没有时间问一问那老黑鬼几个问题，以至于他昨天晚上只有一个男孩，一个孩子——'舅舅一声不吭。县治安官靠在汽车窗户上呼吸着那深深的强忍的叹气，不是喘粗气，只是像他那样大高个儿的人的呼吸方式。哈伯瑟姆小姐说：'先把我送回家。我有些东西要缝补。我不想在那儿坐一上午什么事情都不做，让塔布斯太太觉得她非陪着我讲话。先把我送回家。我知道一个小时以前你跟汉普敦先生就忙得不得了，不过你还是可以挤出这点时间的。艾勒克·山德可以在上学去的路上把我的卡车开到监狱，把它留在大门口。'

'是，夫人，'舅舅说。

第 六 章

　　于是他们开车送哈伯瑟姆小姐回家，开到镇边穿过那密集丛生未加修剪的杉柏丛林来到那未上油漆的带圆柱的门廊她在那里下了车走进屋显然没有停留便穿过屋子因为他们立即听见她在屋后某个地方喊叫某人——也许是那个老黑人莫莉的兄弟路喀斯的妻舅——她的嗓门很大由于缺少睡眠和疲劳而有点费劲和尖细，然后她又走了出来手里拿着一个挺大的薄纸板盒子里面装满了好像是洗过但还没熨过的衣物和长长的没有样子的纠结在一起跟绳子似的长袜子又上了汽车他们又开回广场穿过那些清新宁静的清晨的街道：那些从前杰弗逊时代奠基的高大古老而破损不堪的木头房子都像哈伯瑟姆小姐的房子一样坐落在蓬乱的不加修剪的草坪深处草坪上长着古老的大树和大多数五十岁以下的人都不知道具体名称的块根纠结带有香味的开花的灌木就连生活在这些房子里的孩子都觉得其中仍然凝聚着女人的阴影，仍是处女的老太婆和寡妇们在七十五年以后依然在等待那姗姗来迟的电报报告她们关于田纳西州弗吉尼亚州和宾夕法尼亚州的战役①的情况，这些房子不再面对街道而是越过那些比它们小两辈②的整齐娇小新式的一层楼平房的肩膀窥视街道新房子是在佛罗里达和加利福尼亚设计的配有相应的汽车房坐落在有着修剪好的草地和千篇一律的花坛的匀整的土地上，在二十五年前做一块体面的房前草坪都被认为有点小的地方现在能有三四幢这样的房子现在可

---

① 指 1860—1865 年的南北战争。
② 古老高大的房子在后面，前面是内战以后过了几十年盖的比较矮小的房子。

以说是个居民小区了，在那些房子里富裕的年轻夫妇每家都有两个孩子每家都有（一旦买得起的话）一辆汽车还有乡村俱乐部和/或桥牌俱乐部的会员身份青年扶轮社和商会的会员证还有用于烹调冷冻和清洁的注册了专利的家用电器以及开动这些机器的干净利落戴镶花边帽子的黑人女佣她们一家又一家地互相打电话聊天而那些穿凉鞋长裤脚趾头涂了指甲油的妻子们抽着沾有唇膏的香烟拿着购物的大包小包在食品连锁店和杂货连锁店里流连徘徊。

或者原来就是这样也应该是这样①；要是星期天的话，她们可以过上一个没有人来为她们打开和关闭轰鸣的吸尘器给炉子拧开开关点上火的日子，可以接受这一天为休息日放假日或者是个受洗野餐或大葬礼等特殊的日子可这是星期一，新的一天，新的一周，休息以及填补空暇和克服无聊的需要都过去了，孩子们精神饱满地要去上学丈夫和父亲们要去商店或办公室或站在西部联合电报公司的办公桌前等候每小时一次的关于棉花行情的报告；于是早饭必须提前那嘈杂混乱的出行前的忙碌也必须提前可她们至今还没见着任何黑人——没有那些弄直了头发浓妆艳抹穿着从邮购商店买来的新潮而艳丽的服装进了白人厨房才肯戴上哈波氏百货商店的帽子和围裙②的年轻黑人也没有那些身穿家制的长及脚踝的印花棉布和方格布裙衫的一年到头都穿着长长的朴素的家制围裙以至这围裙不再是身份的象征而成了件衣服的年纪老一点的黑人，甚至没有现在应该在草坪割草修剪树篱的黑人男人；甚至没有（现在他们正在穿过广场③）应该在用水管冲洗人行道打扫人们扔弃的星期日的报纸和空烟盒的城市环卫部门的人员；穿过④广场来到监狱舅舅也下车跟哈伯

---

① 指黑人女佣替她们干活而她们去逛商店。下句里的"她们"均指那些不想干活的主妇。
② 指女佣们必须戴的帽子和围裙。
③ 指坐在汽车里的哈伯瑟姆小姐和开车送她去监狱的契克和舅舅等人。
④ 这里的主语应为"他们"，仍指契克、舅舅和哈伯瑟姆小姐等。

瑟姆小姐一起走上台阶走进那仍然敞开着的大门他看见里盖特的没人坐的椅子依然斜靠在墙上接着他又一次使劲把自己从那漫长而柔和的无始也无终的潮水般涌过来的黑暗的睡意中挣扎出来又一次发现时光并未流失舅舅还在把帽子重新戴到头上并且转身顺着车道走下来回到汽车前。后来他们在家门口停了下来艾勒克·山德已经下了车绕过墙角消失了，他说，

'不嘛。'

'要去的，'舅舅说。'你必须上学去。或者，更合适一点是上床去睡觉。——对，'舅舅忽然说：'还有艾勒克·山德。他今天也必须呆在家里。因为这件事不能跟人说，在我们完事以前一个字都不能说。你明白吗？'

可他并没有在听，他跟舅舅讲的根本是两码事，即便在他又说一遍'不'的时候舅舅已经下了车转身朝房子走去却又停了下来回头看他然后站着看了他好半天才说，

'我们这样谈话有点颠倒了个儿，是不是？应该是我问你我能不能去。'因为他在想他母亲，并不是才想起她因为五分钟前他们穿过广场时他已经想到她其实最简便的办法是在那儿下舅舅的车去坐进县治安官的汽车并且就待在里面一直到他们做好准备要去那教堂的时候他当时也许想到应该这么做而且要不是他那么累被扫了兴致又困得晕晕乎乎他可能就这么做了他知道这一次即使他精神饱满他也对付不了她；他在十一个小时里已经干了两次，一次是偷偷摸摸的另一次完全是靠突如其来靠快速行动也靠好多人的快速行动，这个事实注定他现在会更加全面地失败和溃退；思忖着舅舅在面对那样机动灵活而又无法平息的进攻时去谈论什么上学睡觉实在是头脑幼稚而简单，这时候舅舅又一次看出他的心思，站在汽车旁低头看了他一阵子充满同情但毫无希望尽管他是个五十岁的单身汉而且已经有三十五年不受女人控制的历史，舅舅知道也记得她将怎样立即运用他的上学和他的疲乏作借口而且不会马上抛弃这

些借口；她不会听取他待在家的正当有理的理由也不会听取他外出的理由——无论是公民的责任还是简单的正义是人道博爱还是为了挽救生命或者甚至是为了他自己不道德的灵魂的安宁。舅舅说：

'好吧。来。我去跟她谈谈。'

他挪动身子，下了车；他突然平静地说，不是出于对没有希望的惊讶而是对一个人能真正忍受无边的绝望而感到惊讶：'你不过是我的舅舅。'

'我比这还不如，'舅舅说。'我只不过是个男人。'舅舅又一次懂得了他的心思：'好吧。我也试着跟巴拉丽谈谈。那里是同样的情况；母性似乎没有什么在肤色上的差异。'

舅舅也可能在想你不仅不可能打败她们你甚至还不可能在她们转移阵地以前及时找到战场承认失败；他想起来了，现在算来该是两年前的事了，他总算进入高中橄榄球队，换句话说，他赢得了或者是被选中了在一场外地比赛里担当一个位置因为那正规的队员在训练中受了伤或者成绩下降了或者也许是因为他的母亲也不让他去，反正有点原因，他忘了究竟是为什么了因为他那个星期四和星期五都忙着绞尽脑汁却想不出办法如何告诉母亲他要去莫茨镇在正规的球队里打球一直到最后的时刻他非得对她说点什么，于是他说了：说得很糟糕：而且由于父亲正好在场而经受住了（虽然他原来并不是那么策划的——并不是他不会这么做的，而是因为他当时羞愤交加外加羞愤引起的羞耻（（一度对着她大哭大喊：'我是你的独生子，难道这是球队的过错？'））把他弄得忧虑不堪困惑不堪而没有想到可以这么做）并且在星期五的下午跟着球队出发了他想象他当时的感受一定跟士兵挣脱母亲约束的手臂为某个不光彩的事业去作战时的感觉一模一样；要是他倒下了她当然一定会为他悲伤要是他没有倒下她还是会又一次端详他的面庞但他们之间将永远存在那不可磨灭的古老的四季常青的多年生的阴影；于是，那星期五整整一夜他躺在陌生的床上努力想入睡时和第二天上午等待比赛开始时他一直想他不来也许对球队更好一些因为他可能思想负担太重了当不了好队员；终于第一声哨子吹响球赛进行到他被压在两队人马的最底层，球紧紧抱在胸前嘴巴和鼻孔都沾满了划球门线的白灰他忽然在所有的声音中听出来认出来那个尖利的胜利的好杀的嗓音①，他终于爬了起来喘过气来能呼吸了他看见她在人群的最前面不是坐在大看台上而是在小跑着的人群中甚至沿着边线随着球的运动而来回奔跑，后来那天黄昏在返回杰弗生的路上在小汽车里他坐在前排坐在那雇来的司机的边上他母亲和另外三个球员坐在后座她的声音跟他要是说话的话一样骄傲平静不带怜悯：'你的胳臂还疼吗？'——走进门厅②，只是在这个时候他才发现他以为她还会站在前门里边还会松散着头发穿着睡衣而他自己在已经过了三个小时以后还是会走回到那没有停顿没有被打断的哭兮兮的抱怨的情景中。然而没想到是他父亲人还没有从餐厅走出来就已经大喊大叫而且没完没了尽管舅舅几乎对着他的脸也喊了起来：

'查利，查利。该死的，你不能等一下吗？'只是在这个时候，他母亲穿戴整齐，精神抖擞忙碌而又不忙乱地从后面，从厨房走进门厅，并没有提高嗓门就对他父亲说：

'查利。回去吃你的早饭。巴拉丽今天早上不舒服，不想花一天的时间做正餐：'接着转向他——那深情的永远存在的熟悉的面孔他认识了一辈子所以他既没法描绘得让陌生人认出来也不可能从任何人的描述里辨认出来，现在这面孔只是精神抖擞很平静，甚至有点心不在焉，那抱怨只不过是抱怨一种古老的经常使用其废话的习惯：'你还没有洗脸：'甚至没有停下来看他是否跟在她身后，便向前上楼进入了盥洗室，甚至打开水龙头把肥皂放在他手里然后就站在一旁抖开毛巾等待着，那熟悉的面孔带着熟悉的惊讶抗议焦虑和驳不倒的谴责在他这一辈

---

① 他母亲的声音。
② 此处又回到当前。主语为契克。

子里每当他做了一件使他离婴儿时期离童年时代又远了一步的事情的时候那面孔就会出现这种神情：在舅舅给他那匹有人已经调教得能越过十八和二十四英寸的高度的设得兰矮种马的时候在他父亲给他第一把能装真正的火药的枪的时候在马夫开着卡车把棒小伙子送来而他第一次骑上去的时候棒小伙子后腿直立她尖声喊叫而马夫的声音平静地说，'它这种样子的时候要使劲打它的脑袋。你不想让它往后倒压着你的话'但脸部的肌肉 ① 只是由于心不在焉和长期的使用习惯而形成了老一套的表情正如她的嗓门由于心不在焉和长期的使用习惯选择了那用旧了的没有内容的抱怨因为现在里面有了别的含义——跟那天下午在汽车里她说，'你胳臂现在一点都不疼了，是吗？'的情况完全一样也类似另外一天下午父亲回家发现他骑在棒小伙子身上让它越过场院里水泥做的水槽而母亲靠在栅栏上看着父亲由于宽慰和愤怒大为恼火而母亲这时候说话却很平静：'为什么不行？这水槽还没有你给他买的并不结实的根本没有钉好的栅栏那样的东西高呢：'因此 ②，尽管他困得迷迷糊糊他还是听出来了转过湿淋淋的脸和手惊讶而难以置信地对她喊：'你也要去！你不能去！'接着尽管他困得迷迷糊糊他还是意识到任何人在任何事上对她用'不能'两字实在是天真得发蠢于是他打出最后一张救命的王牌：'要是你去的话，我就不去了！你听见了吗？我不去了！'

'把脸擦干，把头发梳一梳，'她说。'然后下楼喝你的咖啡。'

还有这一套。巴拉丽显然也没问题；因为他走进餐厅时舅舅在门厅打电话，他还没有坐下来他父亲已经又大吼大叫起来：

'该死的，你昨天晚上为什么不告诉我？你以后不许再——'

'因为你也不会相信他的，'舅舅边从门厅进来劝说。'你也不会听的。那得是一个老太太和两个孩子，才会不要原因就相信真理，就是

---

① 此处又回到当前。主语为契克的母亲。
② 此处又回到当前。主语为契克。

因为那是真理，一个处于困境值得怜悯和信任的老人诉说的真理，对着一个能够怜悯他的人即使没有人真正相信他。你一开始也不相信，'舅舅对他说。'你什么时候才真正开始相信他了？在你打开棺材的时候，对吗？我想知道，你明白吗。也许我还没有老得不会学习了。什么时候？'

'我不知道，'他说。因为他并不知道。在他看来他似乎一直都知道。可又似乎他从来没有相信过路喀斯。接着他觉得这事情似乎根本没有发生过，又一次没有动作就把自己从那长长的深深的睡眠的深渊里挣扎出来但现在时间还是稍稍过去了一点，他至少赢得了那么一小会儿，也许足够清醒一阵子就像那夜间开卡车的司机吞的药片一样没有衬衫纽扣那么大但里面浓缩了足够的药力能使他清醒地到达下一个镇子，因为母亲现在在房间里生气勃勃而又很平静，重手重脚地把一杯咖啡放在他面前要是巴拉丽这么放的话她会说巴拉丽笨手笨脚把咖啡都溅了出来；正是因为这杯咖啡，父亲和舅舅都不去看母亲，相反他父亲大叫起来：

'咖啡？这该死的是干什么？在你最后同意让加文给他买那匹马时我以为我们大家一致同意他在十八岁以前不能要咖啡连一勺咖啡都不能喝。'而母亲根本没有听用同样的手和同样的方式半推半搡地把奶壶和糖罐放到他的手边而且已经转过身往厨房走，她说话的声音并不真正很慌忙和不耐烦；只是很轻快地：

'喝了它。我们已经晚了。'现在他们第一次看着她；穿戴整齐，甚至连帽子都戴好了，另外一只胳臂拎一只草篮子从他记事起她一直从这篮子里拿出他的他父亲的和舅舅的长袜短袜来缝缝补补。虽然舅舅最初只看见那顶帽子一时间似乎跟他在盥洗室里一样感到吃惊吓了一大跳。

'麦琪！'舅舅说。'你不能！查利——'

'我并不打算去，'他母亲说，并没有停下脚步。'这一次你们男人得去挖坟。我要去监狱：'她现在已经在厨房了只有她的声音传过来：'我不打算让哈伯瑟姆小姐一个人坐在那儿让全县的人呆头呆脑地看着她。我帮巴拉丽计划好正餐的事情我们就——'但不是消失消逝；而是停止说话，不说了：因为她已经不再把他们放在心上了虽然父亲又作了一次努力：

'他得去上学。'

但连舅舅都不再听了。'你可以开尤妮丝小姐的卡车，对吧？'舅舅说。'今天不会有黑人学校让艾勒克·山德去上学，所以他不可能把卡车停在监狱那里了。即便黑人学校还上课，我怀疑巴拉丽在一周之内会让他走出前院。'接着舅舅似乎连父亲的话都听见了或者至少决定回答他：'而且也不会有什么白人学校，就算这个孩子没有听路喀斯的话，那话我不想听，就算他没有听哈伯瑟姆小姐的话，她的话我没去听。嘿？'他说。'你能在那么长的时间里不睡着吗？不过我们上路以后你可以打个瞌睡。'

'是的，舅舅，'他说。于是他喝了咖啡，那肥皂和水和硬毛巾让他清醒得足以知道他不喜欢咖啡也不想喝但没使他清醒到可以选择最简单的办法来对付它：也就是不去喝它：他尝了尝啜了一口然后往里面又加些糖直到两样东西——咖啡和糖——都失去原来的味道变成让人恶心的奎宁似的甜得发腻的混合物最难吃的咖啡和最难吃的糖终于舅舅说，

'该死的，别这么做，'起身去了厨房拿来一锅热过的牛奶和一个汤碗把咖啡倒进碗里再把热牛奶倒进去然后说，'来吧。忘了它。就一口气喝了它。'于是他喝了起来，两手端着碗好像从葫芦里喝水那样几乎没有品出什么味道这时候父亲稍稍往后靠在椅子上看着他还说着话，问他艾勒克·山德究竟有多害怕他是不是比艾勒克·山德更害怕只是他的虚荣心使他不肯在一个黑人面前表露出来，说老实话，要不是哈伯瑟姆小姐硬赶着他们，他们两个都不会在黑夜里去碰那坟墓甚至没有足够的勇气把花拿起来：舅舅打断他的话：

'艾勒克·山德当时甚至还告诉你那坟已经给人慌慌张张地动过了，对吗？'

'是的，舅舅，'他说，舅舅说：

'你知道我在想什么吗？'

'不知道，舅舅，'他说。

'我很高兴艾勒克·山德在黑夜里不能完全分辨清楚，没有说出那个骑着骡子前面驮着样东西下山来的人的名字。'于是他想起来了：他们三个人都在想那个名字但没有一个人说了出来：只是站在那墓穴看不见的黑黝黝的大口的上面，彼此都互相看不清楚。

'填起来，'哈伯瑟姆小姐说。① 他们照她说的做了，挖松的泥土（现在是第五次了）翻下去要比挖上来快多了尽管在稀稀落落的月光下好像总也干不完似的而松柏在没有风的情况下不断地发出声响仿佛是巨大的不会减弱的嗡嗡声不是在表示惊讶而是表示注意、观察、好奇；不介意道德范畴，冷眼旁观，不介入但又把一切都看在眼里。'把花放回去，'哈伯瑟姆小姐说。

'这要花很多时间，'他说。

'放回去，'哈伯瑟姆小姐说。于是他们照办了。

'我去牵马，'他说。'你和艾勒克·山德——'

'我们都去，'哈伯瑟姆小姐说。于是他们收拾好工具和绳子（他们也没有再用手电），艾勒克·山德说'等一下'摸索着找到他用来当铁锹的木板一直拿着直到他把它放回教堂的底下而他解开系着棒小伙子的绳索又扶住马镫但哈伯瑟姆小姐说，'不。我们牵着它。艾勒克·山德紧跟在我后面走，你牵着马紧跟在艾勒克·山德后面走。'

'我们可以走得快一点——'他又说而他们看不见她的脸：只能看见那瘦削笔直的体形，那身影，那顶在任何人头上都不会像是帽子而在

---

① 这里是倒叙，回到了前一天夜里在坟墓边的情况。

她脑袋上就跟在他祖母头上一样十分般配的完全不像任何别的东西的帽子,她的声音并不响,比呼吸的声音响不了多少,好像她根本没有动嘴唇,不是在跟人说话,而是在喃喃自语:

'这是我想出来的最好的办法。我不知道还有什么别的办法。'

'也许我们都应该走在中间,'他说,声音很大,太大了,比他打算的甚至想要用的声音要大上一倍;这声音会传出好几里地,特别会传遍整个已经毫无希望地被无休止地嗡嗡声所惊醒的所惊动的乡村巴拉丽也许会说而老艾富拉姆肯定会用还有路喀斯也会说那是松柏的'赞叹'声。她现在在看着他。他可以感觉到她的目光。

'我永远没法跟你母亲作解释,但艾勒克·山德根本没有必要上这儿来,'她说。'你们俩都踩着我的脚印走,让马走在最后:'说完她转过身朝前走虽然这样走有什么好处他并不知道因为在他看来'埋伏'一词的意思是'从侧面,从旁边':他们又那样成单行走下山来到艾勒克·山德把卡车开进树丛里的地方:他想要是我是他①的话,这就是埋伏的地方,她也想到了;她说,'等一等。'

'要是我们不待在一起的话你怎么能老站在我们的前面?'他说。这一次她甚至没有说这是我所能想到的办法只是站在那里于是艾勒克·山德从她面前走过走进树丛把卡车发动起来倒出树丛掉转过来让车头朝着山下,让马达转动着但没有打开车灯而她说,'把缰绳缠起来让它走。难道它不会自己回家吗?'

'我希望如此,'他说。他上了马。

'那把它绑在一棵树上,'她说。'我们见了你舅舅和汉普敦先生就马上回来找它——'

'那我们大家都可以看见他②骑着马或骡子下山来,前面还赶着一匹马或者那头骡子,'艾勒克·山德说。他让马达转动得快一些然后又

————————

①② 指他们上山时遇到的那个骑着骡子下山来盗坟的人。

让它慢了下来。'来吧。上车吧。他要不就在这儿看着我们，要不就不在这儿。要是他不在的话，我们大家就没事了，要是他在的话，他也等了太久了，因为他让我们回到了卡车这儿。'

'那你就骑着马紧跟在卡车后面，'她说。'我们开得慢——'

'不，'艾勒克·山德说；他把身子探出车外。'你走吧；反正我们到了镇上还是得等你的。'

于是——他不需要敦促——他让棒小伙子下山，只是把它的脑袋抬起来；卡车的车灯亮了起来车开动了棒小伙子刚一上平地在还没到公路的那一小段路上就想奔跑但他勒住了它领它上了公路，卡车下山到平地时车前的灯光向前向外呈扇形于是他放松了缰绳，棒小伙子开始奔跑，像往常一样把马嚼子弄得咯咯直响，像往常一样以为它只要把马嚼子再吐出来一次它就能把嚼子向前推得能用牙齿咬住，卡车的灯光也转向公路时它还在奔跑，它的蹄子在桥面沉闷地响了八下他俯身迎着黑暗的强劲的风纵马奔跑，在头半个英里的路程里，根本看不见那亮着的车灯的灯光终于他让马放慢速度改成在坚硬的路面上大步走的步伐又走了大约一英里卡车才赶了上来超过他们红色的尾灯闪烁着向前然后消失了不过至少他已经走出松柏树林，摆脱了那影影绰绰的从高处俯视的既不关心又决不忽略的对周围说：看啊。看啊的咝咝声：但它们还是在某个地方这么说着它们肯定已经说了很长的时间使所有第四巡逻区高里家的英格伦姆家的沃克特家的弗雷泽家的还有所有的人现在都已经听见了因此他用不着去想了于是①他现在不再去想了，这一切都在他想起来的那一刹那间，从碗里喝下最后一口咖啡把碗放下这时候父亲多少有点从桌子边蹦了起来，椅子往后摔了出去，椅子腿在地板上乒乓乱响，他说：

'也许我最好还是去上班。你们大家扮演警察和强盗的时候还得有

---

① 此处又回到当前他喝咖啡的时候。

人挣点钱买粮食。他说完走了出去,显然咖啡对他称之为思想过程或者总而言之人们称为思想的过程起了点作用因为他现在明白他父亲为什么要这种样子——那气愤也是事情过后的宽慰总要用某种方式表现出来他选择生气不是因为他会禁止他去而是因为他自己没有这个机会,那装出来的对他和艾勒克·山德的勇气的不屑一顾的挖苦与非难其实是对他们在黑暗中打开坟墓和对哈伯瑟姆小姐的意志力表示一样的惊讶,——事实上他还明白了为什么会有把整个事件说成是幼儿园的捉迷藏游戏这种十分苛刻的诽谤行为:这也许不过是男人运用的一种方式表示拒绝承认他像舅舅说的那样已经长大得可以自己系裤子了因此他不去理会父亲,听见母亲快要从厨房里走出来便推开椅子站了起来忽然他想到咖啡比他了解的要厉害得多但没有人警告过他咖啡会像可卡因和鸦片那样使人产生幻觉:看着注意着父亲的喧闹与喊叫如被吹走的烟或雾气由于渐渐地远去了消失了,不仅显示而且表露那个孕育他的人正隔着没有桥梁的生育之深渊在回头看他不仅带着骄傲而且带着羡慕;舅舅的那种容不得自己的工于言辞的自我鞭挞才是虚假的他父亲在品尝那真正的辛辣的无可挽回的生逢其时的苦果,他生得不是太早就是太晚不可能在十六岁时在黑夜里策马奔驰十英里去挽救一个老黑鬼的倔强而不友好的颈脖。

但至少他醒了过来。咖啡好歹起了这个作用。他还想打瞌睡只是现在他不可能了;他有睡觉的欲望但他现在得跟清醒作斗争。现在已经过了八点钟;他打算把哈伯瑟姆小姐的卡车从路边开走时县里的一辆送孩子上学的校车开了过去,街上很快就会充满对星期一来说精神太饱满的拿着书本和装有课间午餐的纸口袋的孩子在校车后面是一长串川流不息的沾满了乡下的泥土和灰尘的小汽车和卡车在他设法插进车流以前舅舅和母亲可能早就已经到了监狱因为星期一是在广场后面的销售棚里举行牲畜拍卖的日子,他看得见他们,没有人的小汽车和卡车像猪食槽前的猪崽密密麻麻地挤在县政府大楼前的人行道的路缘拿着牲畜交易人的手杖①的男人并不停留而是径直穿过广场沿着小巷走到销售棚嘴里嚼着烟叶和没有点燃的雪茄烟从一个牲口圈走到另一个牲口圈在牲口的粪便和药水的强烈的阿摩尼亚气味里在小牛的嚎叫和马与骡子的喷鼻息和跺蹄子的声响中在二手大车犁杖工具枪支马具和钟表之间走动着只有女人（极少几个女人因为牲畜买卖日跟星期六不一样主要是男人的日子）还留在广场上和商店里因此广场本身除了停放的汽车和卡车显得空荡荡的一直到中午时分男人们才回来跟她们在咖啡馆和饭馆里待上一个小时。

这时候他猛地一激灵，这一次不是本能的反应，也不是从睡眠中惊醒而是从幻想中清醒过来，他自己把受催眠状态从屋子里带到大白天明亮而强烈的太阳光下，甚至就在开卡车的时候，昨天晚上以前他根本不认识这辆卡车可现在它跟铲土的沙沙声或铁锹碰撞松木棺材的声音一样成为他的记忆经历和呼吸的不可驱散的一部分，穿过了一个海市蜃楼的真空其中不但并不存在昨天夜里这个时空而且也没有星期六，现在想了起来仿佛他只是在这一时刻才看到校车里没有孩子只有大人跟在校车后面的一长串的小汽车和卡车以及在他插进车流时跟在他后面的小汽车和卡车里也只有大人，即使在牲畜拍卖日的星期一其中至少有几辆应该载有黑人（星期六他们会把至少一半的平坦的空地挤得水泄不通，男人女人和孩子穿戴着廉价的质量不高的华丽的衣服进城来），现在却连一张黑脸都没有。

街上没有一个要去上学的孩子，虽然他并没有仔细听②但还是听见舅舅打电话知道警长来电话问今天学校上不上课舅舅说要上的，现在他③可以望见广场了又看见三辆本来是为了用来把县里的孩子送到学校去、但被它们的主人——承包人——司机在星期天和节假日变成收费交通工

---

① 原文为stock-trader walkingstick，指卖牲口的人手里拿的用来拨弄牲口的棍子，并不是什么特殊的手杖。
② 这里回到前面他在家喝咖啡的时候。
③ 这里又回到当前，在契克开着哈伯瑟姆小姐的小卡车去监狱的途中。

具的黄色的大轿车然后看见了广场和那些跟往常一样也应该如此停放着的小汽车和卡车但广场本身完全不是空荡荡的：没有男人的人流朝牲口圈走去也没有女人走进任何商店因而在他把小卡车停在路缘舅舅的汽车后面时他看见那可以看见的地方感觉到那没有喧闹和骚动的地方，一个滞重沉闷的嗡嗡声响充斥广场，就像人群在游艺场中间或橄榄球场上挤得往外涌，人们挤到街上成群地挤在监狱对面的路边上以至于队伍的头已经到了他昨天站过的努力不引人注目的铁匠铺子的另一边仿佛他们在等待一支游行队伍（而且几乎站到了马路中间使那些仍然川流不息的小汽车和卡车只好绕过他们前进，一堆十来个人好像是站在观礼台上的人群，在他们的中心他认出了镇警察局长的带警徽的官方的帽子，平时在今天这个时候他已经站在学校门口在拦住车辆让孩子们过马路，他不用回忆就想起来警察局长姓英格伦姆，一个进城来的第四巡逻区的英格伦姆，就像有些第四巡逻区的不守本分的子弟有时偶尔也会娶个城里的姑娘然后变成理发师和法警和守夜人正如某些日耳曼人的小诸侯会从他们的勃兰登堡①的山区里走出来跟欧洲王位的女继承人结婚）——都是那些男人和女人但没有一个孩子，那饱经风霜的乡下人的面孔和给太阳晒得黝黑的脖子和手背，那干净的退了色的没有领带的土色的衬衣和裤子和印花布裙把广场和街道挤得满满的仿佛那些店铺都关了门上了锁，甚至并不凝望②那单调的监狱的正面和那唯一的带铁栅的已经有四十八小时没有人也没有动静的窗户，只是聚集在一起，密集在一起，没有期待也没有期望甚至注意力都不很集中只是像在剧院里大幕还没拉开前的那种准备安顿下来的状态：于是他想道，原来如此：是个节假日：本来节假日是孩子们的日子只不过这儿颠倒过来了：突然他意识到他完全错了；这不是从来没有发生过的星期六而只是对他们来说尚未发生的昨天

---

① 神圣罗马帝国的候选领地，在德国的东北低地，普鲁士王国的核心。
② 此处主语为在广场上围观的人群。

晚上，不仅他们对昨天晚上毫无了解而且没有人，连汉普敦都不可能已经告诉他们因为他们会拒绝相信他；于是某个类似掠过小鸡眼睛的物体或面纱一种他根本不知道有其存在的东西突然嗖地一下从他自己的眼前飞走而他第一次看见了这些人——还是那同样的饱经风霜的仍然几乎是心不在焉的面孔还是那同样的退了色的干净的棉布衬衣和裤子和裙子但现在没有人群在等待大幕升起去看舞台上的幻想而是法庭上的那一个人①在等待治安官的官员喊请注意请注意请注意本庭法官驾到；甚至没有不耐烦②，因为那判决的时刻还没有到来，不是对路喀斯·布香的判决，他们早就已经判他有罪了，而是来看对第四巡逻区的判决，不是来看他们所谓的正义得到主持甚至也不是为了看到惩罚得到执行而是来为了保证第四巡逻区不至于失去那白人的高贵的身份。

因此他已经停下卡车并且下了车而且已经开始奔跑的时候突然收住脚步：出于某种尊严某种骄傲想起了头天晚上他促成了并且在某种程度上领导了反正协助完成了一件所有负有责任的大人都没看到其价值，更看不到它的必要的事情，还出于某种谨慎想起了舅舅说过没有事情能足以使一群乌合之众行动起来所以也许让一个孩子跑到监狱就足够了：然后他又想起来那些面孔多得数不清但由于没有个人特性而变得惊人地相似，他们完全放弃了个人的特性而成为一个**我们**，甚至没有不耐烦，甚至无法加以催促，由于完全没有意识到自己的威胁力而几乎欢欣鼓舞，不会因一百个奔跑的孩子而受惊乱跑；然而在同一瞬间想到了另一方面：一百个孩子的一百倍是不可能阻拦他们或把他们引向别处的，他认识到在这伙人还只是处于有想法的阶段他们已经是绝对地不可救药等他们要把想法付诸实施时他们的力量更是无法估计的于是他现在意识到他糊里糊涂参与其间的事情的严重性他最初的本能的冲动——跑回家把马

---

① 指法官。法庭开庭前，法警要喊大家注意并宣布开庭。
② 此处主语为在广场上围观的人群。

鞍和笼头套上马然后骑上马像乌鸦一样飞跑到精疲力竭倒了下来然后睡觉然后在事情过去以后再回来——是正确的（完全由于他正好不是个孤儿他连这样一条逃避的出路都没有）因为现在在他看来，是他把支撑这个县的全体白人的基础里的某样令人震惊的可耻的东西找了出来暴露在光天化日之下，由于他也是这个基础培养出来的因此他也得承受那羞耻与震惊，要不是他，那东西可能只在第四巡逻区里爆发燃烧然后随着烧死路喀斯的余烬渐渐消逝而消失回到黑暗或至少是看不见的状态。

可现在已经太晚了，他甚至不可能否认，放弃，逃跑：监狱的大门还开着他站在大门对面看见哈伯瑟姆小姐坐在里盖特坐过的椅子里，纸板箱放在她脚边地板上她腿上有件衣服；她还戴着她那顶帽子他看得见她的胳臂和手来来回回地移动着他觉得他甚至能看见她手里的针轻快地来回闪烁着光亮尽管他知道离得这么远他是不可能看见的；但舅舅挡住他的视线他只好往人行道边上又走几步就在这时候舅舅转身走出大门穿过阳台于是他可以看见她① 坐在哈伯瑟姆小姐边上的另一个椅子里；一辆小汽车开到身后的路边停了下来现在她不慌不忙地从篮子里挑了一只短袜把蛋形织补衬托架放了进去；她甚至已经把线穿好把针别在衣服的前胸现在他也能分辨出针的闪烁的光亮也许这是因为他对她的动作太熟悉了看了一辈子的熟悉的轻快的纤纤素手的动作但至少没有人会否认说那不是他的袜子。

'谁啊？'县治安官在他身后说。他转过身。县治安官坐在汽车方向盘后面弓着肩膀弯着脖子以便从车的窗户框的下面往外窥视。马达还在转动他看见车厢后面有他们并不需要的两个铁锨把还有一把镐两个穿着街头干活的囚犯们穿的蓝色的夹克和肮脏的有黑边的裤子的黑人坐在后座除了转眼睛时眼白一闪一闪外他们一动不动地安静地坐着。

'还能是谁啊？'舅舅也在他身后说但这一次他没有转身他甚至没

---

① 此处以及下面的"她"均指契克的母亲。

有听下去,因为三个男人突然从大街上走过来站在汽车边上,在他注意的时候又有五六个人走了过来一会儿的工夫整个人群就会开始涌过马路;已经有一辆过路的汽车突然刹车(跟在它后面的那辆也刹住了)开始是为了不轧着人后来是为了让车上的人可以探出身子来看县治安官的汽车,第一个走到汽车跟前的人已经弯下腰往车里探望,他那棕色的农民的手抓着摇下来的车窗玻璃的边缘,那饱经风霜的棕色的面孔好奇地有先见之明地毫无顾忌地伸进车内而在他身后跟他一模一样的戴着毡帽和沾满汗水的巴拿马草帽的人群倾听着。

'你想出了什么花招,霍普?'那人说。'难道你不知道你这么浪费县里的钱,大陪审团会整你的。难道你没听说北方佬通过的新私刑法?应该由那绞死黑鬼的人来挖坟?'

'也许他拿着这些铁锹去那儿让纳布·高里和他的那几个儿子做练习用,'第二个人说。

'那霍普把铁锹把也带上是做了件好事,'第三个人说。'要是他要靠姓高里的人去挖个洞或做什么会出一身汗的事情,他肯定需要铁锹把的。'

'或者也许它们不是铁锹把,'第四个人说。'也许高里家的人训练用的是他们①。'然而即使有一个人大笑了起来,他们大家都没有笑,现在有十多个人围着汽车往车内后部迅速而一览无遗地看一眼,两个黑人像木雕似地纹丝不动地坐着两眼直视前方不看着任何东西也没有任何动作甚至没有呼吸的动作只有眼球周围的眼白有非常细微的扩大与收缩,然后又去看②县治安官,那表情跟他看到的那些等待吃角子老虎玻璃罩后面旋转的皮带停下③来时人的表情几乎完全一模一样。

---

① 指后座的那两个黑人。
② 指那些往县治安官汽车里张望的人。
③ 吃角子老虎停下来时会出现一些数字或图案。如果图案是同花或数字排列正确,下赌注的人就会赢钱。这里指看热闹的人心情十分急迫。

'我看这样行了，'县治安官说。他把头和一只大胳臂伸出车窗外像拉窗帘似地毫不费力地把离汽车最近的人推开稍稍地提高嗓门喊了一声：'威廉。'警长走了过来；他① 已经听见他在说：

　　'让开，小伙子们。让我来看看尊贵的县治安官今天上午有什么想法。'

　　'你干吗不让这些乡亲们让开路面让那些汽车可以进城去？'县治安官说。'也许他们还想到处站站还看看那监狱呢。'

　　'当然，'警长说。他转过身，两手去推最靠近他的人，但并不碰着他们，仿佛他正在让一群牲口走动起来。'好了，伙计们，'他说。

　　他们并不挪动，还是看着警长身后的县治安官，没有一点想反抗的意思，并不真正打算向任何人挑衅：只是很宽容的，挺好脾气的，几乎是温文尔雅的。

　　'哎呀，治安官，'一个人说，接着另一个人说：

　　'这是条自由的街道，治安官，对吗？只要我们在你们这里花钱，我们在街上站一站，你们城里人是不会在乎的，对吗？'

　　'但不能挡住别的想进城花一点钱的人，'县治安官说。'走吧。威廉，让他们离开大街。'

　　'来吧，伙计们，'警长说。'还有别的乡亲想过来看看那些砖② 呢。'他们于是移动起来但仍然不慌不忙，警长把他们赶回到街的另一边，就像一个女人把一群母鸡赶出牲口圈，她只控制它们行动的方向，不去管它们的速度，而且连方向也不是管得那么严，母鸡在她拍打的围裙前跑动并不反抗，只是难以捉摸，并不怕她，甚至也不惊慌；停住的那辆汽车和它后面的车子也动了起来，慢腾腾地，以爬行的速度载着车里一张张伸长脖子的面孔；他听见警察局长对司机们喊：'快开。快开。

---

①　指契克。后面的"他"指警察局长。
②　指监狱。

你后面还有车呢——'

县治安官又看着舅舅。'另外一个在哪儿？'

'另外一个什么？'舅舅说。

'另外一个侦探。那个在黑暗里能看得见东西的人。'

'艾勒克·山德，'舅舅说。'你要他也来？'

'不，'县治安官说。'我只是想念他。我只是感到吃惊，这个县里还有一个人有足够的鉴赏力和判断力能在今天还呆在家里。你准备好了？我们出发吧。'

'好，'舅舅说。县治安官跟重手重脚的好用坏扫帚的扫地人一样以一年开坏一辆汽车而臭名远扬：不是因为速度太快而纯粹是因为摩擦的结果；现在那辆小汽车简直是从路缘那里弹了出去，在他还来不及看清楚以前就已经消失了。舅舅走到他们的车跟前，打开车门。'上车，'舅舅说。

于是他说了出来；至少这一点还是很简单的：'我不去了。'

舅舅停了下来，于是他看到那张好揶揄讥弄的面孔在注视着他，那揶揄的眼睛，只要给它们一点点时间，是不会忽略任何事情的；事实上从他知道它们以来除了昨天晚上还从来没有忽略过任何事情。

'呵，'舅舅说。'哈伯瑟姆小姐当然是位有身份的女士，而另外一位女士是你们家的。'

'瞧瞧他们，'他说，他站着不动，连嘴唇都几乎没有动，'街对面都是。广场上也有，可这里没有别人只有威廉·英格伦姆和那顶该死的帽子——'

'难道你没有听见他们跟汉普敦的讲话？'舅舅说。

'我听见的，'他说。'他们连自己的笑话都不笑。他们在笑他。'

'他们根本没有在奚落他，'舅舅说。'他们根本没有嘲弄他。他们只是在观察他。观察他和第四巡逻区，看看会出什么事。这些人进城来就是为了看他们中的一方或者他们双方会干些什么。'

'不对,'他说。'不光是这一点。'

'好吧,'舅舅说,现在他也很严肃了。'就算如此。那又怎么样?'

'要是——'但舅舅打断了他的话头:

'要是第四巡逻区的人来了端起你母亲和哈伯瑟姆小姐的椅子把她们抬到院子里使她们不会碍他们的事儿?路喀斯不在牢房里。他在汉普敦先生的家里,也许现在正坐在厨房里吃他的早饭呢。我们到了汉普敦先生家给他讲了那件事之后十五分钟威尔·里盖特就从后门进来了你想他是在干吗?艾勒克·山德还听见他①打电话了呢。'

'那汉普敦先生这么慌慌张张地要干什么?'他说:

舅舅的声音现在很严肃:不过就是严肃,没别的:

'因为不作假设也不作否认的最好的办法就是上那里去做我们该做的事然后回来。上车。'

---

① 指县治安官汉普敦先生。

第 七 章

　　他们一直到了教堂才又看见县治安官的小汽车。原因并不在于他睡着了，尽管他喝了咖啡完全可能会睡着事实上也确实睡着了。他在驾驶那辆小卡车的时候在他开到可以看见广场后来又看到在监狱门前街对面的人群的那一刻以前他一直以为他跟舅舅一旦上路回教堂他不管喝了咖啡没有都不会再跟瞌睡作斗争，相反他要放弃挣扎接受睡眠，以便在九英里的砾石路和一英里的上坡的土路中至少获得半小时的睡眠来弥补他昨天晚上失去的八个小时和——他现在看来——昨天晚上以前他为了努力不去考虑路喀斯·布香所花的三四倍于八小时的时间。

　　今天清晨在快要三点钟的时候他们抵达城镇时，没有人能使他相信他到现在这个时候，几乎九点钟的时候，还没有能够睡上至少五个半小时即便不是那全部的六个小时，他想起来他——毫无疑问还有哈伯瑟姆小姐和艾勒克·山德——曾经相信他们和舅舅一走进县治安官的房子一切问题就解决了；他们走进前门就像经过门厅时顺手把帽子放在桌子上那样，往县治安官宽大能干受过任命的手掌里放下那整整一夜的梦魇般的怀疑犹豫不决不睡不眠紧张疲乏震惊惊讶和（他承认这一点）多少有一点的害怕。但那情景并没有出现他现在知道他从来没有真正指望过会出现这样的情况；这想法进入他们的头脑只是因为他们实在是筋疲力尽了，不是由于缺少睡眠由于疲劳和紧张而耗尽了力气而是被震惊惊讶和出人意料的结果搞得疲惫不堪；他甚至不需要那些望着监狱正面没有内容的砖墙的密集的人群的面孔也不需要那几个走过街来围住县治安官的汽车甚至挡住街道的人的面孔，他们以一个双方协调的眼光①一览无遗的毫不羞愧的不信任的无可否认的一瞥犹如一个忙碌的家长稍停片刻来检查并预料一个他所热爱的但并不可靠的孩子的意图来了解车里的情景然后予以摈弃。如果他需要什么东西的话他肯定已经有了——那些面孔那些说话的声音根本没有奚落根本没有嘲笑；只是明明白白的逗乐而且毫无怜悯之心——在最初的屈服和放松后像褥垫里的针一样悬在那里②使他跟他那睡了一整夜至少睡了大半夜的舅舅一样清醒，现在他们离开小镇了现在汽车开得很快，在第一个英里内就超过了车流里的最后的小汽车和卡车③后来就没有小汽车和卡车了因为今天想进城来的人这时候已经都在那最后的越来越短的一英里之内了——这个县的全体白人利用了良好的天气和良好的全天候道路这是他们的道路因为这是他们纳的税投的票以及他们的亲戚和能够对那些分配资金的议员施加压力的关系户投的票所修起来的——迅速进入城里，（这城镇也是他们的，因为只是由于他们容许和支持在这里建立他们的监狱和他们的政府大楼小镇才得以存在）如果他们认为合适的话还可以聚集在街道上把街道堵得满满的并且造成交通堵塞：耐心地等候着毫无怜悯之心不容催促或阻拦或驱散或不予承认因为被杀害的人是他们的而凶手也是他们的；冒犯者和主要的被冒犯者都是他们的：对于那个白人和他所拥有的一席之地的消失，他们有权不仅主持正义而且还可以指定人进行报复或阻止报复。

他们现在行驶得非常快，他在记忆中舅舅从来没有开得这么快过，沿着昨天晚上他骑在马背上走过的那条长长的道路，不过现在是大白天，五月柔和的难以描绘的早晨；现在他看得见标志着旧区分界线或者像修道院里的站立着的修女④似的灌木树篱里一簇簇怒放的白色的山茱

---

① "双方"指围着县治安官的汽车的人与车内的黑人，但后面谈的是那些白人围观人群。
② 围观人群的表情和说话的口气对契克是很大的震动，使他尽管努力放松仍无法入睡。
③ 指与他们逆向而驶交叉而过的进城去的车流。
④ 因为山茱萸的白花让他想起修女戴的白头巾。

黄的花朵一片片正在绽出绿芽的树林和昨天晚上他只是闻到的果园里粉红的桃花白色的梨花以及苹果树刚刚展现的粉白色的花朵：在他们的前边和周围到处是那忍受磨难的土地——田野带有垄沟呈几何图形，玉米是在三月底和四月初最早的鸽子开始啼叫时播种的，棉花是在一周前五月初夜莺开始在夜里叫唤时播种的：但大地空空洞洞，没有任何活动和任何生命——农舍上空没有炊烟缭绕因为早饭早就吃过了而正餐不必做因为没有人会回家来吃，那些没上过油漆的黑人的小棚屋通常在星期一早上半裸着身子的孩子会在没有草没有树的院子里爬来爬去追逐那破损的中耕机的轮子磨坏的汽车轮胎和空的鼻烟瓶和铁皮罐头而在后院里在七歪八倒的围着菜地和小鸡道①的篱笆边上柴火灶上给烟熏得漆黑的大铁锅里的水早就应该烧得滚开到日暮时分这些篱笆上就会晾满五颜六色的工装裤围裙毛巾和男人或儿童穿的连衫裤：但今天早晨不是这种景象，现在并非如此；从星期六下午那个时刻有人从屋子里发出第一下喊声起轮子和啃过的巨型橡胶炸面圈②鼻烟瓶和空罐头就被乱七八糟地扔在尘土中再没有人去理会它们，后院里冰凉的空铁锅坐在上星期一的灰烬里周围的晾衣绳上空无一物随着汽车飞速驶过一扇扇空空洞洞的不再有特色的门户他可以隐约地瞥见炉床上灶火的火光看不见但感觉到阴影里那静悄悄的翻着眼白的眼睛；但最主要的是，空旷的田野本身在今天五月第二个星期一的这个时刻里每一块都应该具有千篇一律的不断重复的大地的生命的象征——一组宗教典礼似的几乎具有神秘意义的千篇一律绝无二致的形象像英里里程碑那样把县城跟县的最边远的地方连结起来：那牲口那犁杖那人融为一体成为他们开垦出来的凝固而波浪起伏的犁沟的基础，因其努力而无比巨大同时却又不见进展，凝重的不可移动的固定的在无边的大地的衬托下犹如一组组摔跤运动员的雕像——突然（他

---

① 搭在鸡窝外面供小鸡从地面走进鸡窝的钉有横木条的木板。
② 福克纳在此挖苦汽车文明。美国人爱吃炸面圈，又爱汽车。而汽车的轮胎与面圈的形状颇为相似。

们离城已经有八英里了；已经隐约看得见隆起的青蓝色的山峦的外形）他（除了巴拉丽、艾勒克·山德和路喀斯外他在差不多有四十八个小时里没有见过一个黑人）用一种难以置信一种几乎是受到震惊的惊讶口吻说：

'那儿有个黑鬼。'

'对，'舅舅说．'今天是五月九号。这个县里十四万两千英亩的土地还有一半没下种。总得有人待在家里干活：'——汽车飞驶着冲上前去，隔着地边越过他们之间大约五十码的距离他和那个扶着犁杖的黑人四目直视面面相觑一直到那黑人避开他的目光——那黑色的面孔因汗水而油亮，因使劲而充满激情，紧张专注而又安详，汽车从他身边飞驰而过继续向前，他先是从打开的车窗探出头去向后看后来又在座位上扭转身子从后车窗望着他们，看着他们飞快而清晰地越来越小——那人和那骡子还有跟他们形影不离的木头犁杖强烈而孤单固定于土地却又一无进展，奇妙地不依倚于任何东西。

他们现在看得见山峦了；他们快要到了——长长的隆起的第一个松柏山脊横亘半个地平线地平线外是山外有山的那种感觉那种感受，绵延起伏的山脊看上去并不那么固定而像是从高原突然地冒出来向上冲以便悬挂在地平线的上空，要不是有鲜明的轮廓和色彩它们就像舅舅告诉过他的苏格兰的高原那样；那是两年前，也许是三年前的事，当时舅舅说，'那就是为什么那些自动选择在上面的小块土地上居住的人一英亩生产不了八蒲式耳的玉米或五十磅棉花即使那些地还不是陡得没法让骡子拉着犁杖走路（但他们并不要种棉花，他们只要玉米可又不要许多玉米因为其实并不需要很多玉米来供应一个大得可以让一个人和他的儿子们摆弄的蒸馏器①）为什么这些人都姓高里、麦卡勒姆、弗雷泽还有从前叫英格莱厄姆的英格伦姆和从前叫乌可哈特的沃克特，他们改姓只不过是因为当年把这两个姓带到美国又带到密西西比州的人不知道怎么拼写自

---

① 酿私酒用的蒸馏器。当时，美国南方乡下人有非法生产私酒的习惯。

己的姓氏，这些人喜欢争吵打架害怕上帝相信地狱——'舅舅① 好像看出他在想什么，他让车速指示器的指针停在五十五的地方②一直开到最后一英里的砾石路（路面已经开始向着九里溪的长满柳树和柏树的河岸低地倾斜了），说起话来，这是他们离开小镇以后舅舅第一次主动讲话：

'高里、弗雷泽、沃克特、英格伦姆。在沿河的谷峪里，在那些开阔的肥沃的容易生长植物的土地上人们可以种出能在光天化日下公开销售的东西，那里的人姓小约翰、格林利弗、阿姆斯特德、米林汉姆和布克莱特——'不说下去了，汽车开始下坡，由于自身的重量而跑得越来越快；现在他可以看见艾勒克·山德在黑暗里等待他的那座桥棒小伙子就是在桥下面闻到流沙的。

'我们一过那儿就拐弯，'他说。

'我知道，'舅舅说。'还有叫桑博③的人，他们两个地方都居住，他们两个地方都选择因为他们两者都能承受，因为他们什么都能承受。'桥现在离得很近了，入口处白色的栏杆张大着嘴向着他们奔驰而来。'并不是所有的白人都能承受奴隶制显然没有人能承受自由（那前提——那个所谓人真正需要和平与自由的前提——碰巧也是我们当前跟欧洲关系的麻烦所在④，那里的人不但不知道什么是和平而且——除了盎格鲁-撒克逊人以外——非常害怕，完全不相信个人自由；我们不抱任何把握地希望我们的原子弹⑤足以保护一个跟诺亚方舟⑥一样过时的观念。）；人在彼此瞬间的默契中把自己的自由强行交给第一个出现的蛊惑人心的政

---

① 回到当前。
② 即车速为每小时 55 英里。
③ "黑人"的统称，为贬义词，冒犯语。
④ 指第二次世界大战初的欧洲形势。
⑤ 这本小说是在 1948 年写的，因此福克纳提到原子弹。但小说的故事是以第二次世界大战初为背景的。当时美国并没有制造原子弹，即便在研究，那也是在高度机密的情况下进行的。加文是不可能知道的。
⑥ 《圣经》故事，上帝在用洪水淹没世界以前让忠诚于他的诺亚造一方舟，全家人躲在里面，一直到大水退却以后才出来重建家园。详见《旧约·创世记》。

客：要是没有这个政客他就自己摧毁那自由像一个地区的人齐心协力扑灭一场草地大火一样热切地把它从视野理解甚至记忆中消灭掉。不过，叫桑博的人经受了那一个①并且生存了下来，谁知道呢？他们也许甚至还可以经受住这一个，——谁知道呢——'

他看见了沙子的反光，水的光亮和闪烁；白色的栏杆随着轰鸣声急速猛冲和桥板的隆隆乱响蜂拥而来呼啸而去他们过了桥。他现在得放慢速度了他想但舅舅并没有这样做，只是不再踩住离合器踏板，汽车由着惯性继续前进速度仍然太快东冲西撞突然回转上了土路在车辙上晃晃悠悠地蹦跳了约五十码即使最后从平地直接冲入最初的坡度不大的斜坡惯性的势头使得汽车还是在处于高速挡的情况下上了斜坡，那时他才看见艾勒克·山德把小货车驶离大路进入灌木丛的轮迹还有他站着随时准备用手捂住棒小伙子的鼻子的地方当时那匹马或那头骡子，不管是马还是骡子，驮着放在骑手前面的东西正从山上走下来，那东西究竟是什么连长着跟猫头鹰或水貂或任何夜间游猎的动物一样敏锐的眼睛的艾勒克·山德都没能分辨出来（他又一次不禁想起舅舅在今天早上餐桌上的情景而且还有自己昨天晚上站在院子里在艾勒克·山德走开以后他认出哈伯瑟姆小姐以前的情景当时他确实认为他只能一个人出来做必须做的事情而他现在就像他吃早饭时那样对自己说：我不想去想那些事情）；快到了，其实事实上已经在那儿了：剩下的到那里的路根本没法再以里数来计算了。

虽然只有那么一点点路要爬，小汽车现在挂上了二挡哀鸣着迎着纹丝不动的陡峭的主山脊向上冲也迎着强烈的不断地自上而下飘来的松树的树脂香味那里的山茱萸确实看上去像现在站在绿色长走廊里的修女，汽车向上又向上来到了最后的最高峰，到了高地现在他似乎看到了他的

---

① 接前面"并不是所有的白人都能经受奴隶制"。这里的"那一个"指奴隶制，下面的"这一个"指自由。

整个家乡本土,他的故乡——那泥土那土地养育了他的身体骨骼和他六代祖先的身体骨骼并且现在还在把他培育成不仅仅是个人而且是个独特的人,不仅仅有人的激情渴望和信念而且是某一个独特的种类甚至种族的具有特性的激情希望信念和思想行动的方式;甚至并不仅限于此:即使在某个独特的独一无二的种类和种族里(根据大多数人的观点,当然根据今天早上涌进城去站在监狱对面的街头和围在县治安官的小汽车边上的所有的人的观点,真是该死的独一无二)因为它还融入他体内那不管什么东西迫使他停下来倾听一个该死的高鼻子的傲慢无礼的黑人这黑人即便不是杀人犯也快要得到某种待遇即使不是他应该得到的待遇也是他活了六十多岁以来一直在寻求的待遇——在他身下像地图似地在一个缓慢的没有声响的爆炸中舒展开来;东面绿色的山脊一层层一重重向着阿拉巴马州翻滚而去西面和南面星罗棋布的田地与树林一直伸展到蓝色的薄纱般的地平线外最后是犹如云彩的不仅从北方流过来而且是从包围这里的外边的大写的北方①流来的伟大河流②及其长长的堤岸——它是美国的肚脐眼儿,把他家乡的那片土地跟这土地在三代人以前未能用鲜血③予以排斥的母体连接在一起;他转过头可以看见十英里外小镇的淡淡的烟雾只要向前看就能看见那长长一片的肥沃的被划分成一大块一大块土地的河边低地,沿着他们自己的小河(虽然在他祖父的记忆里这河里曾走过汽轮船)伸展的种植园(其中一块是爱德蒙兹家族的种植园,现在的爱德蒙兹和路咯斯两人都是在那里出生的,源自同一位祖父④)以

---

① 原文中大写的 North 有特殊的含义,指美国的北部地区,尤指俄亥俄河以北在南北战争中为维护"联邦"而战的各州。因汉语无法对英文的大小写作出区别,故译为"大写的北方"。
② 即美国主要河流密西西比河,从中北部的明尼苏达州的北部向南流入墨西哥湾,全长 2470 英里。上注中的俄亥俄河从宾夕法尼亚州的匹兹堡向西南至伊利诺伊州南部注入密西西比河。
③ 指 1860—1865 年的南北战争。"母体"即联邦美国。
④ 这里的"祖父"即"祖先",因为路咯斯的实际辈分要比爱德蒙兹高。

及那浓密的河边的丛林带；再往远处向东向北向西不仅延伸到最后的背对背怒视两大洋①的废物的陆岬海角和加拿大那漫长的屏障而且一直伸展到地球本身最终的边缘，那北方：不是小写的北方而是那大写的北方，外边的土地，包围这里的土地甚至不是一个地理概念上的地方而是一种有感情色彩的观念，一种状态，他从吮吸母亲的乳汁起就懂得他必须永远时时刻刻提高警惕完全不是去害怕也并不是真正去仇恨而只是要去反抗——有时候有点疲惫有时候甚至并无诚意——的状态：他从婴儿时期开始就一直具有的一幅童年的图画而且在即将进入成年时发现他没有理由也没有办法改变甚至没有理由相信到了老年会改变的图画：一个带弧形的半圆形的不高的墙（任何人只要真正想干的话都可以爬上去；他相信每一个男孩子都已经爬上去过）墙下是他们②自己的广袤无边的富饶肥沃的从未受过蹂躏的土地拥有光彩夺目的未遭破坏的城市未被燃烧的乡镇和未被荒芜的农场，这一切长期以来是如此牢固如此富饶以至于你会认为他们没有产生好奇的余地，墙的上方数不尽的一排又一排的面孔低头望着他和他的人民，他们的面孔跟他的很相像他们说着他说的语言有时候甚至有着他所有的名字然而他们和他以及他的人民之间不再有任何真正的亲缘关系过不了多久他们甚至不再有任何联系因为他们所用的共同的语言将不再具有同样的含义在此之后连这个共同的语言都会消失因为他们分隔得太远连彼此的话语都听不见：唯有成群的难以计数的面孔俯视着他和他的人民怀着渐渐淡却的惊讶愤慨和灰心丧气，还有最最令人奇怪的是那轻信：一种没有决断力的、几乎是茫然不知所措的迫切愿望和相信有关南方的一切说法的要求甚至并不要求这些说法是带贬义的只要它们是非常稀奇古怪的十分不同寻常的：这时候舅舅又一次开口说话跟他想的完全一致，他再一次毫不惊讶地发现他的思路并没有

---

① 即美国东部的大西洋和西部的太平洋。
② 指北方和北方人民。

被打断只是从一个马鞍换到了另一个马鞍上：

'因为在美国只有我们（我现在不谈桑博；我一会儿会谈到他的）才是本质同一的民族。我指的是唯一有点规模的。新英格兰人当然也是，他们原来是在内地从欧洲沿海被吐出来的一群人被这个国家检疫后认为无法扎根而进入无根无基的短命的城市那里挤满工厂铸造车间和领取薪金的市政机构（那拥挤和密集的程度只有警察能做到），但新英格兰人人数不再众多正如瑞士人与其说是个民族不如说是一个干净利落小巧而有偿付能力的商号。因此我们并不真正在抵制外地人所谓（我们也这么称呼）的进步与启迪。我们从联邦政府那里捍卫的其实不是我们的政治或信仰甚至不是我们的生活方式，而只不过是我们的同一性，对于这个联邦政府我们国家的其他地方只是出于单纯的绝望只好自愿地放弃越来越多的个人和民间的自由以便使之继续成为美利坚合众国。当然我们将继续捍卫这同一性。我们〔我指的是我们所有的人：第四巡逻区的人如果不为了文森·高里勾销路喀斯·布香（或其他某个同样肤色的人）的性命就会夜不成眠，而第一、二、三、五巡逻区的人根据无激情原则打算保证第四巡逻区一定完成那勾销任务〕并不知道为什么这同一性很重要。我们并不需要知道。我们中间只有很少的人知道只有同一性才能产生一个民族特有的东西或者对一个民族来说有持久永恒价值的东西——文学、艺术、科学、意味着自由和解放的最低限度的政府与警察，也许最最有价值的是形成一种在危机时刻难能可贵的民族性格——有朝一日在我们面对有着跟我们一样多的人和一样多的物质的敌人时我们将面临那种危机，而且——谁知道呢？——那些敌人甚至能够像我们一样自吹自擂。

'这就是我们必须抵制大写的北方的原因：并不仅仅是为了保存我们自己甚至也不是使我们双方变成一体继续成为一个国家因为那是我们所要保存的东西的不可避免的副产品；正是为了这样东西三代人以前我们在我们的后院输掉了一场血腥的战争以便使它保持完整：这

东西就是桑博是个生活在自由的国度里的人因此必须是自由的。这就是我们真正在捍卫的东西：由我们来给他以自由的特权：我们必须这么做因为没有别人能做到这一点因为差不多一个世纪以前大写的北方尝试过但七十五年来[①]他们一直承认他们失败了。因此这事必须由我们来做。用不了多久这类事情就不再会有威胁性了。现在也不应该有。从来就不应该有。然而上星期六出现过，也许还会再有，也许还会再有一次，也许是两次。但以后不会再有了，这一切将会结束；当然羞耻依然存在，然而人之不朽的全部历史正在于他所忍受的痛苦，他攀登星空的努力在于他一步一步的赎罪过程。总有一天路喀斯·布香可以从背后开枪打死白人而且跟白人一样免受私刑的绞索或煤油之苦；到了一定的时候他会跟白人一样在任何时候任何地方投票选举，把孩子送到任何地方白人孩子上学的学校，像白人一样到任何白人旅行的地方旅行。但这不会是下星期二。可北方人相信只要简单地通过投票的办法批准一段印刷文字这一切就可以强行提前在下星期一实现[②]：他们忘记了，虽然在漫长的四分之一世纪[③]以前路喀斯·布香的自由被制定成为宪法的一个条款[④]路喀斯·布香的主人不仅被打

[①] 指1860—1865年南北战争以后的75年。由此推算，故事大约发生在1940年之前。

[②] 1948年美国民主党曾在纲领里提出要制定法律保护黑人的权利。加文对此加以挖苦而福克纳又通过加文身为律师却不相信法律的表现来对他进行讽刺。

[③] 关于这个"漫长的四分之一世纪"，美国学者有不同的看法。有人认为这是福克纳的笔误。他在年代问题上经常出错。但也有人认为这也许不是错误。1865年南北战争结束，美国宪法中废除黑奴制的第13修正案被通过。当时联邦规定南方各州必须首先批准第13修正案才能被重新接纳为联邦成员。但密西西比州并未这么做。但从加文的话来看，密西西比州可能在1905—1910年期间修正过密西西比的州宪法以废除黑奴制。1865—1875这十年即"南方重建时期"，密西西比州是处在北方的控制之下。所以加文说，"路喀斯·布香的主人不仅被打得跪了下来而且他的脸还被踩到秽土里吃灰咽土达十年之久"。总之，加文在这里批评北方人总以为只要通过一个法案就能解决种族问题。

[④] 即第13修正案。

得跪了下来而且他的脸还被踩到秽土里吃灰咽土达十年之久，可是只过了短短的三十年他们又一次发现需要通过立法来给路喀斯·布香以自由。

'至于路喀斯·布香那个桑博，他也是一个有同一性的人，不过他还有另外的一个方面即努力逃逸目的完全不是要成为白人种族中最优秀的分子而是要进入稍次一档——那平庸拙劣的骗人的音乐，那俗气的华而不实的无根无基的估价过高的金钱，那建筑在虚无之基础上犹如深渊上用厚纸板建造的房子的耀人眼目的名声伟业还有那过去是我们次要的民族工业而今成了我们国家业余消遣的闹闹嚷嚷的乱七八糟的政治活动——由那些故意培养我们民族对平庸的喜爱并因此发财致富的人所制造的一切喧闹：这个民族甚至可以接受最优秀的但在给我们以前已经加以贬抑和玷污的事物；他们是世界上唯一的公开吹嘘自己是第二流的也就是说是缺乏文化修养的民族。我指的不是那个桑博。我指的是他身上的另外一部分，他有着比我们更出色的同一性并且通过扎根大地确实取代了白人在大地上的位置从而击败白人来证明自己的同一性；因为他即使在没有希望的时候仍有耐心，即便在看不见前途时仍然有远大的目光，不仅仅有经受磨难的意志而且有吃苦耐劳的愿望因为他热爱那没有人要从他那里拿走的古老的少数几件简单的东西：不是汽车也不是漂亮的衣服更不是登在报纸上的自己的照片，而是一点点音乐（他自己的音乐），一个炉床，不一定非是他自己的孩子而是任何孩子，一个他可以随时随地稍加使用而不必一定得等到死后才能享用的上帝和天堂，一小片土地以使他的汗水可以滴入他自己的绿色的嫩芽和植物。我们——他和我们——应该联盟：把其余的本应是他的权利的经济政治和文化特权还给他以换取他的等待忍受和生存的能力。那样的话我们就能获胜；联合起来我们将控制美国；我们将组成一道战线不仅是无法攻克的而且甚至不会受到除了对金钱的疯狂的贪婪和对民族性的丧失的根本担心（他们通过对一面旗帜的空头口惠而彼此隐瞒这种担心）外没有共同点的一群人的威胁。

现在他们到了那里离县治安官不太远了。因为虽然那辆小汽车①已经偏离道路进入教堂前的小树林，县治安官还站在汽车边上而黑人中的一个正在把镐头从后面车厢递出来交给手拿两把铁锹站在车外的另一个囚犯。舅舅把车开到县治安官的汽车的边上刹车停下现在在大太阳下他可以清楚地看见那教堂了，其实这是他第一次看清楚这座教堂，他这辈子一直住在离这教堂不到十英里的地方肯定经过这教堂至少在经过时有一半的时间里是看见过它的。但他想不起来以前曾认真地看过它——一个木板盖的没有尖塔的盒子般的房子比有些山里人住的一间房间的小屋子大不了多少，也没有上过油漆但（奇怪的是）也不显得颓败甚至不显得无人照料或年久失修因为他可以看得见旧的墙壁和墙面板上有些地方用一段段新原木和一块块一片片的合成屋顶面料补过或用木工嵌进去，用的方式很凶猛几乎是蛮不讲理地独断专行，新的木头和屋料并不是趴着蹲着甚至也不是坐着，而是直立在高大结实稳固不光滑的松树树干之中单个独处但并不孤独坚不可攻又独立不羁，不向谁恳求什么，也不跟他人作任何妥协于是他想起那细高的写着**和平**两字的尖塔那不请自来占地盘的功利主义的写有**忏悔**二字的钟楼他想到有一座钟楼甚至刻的是**小心**，而这一个只是简单地说：**焚烧**②：他跟舅舅下了车；县治安官和两个拿工具的黑人已经到了围栏里面他和他舅舅跟了进去，穿过那扇歪斜的大门它在低矮的用金属丝搭起来的爬满忍冬花和小巧的粉红色与白色的没有香气的攀缘玫瑰的围篱中间于是他又是第一次看到了那个墓地，他不仅侵犯了其中的一座坟墓而且通过打开另一座坟墓从而证明一桩罪行并

---

① 即县治安官的小汽车。
② 这是契克的想象，因这座教堂并无钟楼或尖塔，没有可以刻字的地方。福克纳借此讽刺教会。白人虽信教去教堂但仍然会用私刑焚烧黑人。

不存在①——一块用围栏圈起来的比他见过的园地要小一点的土地，到了九月这里可能长满鼠尾草豚草和长刺果的紫草科植物让人难以穿行几乎无法辨认，杂草丛里竖着像墙面木板那样又窄又薄的廉价的灰色花岗石的墓碑既不匀称又不整齐犹如随便夹在分类账本里的书签或插在面包里的牙签而且总是有点歪斜仿佛它们从柔软的不静止的从来不大是笔直的松柏那里获得了它们业已凝固的直立姿势，墓碑的颜色跟久经风霜的没上过油漆的教堂完全一样仿佛它们是用斧子从教堂的外侧劈下来的（并且没有箴言格句只有简单的名字和生卒年月似乎哀悼死者的人除了他们活过和他们死了以外就想不起什么别的事情了）把那些没有刨光没有油漆过的新的原木硬打进受侵犯的墙壁做补丁的不是衰败也不是时光而是简单的人之必死和肉体归于灭亡的迫切需要。

他和舅舅在墓碑中穿行来到县治安官和两个黑人已经站着的新墓冢边上同样他这个侵犯过这坟墓的人还是第一次确切地看见了它。但他们还没有开始挖掘。相反县治安官甚至转过身子，回头望着他等着他和舅舅走过来也停下脚步。

'怎么啦？'舅舅说。

但县治安官已经用他那温和低沉的嗓门在跟他讲话：'我猜你和尤妮丝小姐还有你那位秘书昨天夜里一定非常小心不让人发现你们干的事情，对吗？'

舅舅回答道：'你做这种事情是不希望有观众在场的，是吗？'

但县治安官仍然看着他。'那他们为什么不把花放回去？'

于是他也看见了——那假花扎的花圈，那单调而繁复的用铁丝和线以及上过蜡的叶子和喷过香水的花朵编扎出来的某人从镇上花店买了拿来或让花店送来的东西，还有那三束用棉线捆绑的枯萎的从花园和田

---

① 契克其实只打开一座坟墓，即文森·高里的坟墓。但里面埋的是另外一个人蒙哥马里，因此这里说他打开了"另外一座坟墓"。

野采来的花朵,头天夜里艾勒克·山德说这些花看上去好像是给人扔在坟边或坟上他记得艾勒克·山德和他把花挪到不碍事的地方而且知道他们把土重新填进墓穴以后又把花放了回去;他记得哈伯瑟姆小姐跟他们说了两遍要把花重新放好即便他曾抗议说这毫无必要或者至少是浪费时间;他甚至也许还能想得起来哈伯瑟姆小姐曾亲自动手帮他们放花:不过也许他并不记得他们把花放了回去只是想过他们放回去了因为显然这些花并没有被放好,它们现在被扔在一边乱糟糟的纠缠在一起显然他或艾勒克·山德还踩过那花圈尽管这一切现在都无关紧要,舅舅正在说这样的话:

'没关系。咱们开始吧。即使我们在这儿干完了返回城里我们也还才开始呢。'

'好的,伙计们,'县治安官对黑人说。'快动手吧。让咱们离开这儿——'这时并没有什么声响,他没听见什么警告他的声音,他只是跟舅舅和县治安官一样抬起头来四下看看,他看见有人不是从大路上过来而是从教堂后面好像是从高大的飕飕生风的松柏树里冒了出来,一个戴着一顶浅色宽边帽子穿着一件退了色的干干净净的蓝衬衣左边那个空荡荡的袖子整齐地反叠起来用别针把袖口别在肩膀上,骑着一匹整洁的眼白显得过多的土褐色小牝马的男人后面跟着两个年轻人骑着同一匹没有鞍子但脖子上有绳子勒出来的伤痕的大黑骡子后面是两只(小心翼翼地跟骡子的蹄子保持距离的)干瘦的特里格猎狐狗①,他们飞快地穿过小树林来到大门口那男人在那里勒住牝马轻巧而迅速地用一只手从马背上跳了下来把缰绳横放在马脖子上迈着轻快而结实几乎有些带弹性的步子飞快地朝他们走来——一个矮小精瘦的老人眼睛跟县治安官一样是浅灰色的红彤彤的饱经风霜的面庞上长着一个像大雕的钩状喙似的鹰钩鼻,他已经在用又高又细有力而不嘶哑的嗓门讲话了:

---

① 这种狗是肯塔基州一个叫海登·特里格的人在南北战争时期繁殖出来的。

'县治官，你在这儿干什么？'

'高里先生。我要打开这座坟，'县治安官说。

'不行。县治官，'老人马上说，他的嗓门毫无变化：没有争辩的含义，什么含义都没有：只是在陈述一句话：'不能打开那座坟。'

'可以的，高里先生，'县治安官说。'我要打开它。'

老人不慌不忙也不摸摸索索，事实上他几乎是从容不迫地用一只手解开衬衣前面的两颗扣子把手伸进去，稍稍抬起臀部来够那只手从衬衣内拔出一把沉甸甸的镀了镍的手枪仍然不慌不忙但毫无间歇地把手枪塞进左边的腋下，用胳臂的残肢把手枪把朝前紧紧地跟身体夹在一起同时用另一只手把衬衣扣好，随后又一次用那只独手拿住枪并不指向任何东西，只是拿着它。

但在此以前他早就看见县治安官已经行动起来，以令人难以想象的速度不是朝老人走去而是拐到坟墓的另一头，甚至在两个黑人转身要跑以前就已经到了那里，因此在黑人飞快转身奔跑时他们似乎跟县治安官就像跟峭壁一样撞个满怀，甚至似乎给弹回来一点而县治安官马上一手抓住一个好像他们是孩子似的并在下一刹那间已经像抓住两个布娃娃似地用一只手把两人攥在一起，转过身子使自己站在黑人和那精瘦灵便拿着手枪的小老头之间，嘴里用温和平稳甚至懒洋洋的口吻说：

'别跑。难道你们不知道今天对黑鬼来说最糟糕的事情是穿着囚犯的裤子在这儿一带躲来藏去？'

'对极了，小伙子们，'老人用高亢但十分平淡的口气说。'我不打算伤害你们。我是在跟县治官说话。我儿子的坟墓不能打开，县治官。'

'让他们回汽车去，'舅舅飞快地咕哝一声。但县治安官没有回答，而是仍然看着老人。

'高里先生，你儿子没在坟墓里，'县治安官说。他看着他们，心里想着一切老人可能说的话——惊讶，不相信，也许愤懑，甚至那说出声的想法：你怎么知道坟墓里没有我儿子？——他在沉思推理中也许演绎了六个小时前县治安官对舅舅讲的话：要是你不知道是这么回事你是不会这么跟我说的；他观望着，甚至随着老人逐渐理解县治安官的意思突然十分惊讶地想：啊，他很悲伤：想到他在两年内在完全没有思想准备甚至没有预料的情况下两次看见了悲伤，在从某种意义来说可能破碎的心不应该破碎的情况下：一次是个碰巧刚失去年迈的黑鬼妻子的老黑鬼还有一次就是眼前这个火气冲天满嘴脏话不信上帝的老人他刚失去又懒惰又懒散还好动武力多多少少无法无天而且比多多少少还要少许多的不中用的六个儿子中的一个，只有其中一个对社区有些好处也比较善良而这一点又是通过被谋杀这个最后的孤注一掷的方式实现的：听见那高昂的平淡的声音又一次说了起来，语气急迫有力，不留空隙，没有抑扬顿挫，几乎像在聊天：

'哦，县治官，我只希望你不会告诉我那个证明坟墓里没有我儿子的人的名字。我只希望你不提起那个名字：'——锐利的浅色小眼睛盯着锐利的浅色小眼睛，县治安官的口气仍然很温和，但现在有点莫测高深：

'不，高里先生。那坟墓不是空的：'后来，事情过去了以后，他才认识到正是在这个时刻他相信他也许不知道为什么路喀斯居然能活着抵达镇上因为那原因很明显：当时除了死者正好没有一个高里在场：但他至少知道老人和他两个儿子是怎么在他和县治安官和舅舅到达坟地时从教堂后面的小树林里骑着马出现的，而且肯定知道为什么经过了快四十八小时路喀斯还活着。'里面是杰克·蒙哥马里，'县治安官说。

老人转过身，立时立刻，不慌不忙甚至飞快而轻巧得仿佛他那瘦小的无赘肉的身架子对空气没有阻力对那些引起行动的肌肉也没有任何分量，他朝着篱笆的方向喊了起来那边两个年轻人还骑在骡子上跟服装店里的人体模型一模一样也同样纹丝不动，甚至还没开始翻身下地直到老人喊道，'孩子们，上这儿来。'

'没关系的，'县治安官说。'我们可以干。'他转脸对两个黑人说，

'好了。拿你们的铁锹——'

'我跟你说了,'舅舅又飞快地咕哝说。'叫他们回汽车去。'

'说得对,律师——史蒂文斯律师,对吗?'老人说。'让他们离开这儿。这儿是我们的事。我们来对付。'

'现在这是我的事,高里先生,'县治安官说。

老人举起手枪,沉稳而不慌不忙地弯起胳臂肘使之跟地面平行,大拇指弯起来压在击锤上将它扳了起来使它成击发状也许还差一点,并没有指向任何东西只是瞄准县治安官的裤子上没有皮带的空搭襻的某个地方。'让他们离开这儿,县治安官,'老人说。

'好吧,'县治安官说,并没有挪动身子。'你们俩回汽车去。'

'还要远一点,'老人说。'让他们回镇上去。'

'他们是囚犯,高里先生,'县治安官说。'我不能那么做。'他并没有挪动身子。'回去坐在汽车里。'他告诉他们。他们于是走了起来,不是返身朝大门走去,而是直接穿过围起来的墓地,走得很快,高高地抬起他们穿着带条纹裤子①的膝盖和脚,他们到达对面围栏时已经走得很快了,他们连跨带蹦地越了过去这时候才改变方向朝那两辆汽车走去这样他们在走到县治安官的汽车以前离那两个年轻白人的距离不会比他们离开坟墓边上时稍近一点:他②现在看着骑在骡子背上的长得跟一条晾衣绳上的两个夹子似的完全一模一样的两个人,那两张长得完全一样的脸甚至连受风霜侵蚀的程度也完全一样,乖戾脾气急躁而又平静,直到老人又大声喊:

'好了,孩子们:'于是他们像一个人一样翻身下了骡子,甚至像受过训练的杂耍队一样在同一时刻下来又像一个人那样都用左脚跨过围栏,完全不去理会那扇门:这是高里的双胞胎,相像到连服装和鞋子都

---

① 指囚犯穿的有特殊条纹的裤子。
② 指叙述者契克。

一模一样只是一个人穿件卡其布衬衫另一个人穿一件没有袖子的套衫；三十来岁，比他们的父亲高一头长着一对跟他一样的灰白色眼睛和一样的鼻子只不过它们不像大雕而像老鹰的钩状喙，他们一言不发走上前来，那冷漠沉着而不苟言笑的面孔毫无表情甚至不向他们任何一个人瞥上一眼，终于老人用手枪（他看见那击锤已经放下来了）指指那两把铁锹用高昂的甚至听起来都有点高兴的语气说，

'拿着，孩子们。它们是县里的东西；要是我们弄断一把的话跟谁都没关系那是大陪审团的事情：'——两个双胞胎现在面对面站在坟冢两头又一次以完全一致的简直像是设计出来的动作挖了起来：他们是紧挨着文森死去的那一个上面的孩子，六个儿子中的第四和第五个：——大儿子弗雷斯特不光摆脱了烈性子的暴君父亲而且居然结婚成家二十年来一直是维克斯堡以北的一个三角洲棉花农场的主管；二儿子叫克劳福德，一九一八年十一月二日被征入伍，在十日夜里（不幸推算时运气不佳，舅舅说，任何人都不应该赶上这种坏运气——事实上抓住他的联邦政府人员似乎也同意这个观点因为他在利文沃斯监狱的服刑期只判了一年）当了逃兵在大约十八个月内藏身于离杰弗生联邦政府大楼十五英里以内的山上的一系列洞穴里最后经过一场类似对阵的激战（万幸的是没有人受重伤）终于被捕，对峙中他坚守山洞达三十多个小时，拿了（舅舅说，这一点有一定的一致性与合理性：一个美国逃兵用一件从他拒绝与之作战的敌人手里夺来的武器跟美国政府对抗来捍卫自己的自由）一把自动手枪那是麦卡勒姆家一个儿子从一个被捕的德国军官那里得来的回家后不久用来换一对高里家的猎狐犬，他服刑一年期满回家镇上的人不久听说他在孟菲斯一种说法是他从新奥尔良往那儿贩运烈性酒，另一种说法是他在一次罢工中做一个跟顾主有关系的公司的特别官员 ①，总而言之他突然回到他父亲的家里可大家并不常见到他直到几年前镇上的人

---

① 指受公司雇用人员来顶替罢工工人以破坏罢工运动的工贼。

开始听说他多多少少安顿了下来做点木材和牲口的小生意,甚至还种了小小一块地;三儿子布赖恩是供养全家的家庭农场里里外外一把抓的那个真正的力量,雄才,起凝聚作用的成分,不管你怎么称呼都可以;他下面就是双胞胎瓦德曼和比尔伯他们夜晚蹲在冒烟的木头和树桩前守着猎狗追逐狐狸白天就四脚朝天地躺在门廊的光板上睡大觉一直睡到天黑了下来又该放猎狗的时候;文森是最小的一个,从小就表现出很强的做买卖挣钱的能力,因此现在死的时候虽然只有二十八岁却据说在县里拥有好几块不大的土地而且还是高里家第一个可以在支票上签字而且有银行肯兑付的人;——两个双胞胎,站在墓穴里先是齐膝深后来齐腰,以一种阴森森的郁郁寡欢的速度挖掘着,像机器人那样步调完全一致以至于两把铁锹似乎在同一时刻碰上棺材的木板发出响声,即使在那个时刻他们似乎还是像鸟兽那样通过并不是肉体的动作进行了交流:没有声响没有手势:只是其中的一个在把铁锹送出一铲土的同时把铁锹松开自己毫不费力地跟着跃出墓坑跟其他的人站在一起而他的兄弟则把棺盖上剩余的土打扫干净然后看都不看一眼地把铁锹扔上来扔出墓坑,接着——跟他昨天夜里一样——把土从棺盖边上一一踢掉,用一只脚站立抓住棺盖扳起来扳开翻到一边终于他们所有站在坟墓边缘的人都可以越过他往棺材里看。

  棺材是空的。里面一无所有,直到有一股细细的土流了进去发出一种轻轻的急速的嗒嗒声。

第 八 章

　　他会记住这一切的：他们五人站在空棺材的墓坑边沿，下面的那个高里以跟他双胞胎兄弟一样的灵便飘逸的动作跃出墓穴弯下腰带着极其浓厚的不悦甚至有点愤懑的神情开始又拍又跺地要把下半截裤腿上的土粒掸掉，在他弯腰的时候先上来的那个双胞胎朝他笔直地走了过去仿佛身上有一种不凭视觉的不慌不忙的不出偏差的返回原地的能力像一架机器的另一部分，比如说，像车床的另一个轴顺着同一个不可避免的柱道进入套洞，来到他兄身边也弯下腰又拍又掸地打扫他兄弟裤子后面的土粒；这时候大约有一铲土滑了下去滑过向外斜放的棺盖劈里啪啦地落进了那口空棺材，无论从声音还是从数量和重量来说都几乎大得足以产生一个小小的沉闷的回声。

　　'现在他们俩都在他①手里了，'舅舅说。

　　'对，'县治安官说。'可在哪儿？'

　　'去他妈的他们俩，'老高里说。'县治官，我儿子在哪儿？'

　　'我们现在去找他，高里先生，'县治安官说'你真有远见把狗带来了。现在把枪收起来叫你儿子抓住狗管住它们让我们收拾好东西离开这儿。'

　　'你别管我的枪和我的狗，'老高里说。'它们会跟踪气味的，它们会抓住那个不管是跑还是走的东西。可我的儿子还有那个杰克·蒙哥马里——如果那个被发现躺在我儿子棺材里的人是杰克·蒙哥马里的

---

① "他们俩"指两具尸体；"他"指打开棺材换尸体的那个人。

话——决不会从这儿走出去又不留下什么痕迹的.'

县治安官说,'别说了,高里先生.'老人狠狠地怒视县治安官。他并没有哆嗦,并不显得急迫,无所适从,惊讶,什么表示都没有。他[①]望着他,想起像眼泪似的一滴火焰冰冷的浅蓝色的显然没有热力不是在煤气喷嘴上方踮着脚跳跃而是在努力保持平衡。

'好吧,'老人说.'我闭上嘴。你现在开始干吧。你对这件事好像什么都知道,今天一大清早六点钟我还在吃早饭的时候就派人来通知我上这儿来跟你见面。你现在就开始干啊.'

'我们打算这么做,'县治安官说.'我们现在马上决定从哪里开始.'他转身对着舅舅,用温和的明事理的几乎有些胆怯的口吻说,'就算是夜里十一点钟吧。你有一头骡子,或者说是匹马,总而言之一件能走路能驮两份重量的东西,你鞍子上横着个死人。你没有很多时间;也就是说,时间并不都在你的手里。当然,这是十一点钟左右,大多数的人已经上床了,而且还是个星期天的夜里,乡亲们第二天得起早开始又一个星期的农活,因为现在正是种棉花的季节,夜里没有月亮,就算乡亲们也许还在四处走动你是在乡下一个冷僻的地方很可能不会遇上什么人。可你手里还是有一个背上有个子弹洞的死人就算是十一点钟天迟早还是要亮的。好吧,这时候你会干什么?'

他们互相看着,四目对视,或者说是舅舅瞪大着眼睛看着——那瘦得颧骨高耸的急迫的面庞,那明亮的专注而飞快转动的眼睛,他对面是县治安官那睡眼惺忪的大脸,眼睛并没有睁得很大,显然甚至没有在注意地看,几乎是充满睡意地眨巴着,他们两人不用对话就直接切入正题:'当然,'舅舅说.'再埋进土里去呗。而且离这儿不远,因为如你所说即便才十一点钟天迟早会亮的。尤其是他还有时间回来又从头再来一遍,独自一个人,全靠他自己,除了他自己拿铁锹的手以外再没有别

---

① 指契克。

的人手了。——还得考虑到那一点：他需要，非常需要，不只是把这一切从头来起而且是为了他所有的理由重新做一遍；想到他已经尽力而为了，做了任何人所能要求他指望他甚至梦想他可以做的一切；得到了他所能希望的安全——然后一个声音，一个闹声把他又拉了回来，或者也许是他无意中撞上了那停着的卡车，也许纯粹是运气，是好运，不管哪个神灵精怪或精灵会照顾杀人犯一小段时间，使他安全而安然无恙直到别的命运之神有时间纺纱编绳打结头①，——反正他得爬一阵子，把那头骡子或马或随便什么东西拴在树上然后爬着回到这里来躺着（谁知道呢？也许只是躲在那边围栏的后面）看着两个小时以前就该在十英里外上床睡觉的一个好管闲事的老太太和两个孩子摧毁他那千辛万苦地精心构建的整座大厦，破坏了他不仅用生命而且还用死亡创造的工作……'舅舅停了下来，他②看见他那明亮的几乎发光的眼睛在严厉地瞪着他：'至于你。你在回家以前不可能想到哈伯瑟姆小姐会跟你一起来的。没有她你完全不可能指望艾勒克·山德会单枪匹马地跟着你上这里来。所以如果你真的想过你要独自一人上这里来挖这座坟的话，根本别对我说——'

'现在先不谈这些，'县治安官说。'好吧。埋进土里。什么样的土里？对一个心急火燎而又虽然有把铁锹可毕竟是孤身一人的人来说，什么样的土挖起来最快又最容易？你希望有什么样的土可以飞快地埋一具死尸尽管你除了一把小刀外什么也没有？'

'沙土，'舅舅立刻飞快地，几乎是满不在乎地，几乎是漫不经心地说。'在那条小河的河床里。今天凌晨三点钟的时候他们不是告诉过你他们看见他带着尸体上那儿了？我们还在这里等什么？'

---

① 在希腊神话里，命运三女神一个职掌纺织命运之线，一个分配命运之线的长短，掌管命运的盛衰枯荣，一个负责切断命运之线。打结也还有出难题的含义。

② 指契克。下面的一个"他"指他的舅舅。

'好吧,'县治安官说.'咱们上那儿去.'接着对他①说:'指给我们看到底在哪儿——'

'不过艾勒克·山德说那也许不是骡子,'他说。

'好吧,'县治安官说.'就算是马吧。指给我们看到底在哪儿……'

他会记住这一切的:看着老人又一次把枪把朝前地塞进胳肢窝,用残存的那一段胳臂夹住枪另一只手解开衬衣再从胳肢窝下抽出枪又把它插回衬衣里面然后又把衬衣扣好接着比那两个年纪比他小一半的儿子还要飞快还要灵便地转过身子,已经走在别人前边跃过围栏朝牝马走去一下子就把缰绳和鞍环都抓在手里,并且已经飞身上了马:接着两辆汽车降到二挡速度顶着地心引力驶下那陡峭的斜坡终于他说了一声'这里',这是卡车的车辙偏离大路转向灌木丛又回到大路的地方,舅舅刹了车:他②看着那凶猛的断了一条胳臂的老人催赶着那灰褐色的牝马从大路进入对面的树林已经朝着小河飞驰而下,接着是他身后的两条狗在飞速冲上堤岸,再后面是驮着两个长得一模一样的面无表情的儿子的骡子:他跟舅舅下了车县治安官的车紧挨着他们车的后面,听见牝马嗒嗒地冲下小河然后是老人高亢而单调的声音对着狗喊:

'嗨!嗨!来啊,小伙子!抓住他,包围他!'然后舅舅说:

'把他们③用手铐铐在方向盘上:'接着县治安官说:

'不行。我们要用铁锹的:'他④也已经爬上河岸,倾听着远处下边的声响和叫喊,后来舅舅和县治安官还有那两个拿着铁锹的黑人都到了他身边。虽然小河在土路分岔处几乎成直角横穿那公路,它离他们现在站着或者更确切地说是走着的地方还有大约四分之一英里虽然他们都能听见老人高里还在呼唤那两条狗也能听见那马和骡子在下边浓密的树丛里碰来撞去发出的声响,县治安官并不往那个方向走,相反他沿着山坡

---

①②④ 指契克。
③ 指那两个黑人囚犯。

几乎跟土路平行地走了几分钟一直到他们走进了山与河之间长满锯齿草山月桂和柳树的沙洲才开始偏离道路:穿过沙洲时,县治安官一直走在前面忽然他停了下来但仍然低头看着地面接着他转过脑袋望着他,一直看着他和舅舅走过来。

'你的秘书第一次说的话说对了,'县治安官说。'确实是头骡子。'

'不是一头带着给绳子勒出的伤痕的黑骡子,'舅舅说。'当然不是那一头。即便是杀人犯也不至于愚笨和傲慢到如此公开的地步。'

'对,'县治安官说。'所以他们是很危险的,所以我们必须摧毁他们或者把他们关起来:'他低下头也看见了:那窄小而纤弱的几乎是过分讲究的跟那牲口实际大小不成比例的骡子的蹄印,在潮湿的泥地里踩得很深也踩得很凌乱的蹄印,对任何一头只驮着一个人(不管那人有多重)的骡子来说那足迹都太深了一点,蹄子踩出的印迹里充满水,就在他察看的时候一个细小的某种水生动物箭似的穿过其中一个印迹留下一条线一般粗细的渐渐溶化的泥土;他们终于找到踪迹他们站在那里可以看见那人走过的小道它穿过齐肩高的给撕扯过的悬在半空的灌木像田野的垄沟或船只破水后留下的凝固的尾波,又笔直地穿过沼泽最后消失在小河边的浓密的林木里。他们顺着这条路走去,走在踪迹里,踩在那两排不是一去一来而是向着一个方向的蹄印上,偶尔同一双蹄子的印迹盖在前面一对蹄子的踪迹上,县治安官仍然走在前面,又开口讲话,说得很响但并没有回头,仿佛——他起先以为——并不针对任何人:

'他不会再沿着这条路回来了。第一次的时候他没有时间走这里。那一次他直接从山上往回走,不管有没有树木,不管天黑还是不黑。就在那时候他听见了响声不管那是什么声音。'于是他知道县治安官在对谁说话了:'也许你的秘书在那边吹口哨或者发出些声响。在那种时候又是在坟地里。'

终于他们站在小河的河岸上——在冬天和春天的雨季里那挺宽的渠

里河床里会有急流奔淌但现在只有一股细细的不到一英寸深最宽也不过一码多一点的水流顺着发白的沙地流过一个个水洼。——就在舅舅说，'那笨蛋肯定——'的时候走在前面岸边离他们大约十码左右的县治安官说道：

'在这儿：'他们走到他跟前，接着他看见那人把骡子拴在一棵小树的地方又看见那人沿着河岸扒开树木往前走的踪迹，他的脚印也比任何一个体重非常非常重的胖子留下的脚印要深得多，于是他又想到那一切：在漆黑的夜晚在荆棘丛里在争分夺秒地令人头昏眼花的无可挽回的逃遁中扛着一个不该由人来背的负担时的痛苦、绝望与急切：这时候他听见更远处折断树枝抽打灌木的声音接着是骡子的蹄声然后是老高里的叫喊声又是一个巨大的响声那该是骡子走了上来再接下去便是一片混乱：老人的喊声与叫骂声狗的吠叫人的鞋子踢在狗的肋骨上发出的嘭嘭声：但他们没法走得更快了，他们胡乱地一路抽打撕扯着那扯住他们不放的纠缠不清的荆棘最后终于走了过来可以往渠里看了，看见那用不容易黏结的沙土①新堆起来的土冢两只狗已经在土冢上刨了起来而老高里还对它们又踢又骂，接着除了那两个黑人他们大家都下到河渠里去了。

'住手，高里先生，'县治安官说。'这不是文森。'可那老人似乎没听见他讲的话。他似乎并不知道他身边还有别人；他甚至似乎忘记他为什么在踢那两条狗：忘记了他本意只是要赶开狗不让它们到土冢上去，即使在狗已经离开了土冢只是在拼命地想躲开他逃出河渠到安全的地方他仍然用一条腿一瘸一拐地跳跃着另一条腿抬了起来准备踢出去，在县治安官抓住他那只独臂拦住了他以后他还是对那些狗又踢又骂。

'看看这土，'县治安官说。'难道你看不出来？他简直没花时间

---

① 此处原文为 shale，指一种会自己散开成小粒或成碎片的土，尤其指陡峭的和岸上的土。

去埋他。这是第二座坟,他当时很慌张,天快亮了而他得把他藏起来?①,'他们大家现在都看见了——紧挨着河岸下面的新土堆成的小圆丘,它上面的河岸上是铁锹留下的凶狠的高高低低的印迹仿佛他像用斧子那样用铁锹的边刃使劲地砍那河岸(又一次:他想到:那绝望那急切那疯狂的跟巨大而繁重有着难以忍受的惰性的大地赤手相向的搏斗)一直到足够的沙土松散地崩落下来盖住了他得掩盖的东西。

这一次他们连铁锹都不需要。尸体并没有埋好;狗已经把他刨出来了,而他现在真正认识到那急切与绝望的严重程度:那绝望的在时间上破产的人甚至没有时间来掩盖他绝望的证据和他急切的原因;他和艾勒克·山德(即使他们两人以疯狂的速度拼命地干)是在两点钟以后才把坟又填了起来:因此等凶手(不仅仅只有一个人而且从头一天太阳下山的时候起就已经搬掉过六英尺深的土而且又把它装回去)把第二具尸体挖出来再把土填回到坟堆去的时候天一定已经亮了也许比天亮时分还要晚,太阳看着他第二次骑着牲口下山来到小河;晨光注视着他把尸体胡乱地扔在河岸突出部分的下边然后拼命地从岸上乱劈乱砍以便弄下一定的沙土把尸体暂时盖起来不让人看见那狂乱的绝望跟一个已为人妻的妇人拼命用晨衣遮盖情人遗忘的手套时的心情不相上下:——(尸体)脸朝下躺着,他们只看得见他那被砸碎的后脑,后来老人弯下腰用他的独手把他的脑袋硬翻了过来。

'是咯,'老高里用他那高亢轻快能传得很远的声音说:'这是那个蒙哥马里,不是才见鬼呢:'说着他像一个突然蹦出来的钟表弹簧一样轻便敏捷地挺直身子又对着狗喊了起来:'嗨,伙计们!快找文森!'接着舅舅也高声喊叫要让大家听见他讲的话:

'等一等,高里先生。等一等:'接着对县治安官说:'他是个傻瓜只是因为他没有时间,并不是因为他真是个傻瓜。我就是不相信会两

---

① 此处问号为原文所有。

次——'他东张西望,眼珠四下乱看。接着他定睛看着那对双胞胎。他厉声问:'流沙在哪儿?'

'什么?'双胞胎中的一个说。

'流沙,'舅舅说。'这条河的流沙区。在哪儿?'

'流沙?'老高里说。'那兔崽子,律师。把一个人放在流沙里?把我的儿子放在流沙里?'

'别说了,高里先生,'县治安官说。接着对双胞胎说:'说啊?在哪儿?'

但他先回答了。他在一秒钟前就想说了。现在他说出来了:'在桥边上:'接下去——他不知道为什么他会这么说:但说了也无关紧要——'这一次倒不是艾勒克·山德。是棒小伙子。'

'在公路桥下边,'双胞胎纠正道。'一直就在那里。'

'噢,'县治安官说。'哪一个是棒小伙子?'他正要回答:突然老人似乎忘了自己有匹牝马,他飞快地转身在别人还没有动脚前就已经跑了起来甚至在他自己还没有动脚前就跑了起来,对着那站不住脚的沙土奔跑了几步在大家看着他的时候又转过身子,他以跃上牝马的那种猫一般的灵活一只手连滚带爬地冲上了陡峭的河岸在别人还没有上河岸前(除了那两个黑人,他们根本没有离开过河岸)就已经跌跌撞撞横冲直撞地跑得无影无踪。

'快骑上,'县治安官对双胞胎说,'追上他。'但他们没骑上牲口。他们横冲直撞跌跌撞撞地追了上去,一个双胞胎跑在最前面,其余的人和那两个黑人乱哄哄地跟在后面冲过荆棘和灌木,沿着小河往回跑钻出丛林奔向开阔的桥边路下的公路用地;他看见棒小伙子差一点滑到水里后来抵住站稳过程中所留下的痕迹,看到涌过来的水撞击地面水泥做的护墙然后形成窄窄的一行向前流动的溪流,靠近他那边的溪流并无明确的界限而是像牛奶一样顺理成章地纯洁无邪地没有表面痕迹地融入那一大片潮湿的沙地;他踩了一下跃过横躺在河岸边沿的一根长长的柳树干上面裹着一层薄薄的干沙有三四英尺长就像你把一根棍插进一桶或一缸油漆里的那种样子,就在县治安官对着前面的双胞胎大喊'你,抓住他!'的时候他看见老人一跃而起脚先离开河岸没有泥浆乱溅没有任何骚动只是继续向前不是穿过那平淡无奇的空间而是越过它仿佛他并不是跳进某样东西而是越过悬崖或窗槛突然停顿既不摇晃也不颠簸只是半隐半现:只是固定着纹丝不动好像他的大腿从腰部被大镰刀一下子砍掉了,只留下他的躯干直挺挺地插在不动声色的深不可测的牛奶似的沙地里。

'好啦,孩子们,'老高里喊道,嗓门轻快声音传得很远。'他在这儿。我正站在他身上呢。'

双胞胎中的一个从骡子身上解下绳子做的缰绳又从牝马身上解下皮缰绳和捆马鞍的肚带两个黑人用铁锹当斧子砍柳枝其余的人拖来别的杂木枝干和他们能够得着或找得到或拽得下来的任何东西现在两个双胞胎和两个黑人(他们脱下来的鞋子都放在岸上)都下到沙地,从山上持续不断地传来松柏树林无休止的强壮的涛声但还没有别的声音尽管他竖起耳朵对着路的两边使劲地听不是为了死亡的尊严因为死亡并没有尊严但至少是为了对死亡表示应有的礼貌:每个人在留下的腐尸得到掩埋避免奚落和耻辱以前有权利受到礼遇,这种权利虽然用处不大但至少还是应该表示一点点这种礼貌的,尸体现在出来了脚先出现,像绞架似的绑在一根横档上随着那粗野的工具又拉又拽尸体渐渐地摆脱了神秘莫测的吸力终于随着轻轻的爽快的噗的一声(就像也许在睡觉时咂一下嘴唇所发出的声音)脱离了沙土,那平淡无奇的沙土表面一点变化都没有:一个淡淡的微波般的皱纹已经在隐却接着就消失了很像一个秘密的正在消失的浅笑的尾声,现在尸体放在岸上了他们大家围着它站着而他更加使劲地仔细倾听甚至怀着凶手本人的那种疯狂的迫切心情向着道路的两个方向仔细倾听然而仍然什么都没有:只听到分辨出别人显然早就听出来的自己的声音,他看看老人像那柳树枝一样从脚到腰薄薄地沾了一层同样的沙子，看着老人低头看看那尸体，他的脸扭曲起来，上嘴唇向上翻转起来，那瞪大着的毫无生气的瓷器般的眼睛，那粉红色的没有血液的假牙的牙龈①：

'哎呀，加文舅舅，哎呀，加文舅舅，咱们把他搬走吧，别留在这路上，至少把他搬回树林里——'

'沉住气，'舅舅说。'他们大家早就过去了。他们现在都在镇上了：'他还是看着老人弯下腰开始用那一只手笨拙地抹去沾在尸体眼睛鼻孔和嘴巴里的沙子，那手在做这件事时显得奇怪而僵硬尽管在暴力行动时：在解开又系上衬衣扣子拿手枪的把和扳撞针时是那样的柔软灵活：然后那手缩了回来开始去摸裤子的后兜可舅舅已经拿出一块手绢并且递了过去但这也已经来不及了老人跪下一把扯出衬衣的后襟俯身向前使之更接近一点，用它擦拭或比画着擦死者的脸又弯下腰试图把脸上的湿沙子吹掉仿佛他忘记了沙子还是湿的。后来老人又站起身子用仍然没有真正变化的高亢平淡而传得很远的嗓门说：

'怎么样，县治官？'

'那不是路喀斯·布香干的，高里先生，'县治安官说。'杰克·蒙哥马里昨天出席了文森的葬礼。埋文森的时候路喀斯·布香已经并在镇上我的监狱里了。'

'我没在谈杰克·蒙哥马里，县治官，'老高里说。

'我谈的也不是杰克·蒙哥马里，高里先生，'县治安官说。'因为并不是路喀斯·布香的老式的点四一毫米口径的柯尔特左轮手枪杀死文森的。'

他看着他们想别！别！别说出来！别问！有一瞬间他相信老人不会问了因为他站着面对县治安官但并不看着他因为他带皱纹的眼皮垂了下

---

① 这里的"他"指老高里而"眼睛"是他死去儿子文森的。老高里看着儿子没有生气的眼睛脸变得扭曲了，他的上嘴唇掀了起来，露出了假牙和牙龈。

来遮住了他的眼睛但只是像有些人看脚边上某样东西时的神情所以你很难确切地说老人是闭上眼睛还是在看他跟县治安官之间地上的东西。但他错了；眼皮又抬起来了老人冷峻的浅颜色的眼睛又看着县治安官；他的声音又一次响了起来，九百零一个人中有九百人会觉得那声音听起来挺高兴的：

'那杀文森的是什么东西，县治官？'

'一把德国的鲁格尔自动手枪，高里先生，'县治安官说。'就像巴迪·麦卡勒姆在一九一九年从法国带回家又在那年夏天用来换了一对逮狐狸的狗的那种手枪。'

他想着这时候眼皮又该合上了但他又错了：只不过老人自己灵便而有力地转过身子，已经在行动了，已经不容分说地大声地说起话来，口气里不容许任何反对或争辩，连这样想一下都不可能：

'好吧，儿子们。咱们把咱们家的孩子放上骡子带他回家。'

第 九 章

  那天下午两点钟的时候^①在舅舅的汽车里，汽车就在卡车后面（这是另外一辆卡车；他们——县治安官——强行征用的，车厢里有一个用板条制作的装牲口的架子高里的双胞胎儿子中的一个知道两英里外一幢房子的被人遗弃^②的庭院里会有这么一辆卡车那房子里还有电话——他记得他琢磨过那卡车在那儿干什么，那些把车留在院子里的人是怎么进城的——那个高里用一把吃饭用的叉子拨开了卡车的开关那叉子是他根据高里的指点在舅舅进屋打电话给验尸官时在没有上锁的厨房里找到的而那高里现在正驾驶着这辆卡车）眼睛不断飞快地眨着不是为了抵挡强烈的阳光而是因为眼皮里有一个发烫的硌得难受的东西像磨砂玻璃的粉末（其实这完全可能甚至应该是灰尘粉末毕竟一个上午在沙土和砾石路上走了二十多英里，只不过这一粒跟别的普通的尘土都不一样不管怎么眨眼睛都不肯变得湿润）他觉得他看见的涌向监狱对面街道那一边的不仅是全县，不仅是第一第二第三第五巡逻区穿褪了色的没有领带的卡其布劳动布或印花布的人而且还有全镇的人——不仅是他星期六下午在理发店和台球房前面后来在星期天早上在理发店里面以后又在星期天中午县治安官开车把路喀斯送来时在街的这个地方看见的从第四巡逻区沾满尘土的汽车里下来的那些人，而且还有其他一些人除了医生律师和牧师外他们并不仅仅代表小镇而是小镇本身：商人买棉花的人买卖汽车的人

---

 ① 这里的主语应是契克。
 ② 此处挖苦这家人为了进城去看热闹居然把家置之脑后。

还有刚吃完午饭回来上班的在商店棉花办公室货物陈列或营业室做职员以及在修车场和加油站当技工的比较年轻一点的人——他们还没等到县治安官的汽车开过来近得可以认出是谁的车就已经开始像潮水一般转身往回涌向广场，在县治安官的汽车临近监狱时就已经行动起来已经蜂拥着回到广场向着一个方向穿过广场聚集到一起，这时候先是县治安官的汽车然后是那卡车再后面是舅舅的汽车开进在监狱那一边的通向殡仪馆后门的装卸台的小巷验尸官在殡仪馆后门等着他们：移动的人群不仅跟他们的车子并行穿过了一条街而且已经走到他们的前面，甚至还会比他们先到殡仪馆；突然间他还来不及在车座上转身向后看就知道人群已经涌入他们后面的小巷再过一分钟一秒钟人群就会汹涌地向他们压过来，赶上他们按着次序把他们一个个地抓起来：先是舅舅的车然后是那辆卡车然后是县治安官的车，把他们像三个鸡笼似的抓着向前推进最后在难解难分的枉费心机的现在一文不值的混乱中把他们推上装卸台扔在验尸官的脚下；他并没有挪动身子但觉得自己已经把头探出车窗外或者也许已经确实抓紧飞速行进中的踏脚板①怀着一种难以忍受难以相信的愤慨对着他们大喊大叫：

'你们这些傻瓜，难道你们看不出来你们已经晚了一步，你们现在得从头做起另外找个理由了？'他在车座上转过身子从后窗望出去，在一秒钟或者两秒钟的瞬间里确实看到了——不是许多面孔而是一张脸，不是一群甚至也不是五花八门的一片而是一张大写的脸②：既非贪婪也非心满意足而只是在活动着，没有感情，没有思想甚至没有激情：一个没有意义没有过去的表情犹如在瞪大眼睛痛苦地甚至狂热地凝视了几秒钟甚至几分钟以后在肥皂广告拼图的树木云彩和风景的单纯组合里突然冒

---

① 旧时汽车车门外可以站人的踏板。
② 在契克的眼里，那些看热闹的人完全一模一样，他用大写的单数形式的 Face（脸）来表示，而用小写的多数形式 faces 来指一个人的脸。为翻译方便用"大写的脸"和"面孔"加以区别。

出来的表情或者像报道在巴尔干和中国发生的暴行的新闻图片里被砍下来的首级：没有尊严甚至不能引起恐怖：只是没有头颈肌肉松弛而昏昏欲睡，悬在半空就在车窗外只隔着后窗的玻璃跟他面面相觑但在同一个时刻里又以排山倒海之势向他冲了过来使他确实吓了一跳向后一缩甚至开始想再过一秒钟就会正在这时嗖！的一下，不见了，不仅是那一张大写的脸而且是所有的面孔，他们后面的小巷空了：没有一个人也没有任何东西巷口外的街道里站着不到十个人朝着小巷望着他们但就在他看的时候这些人也转过身开始往广场走回去。

他只犹豫了一小忽儿。他们都拐到前面去了他飞快而相当平静地想，有点费劲地（他注意到汽车现在停下来了）伸手去摸车门的把手，注意到县治安官的车和那卡车都停在装卸台的边上，有四五个人正往卡车敞开的后门把一个担架抬起来他甚至听见舅舅在他身后说话的声音：

'现在我们回家，在你妈把大夫请到家给我们俩一人打一针以前把你送上床：'后来他摸到把手下了车，有点蹒跚但只绊了一下，尽管他根本没有奔跑他的脚在水泥地上还是咚咚地发出太大的响声，他腿上的肌肉在抽筋因为汽车坐得久了或者很可能是由于在河边的低地上上下下又奔又跑地颠簸得过头了更别提那一夜忙着挖开坟墓又把土填回去但至少他嗡嗡响的脑袋多少清醒了一点当然也可能是吹来的清风使他头脑清醒过来；反正如果他要产生错觉的话至少他会有清醒的头脑来审视它们：那张大写的脸上了殡仪馆和隔壁那栋楼之间的人行通道虽然当然已经太晚了，经过最后的冲刺和汹涌现在早已经越过广场和人行道，对着橱窗的平板玻璃最后地撞击一下就直接从橱窗冲了进去把那块用黄铜和象牙做的全国殡葬人员协会会员牌和那唯一一棵长在紫酱色瓦盆里的死气沉沉的发育不良的棕榈树踩成碎片又把给太阳晒得褪色的紫窗帘——那遮盖杰克·蒙哥马里的遗体（他所拥有的人的尊严的残余部分）的最后一道脆弱的屏障撕得粉碎。

然后他走下通道走上人行道，来到广场，终于站着不动了，他觉得从一个星期或一个月或一年或不管上星期六晚上是什么时候以前他和舅舅离开晚饭的餐桌走出房子以后这是他第一次真正站停下来不动了。因为这一次他根本用不着弹手指①。他们当然在那儿②把鼻子贴在玻璃上但人数不多不足以把人行道堵死更不能构成一张大写的脸;这儿也只有不到十个人其中大部分甚至是在这个时候本该在学校的学生——没有一张乡下人的脸也没有一个真正的大男人因为不是学生的其他四五个人只是个子长得像男人但既不是成人又不是孩子他们一有事情总是在场的譬如贫民院有羊痫风毛病的老霍格艾·莫斯比大叔口吐白沫掉进排水沟的时候或者有个女人打电话给威利·英格伦姆说她那里有条疯狗而他终于成功地射穿它的腿或腰部的时候:(他)站在人行通道的入口处舅舅在他身后咚咚地走了过来,他痛苦地眨巴着疼痛干涩的眼皮四下张望想知道为什么:广场上的人还没有走空因为他们太多了但也渐渐地稀少了,穿卡其布劳动布或印花布的人涌进广场穿过广场朝停着的小汽车和卡车走去,簇拥着挤在车门前然后一个个连滚带爬地坐进了座椅车厢和司机室;发动机的启动装置已经呜呜地响了起来发动机的火点着了快速转动起来又慢了下来排挡转换得咔嚓咔嚓地直响然而行人仍匆忙地向它们走去现在不是一个个人而是五六个人一起从人行道路缘退下来转身立即随着还在向着车子奔跑的人流一起出去又慌慌张张地爬上车后来即便他想清点人数的话他也数不过来,站在舅舅身边望着他们汇集成四股人流进入通向城外四个方向的四条主要的街道,在他们还没有出广场就已经走得很快,那些面孔在最后一瞬间再一次不是向后看而是向外看,并不是要看什么东西,而只是往外看只看一下时间不长就不看了,轮廓飞快地消失了仿佛已经比载着他们的车辆要行进得快得多,他们的面孔表明他们在从人们的视线里消失以前就已经离开了小镇;甚至从汽车里又往外

---

① 指弹指一挥间会出现的奇迹或变化。
② 即殡仪馆。"这儿"指广场。

看了两次；他母亲突然站在他边上但并没有紧挨着他，显然也是从人行通道走过来的从他们可能还在从卡车上往下抬杰克·蒙哥马里的地方更远一点的监狱走过来的，可舅舅对他说这些人可以承受一切只要他们仍然保留权利拒绝承认那是看得见的，她对舅舅说：

'汽车在哪儿？'但没等他回答就转身又向人行通道走回去走在他们的前面，细长的身子，腰板笔直而僵硬，她后背的表情和鞋跟在水泥地上发出咔嗒咔嗒的那种响声跟她在家里而他和艾勒克·山德他父亲和舅舅四个人都最好暂时轻手轻脚的时候完全一样，走过那只有县治安官的空汽车和那辆空卡车还停着的装卸台又接着往前走到了小巷他和舅舅走到的时候她已经打开了车门他又一次看见他们① 穿过小巷的巷口就像在舞台走一圈——那些汽车和卡车，那些面孔的不可战胜的侧影并不惊讶也不惊呆只是处于一种不可挽回的拒绝接受的状态连续地不断地从巷口嗖嗖地开过去数量之多简直就像高中三年级学生或者是只停留一夜的巡回旅行演出团在上演《圣胡安山之役》②而你不但听不见甚至不需要去不听那后台传来的压低了的混乱的各种各样嘈杂的声音就像你不但视而不见而且不需要去看那行进或冲杀中的士兵刚一走到舞台两侧就开始慌乱地跌跌撞撞地奔跑着换衣服帽子和假绷带再从画着战斗勇气与死亡的起伏不停的粗薄棉布③的后面跑步回到舞台以便仰天倒下或以英勇的立正姿势从舞台的脚灯前再走一遍。

'我们先送哈伯瑟姆小姐回家，'他说。

'上车，'他母亲说于是汽车向左一转进入了监狱后面的街道而他仍

---

① 指看热闹的人群。
② 圣胡安山在古巴，圣胡安山之役指的是 1898 年 7 月美（国）西（班牙）战争中一次战役的发生地。事实上并没有《圣胡安山之役》这个剧本。但由于西奥多·罗斯福参加这场战役，圣胡安山之役因而出名。人们有时会用戏剧的形式表演这一战役。
③ 指舞台后面的幕布。

然能够听见他们①的声音汽车又向左转开进了下一条小街他们还在那里还是在冲过台口②逃窜连绵不已无法中断在长长的橡胶和水泥之间撕裂般的摩擦声的上方是那些没有表情的面孔的侧影今天早晨他在小卡车里花了两三分钟的时间才找到机会插进车流随着车流的同一个方向行驶；现在舅舅得花五到十分钟的时间才能找到空档穿过去再回到监狱去。

'往前开啊，'他母亲说。'逼着他们让你进去：'他知道他们根本不会经过监狱那一边；他说：

'哈伯瑟姆小姐——'

'我怎么办？'舅舅说。'闭上两眼就用右脚使劲轧？'也许他就是这么做了；他们进入车流的行列现在随着车流转向家的方向这一切都问题不大，他对插进车流从来都不发愁他担心的是汽车怎么再从车流里开出来而不让那疯狂的混乱（那就不叫逃亡吧要是有人更喜欢的话就称之为撤退）裹挟着他们向着夜幕开去最后过了许多小时和英里才把他们吐出来让他们孤立无援困顿不堪筋疲力尽地在黑夜里从地图上很少标明的本县的遥远边缘的某个地方往回走：又说：

'哈伯瑟姆小姐——'

'她自己有卡车，'舅舅说。'难道你不记得了？'——他在过去的五分钟里一直什么别的事情都没有做，只是努力了三次想说：哈伯瑟姆小姐坐在卡车里到她家用不了半英里可她还呆着不走因为她不可能她没法子回家去她的家在街的这一头而她的卡车在疾驶的首尾相接的汽车和卡车组成的无法穿越的屏障的那一边而对一个开一辆二手的卖蔬菜的小货车的老处女来说她家几乎就跟在蒙古或在月球上一样无法前往：她坐在卡车里发动机转动着排挡也咬合了脚踩在变速器上独立的孤单而孤独在那非常古老甚至死气沉沉的帽子下面腰板挺直而身材

---

① 即看热闹的人群。
② 契克还是用舞台演戏的比喻挖苦那些撤退的看热闹的人。

瘦小等待着观望着什么都不要只要穿过车流以便把补好的衣服放起来把鸡喂一喂吃点晚饭再休息一下在忙碌了三十六个小时以后（对一个七十岁的人来说这比一个十六岁的人忙碌了一百个小时还要累）观望着等待着那令人头昏眼花的轮廓模糊的车流可以等和看一会儿甚至好一会儿但不能太久不能永远等下去看下去因为她是个讲究实际的女人昨天晚上她没有花多少时间就决定要把一具尸体从坟墓里弄出来的最好的办法就是到坟墓那里去把尸体挖出来现在也不用很多时间就决定要想绕过一个障碍物尤其在太阳已经在西边跌落下去的时候那就去绕过它，卡车现在开动了跟那障碍物平行并且向着同一个方向，仍然孤单又孤独但仍然独立不羁只是有一点紧张，也许刚刚意识到她已经开得比她习惯和喜欢的速度要快了一点，事实上她从来没有开过这么快的速度可就是这样还是赶不到障碍物的前边只能是在它的边上因为它现在跑得相当快：一个没有结尾只有轮廓的嗖嗖响的东西：现在她明白即便有了空隙她可能没有那技术力量或速度眼睛也许不够灵活甚至可能连勇气都没有：她自己越开越快一只眼睛紧张地注意寻找空当另一只眼睛观察着前进的方向以至于过后才明白她没有朝南拐而是在向东行驶了不但她的房子在飞快地方方正正地在她身后变得越来越小连杰弗生镇都越来越小了因为他们或者它 ① 并不是只从一个方向驶出小镇而是从所有的方向在所有离开监狱殡仪馆路喀斯·布香以及文森·高里和蒙哥马里所遗留的那点东西而通往镇外的大街上飞驶像你往死水池塘里扔石头时四下疯狂乱窜的水生蜢：因此她现在将更加手足无措她跟她家的距离在飞速地增加而又一个夜晚就要降临，她鼓足勇气寻找任何空隙或缝隙，那破旧的小货车在那无法穿越的只有轮廓的混沌一片的边上几乎从地面飞掠而过慢慢地爬行似地跟它越来越接近终于那不可避免的事情发生了：眼神一疏忽或手颤抖了一下或者由于过于瞪大眼睛使劲地注意而眼皮不自觉地眨

---

① "他们"指回家途中的来看热闹的人；"它"指这些人的车辆所形成的车流。

了一下也可能完全是由于地貌的原因：路上的一块石头或一团泥土跟上帝一样离谴责远不可及但总而言之又太近了然后又太晚了，卡车突然拉起进入了那带滚珠的橡胶和为之重新筹集贷款的铸压钢板的洪流掀起一片混乱仍然紧紧抓着那没有用的方向盘死死地踩住那不发挥作用的变速器孤独而孤单地穿越那午后时分漫长而平静的渐渐消失的时光进入风平浪静的紫红色的薄暮天穹，现在朝着县界这一边的最后一个高点越来越快地行驶到了县界他们就会像兔子或老鼠终于接近各自的地洞那样突然四下分散冲进每一条大街小巷，卡车渐渐减速然后停在一条小交叉路上也许是巨大的推动力把它推到那里的因为她现在安全了，到了克罗斯曼县了现在她可以再一次向南拐沿着约克纳帕塔法县的边缘现在开亮车灯沿着没有标志的县边缘的乡村土路大着胆子尽量快开；现在天完全黑下来了现在她进入莫特县了她甚至可以往西拐终于可以等待机会往北作最后的冲刺，九点钟然后是十点钟沿着一根想象的线路边缘的没有标志的道路，在线路的那一边远去的车灯疯狂地扫来扫去终于冲入他们各自的洞穴；快到奥卡托巴县了快近午夜了她肯定可以向北转然后回到约克纳帕塔法县，精疲力竭孤身一人但不可摧毁迎着蟋蟀树蛙萤火虫猫头鹰三声野莺以及从沉睡的房屋下面冲出来大声吠咬的猎狗最后甚至还有一个穿着睡袍和没系鞋带的鞋子手里拿着一盏灯的男人：

你要上哪儿去，夫人？

我要去杰弗生。

杰弗生在你的身后，夫人。

我知道。我得绕道，绕过一个傲慢得让人受不了的老黑鬼，他假装杀害了一个白人把全县搅得天翻地覆①：突然他发现自己快要笑出来了，几乎是及时发现但并不是及时得可以阻止自己不笑但及时得可以迅速停

---

① 上面这一段是契克的想象。

止笑声，他确实比谁都还要吃惊，终于他母亲厉声说，

'按喇叭呀。按得把他们都赶开'于是他发现那根本不是笑声或者说并不完全只是笑声那声音跟笑声差不多但内涵更多更费力似乎更难发出来而且他越是觉得它费力听起来费劲他就越来越不记得他笑的是什么他的面孔突然湿了不是有一股水流而是好像一种喷涌而出的清水；总而言之，他坐在那里，挺大的一个家，三个人中块头第二大，他比他母亲要比舅舅比他大得多，快十六岁了几乎是个男子汉了但因为汽车里有三个人挤得他没法不感觉到一个女人的肩膀紧靠着他她瘦削的手放在他的膝盖上他坐在那里像个挨了打的孩子还没有得到足够的警告来停止哭泣。

'他们跑了，'他说。

'开啊，该死的，'他母亲说。'绕过他们：'舅舅照办了，在街上逆行而且开得很快，速度几乎跟他早上前往教堂一路紧迫县治安官的汽车时的速度差不多；这并不是因为他母亲曾合情合理地解释说既然他们大家都在镇上都在想尽办法离开广场那就不会有人从街的那一边对着广场开过来这只是因为有个人跟你一起坐在车里即使她并没有开车这就是你所要做的一切：想起来从前有一次他们坐在一辆汽车里舅舅开的车，舅舅说，

'好吧，我该怎么办，闭上双眼使劲踩变速器？'他母亲说，

'你看见过多少次双方都是女人开车而彼此相撞？'舅舅说，

'好吧，说得好，也许那是因为她们中间有一辆车昨天给个男人撞了今天还在修车铺呢：'于是他不再看见他们只听见那没有开端也没有结尾的长长的像生丝绸被撕裂时发出的摩擦声但不会给车胎留下痕迹也不会把道路划得一道道的，幸好房子也在汽车逆行的街的那一边因而把那摩擦声也跟他一起一直带进院子里现在他可以想办法对付那笑声了，可以把手放在那似乎使他笑了起来的不管什么东西把它放在阳光下让他可以看到它并没有这么可笑离可笑到让他母亲诅咒的地步还差十万八千

里呢;他说:

'他们跑了,但他马上知道他错了,即使就在他站在那里看着自己的时候他知道几乎已经太晚了,他飞快地穿过院子停了下来并不挣扎只是把胳臂抽了出来并且说,'请注意,我并没有残废。我只是累了。我要上楼去我的房间躺一会儿:'接着对舅舅说:'我会没事的。过十五分钟上楼来叫我:'接着停下脚步又转过身子还是对舅舅说,'我在十五分钟之内会作好准备的:'又继续往上走这一次把它跟他一起①带进屋子甚至在他的房间里他还是听得见它甚至穿过拉下来的遮光帘通过他眼帘后面不断跳动的红光,终于他突然借着一只胳臂的力量也在他母亲的手的搀扶下坐了起来又一次对就在床脚竖板边上的舅舅说:

'十五分钟之内。你不会不等我就一个人走了吧?你答应吗?'

'当然答应,'舅舅说。'我不会不等你就走的。我只是——'

'加文,该死的,请你出去好吗?'他母亲说完又接着对他说,'躺下'而他就躺下可那声音还在甚至穿过那手甚至即便有手挡着,那又窄又细清凉的手掌但太干太粗糙也许甚至太凉,他头上那干燥滚烫粗粝的感觉要比放在上面的手好受得多因为至少他到现在已经习惯了,这种感觉他已经有了很长时间了,甚至还摇了摇头但没有机会摆脱那纤细的狭长的战无不胜的手掌,就好像你无法通过晃脑袋来摆脱一个胎记现在那玩意儿②甚至不是一张脸了,因为他们都是背对着他但那是一个后脑勺,是一个大写的脑袋③的集成的后部一个脆弱的装满玉米粥的球像鸡蛋一样不堪一击但它那不是冲向他而是离开他的和谐一致性却十分可怕。

---

① 指前面提到的契克忍不住发出的"笑声",也即他对看热闹的人的错综复杂的感情。
② 指契克对看热闹的人的感受。
③ 原文中的 head 的首字母是大写的,指看热闹的人这个集体的头脑。

'他们跑了,'他说。'他们都不给他①买一包烟叶来表明他们原谅了他,为他们的良心节省了十分钱。'

'是的,'他母亲说。'就随他们去吧:'好像在告诉一个一手抓着悬崖挂在半空中的人就那样抓着:他现在什么都不要就想放开一些把他所残存的那一点'无'放入睡眠之空无中去昨天夜里他想睡觉也睡得着可没有时间,现在他比任何时候都更想睡觉也有的是世界上的时间在接下来的十五分钟(据人们所知或许是今后十五天也许是十五年因为现在谁都没有办法只能希望克劳福德·高里会决定进城来找到县治安官说好吧是我干的因为他们有的只是路喀斯·布香说过文森·高里不是被点四一口径的柯尔特自动手枪打死的换句话说反正不是他路喀斯的点四一口径的柯尔特自动手枪,还要看巴迪·麦卡勒姆会不会说是的我在二十五年前跟克劳福德·高里换过一把德国货自动手枪;他们甚至都没有文森·高里可以让孟菲斯警察局派来的人看一下说是什么样的子弹打死他的因为县治安官已经让老高里把他带回家把流沙洗干净准备明天重新下葬:这一次汉普敦和舅舅可以在明天夜里上那儿去把他再挖出来)只是他忘记了怎样入睡:也许是这么回事,他不敢把他所残存的那一点'无'放入无之中:其实那也是空无:没有可以记忆的悲伤也没有怜悯甚至没有羞耻的感受,没有通过怜悯和羞耻得到净化的对人的永不消亡的企盼所作的解释相反有的只是一个老人对他来说悲伤不是他自己的一个组成部分而只是他被杀害的儿子把一个陌生人的尸体扔到他背上的一个暂时的现象不是为了安抚他那一声无声的谴责的呼喊不是为了怜悯不是为了报仇而是为了公正而只是为了肯定他找到了错误的那一个尸体,高高兴兴地毫不窘迫地高声喊道:'对,是那个该死的蒙哥马里,要不是他我就该下地狱了,'还有一张大写的脸;他并不期望有一股赎罪的洪流会把路喀斯·布香从牢房里拥出去举得跟肩膀一般高为了

---

① 指路喀斯·布香。

他那正当的辩护和胜利的时刻把他放在那个邦联纪念碑的底座（也许放在邮局大楼阳台上飘扬的国旗旗杆的下面更好一些）就跟他从不指望他自己和艾勒克·山德与哈伯瑟姆小姐会有此殊荣一样：他（本人）不仅不要这一切而且不可能接受这一切因为那将取消和改变总体中他所做的那一部分那是应该匿名的否则就毫无价值：他当然也愿意在他的时代在人类留下他的痕迹但仅此而已，不多于这一点，在地球上留下他所做的那一部分的某些痕迹，而且是谦卑地，甚至谦卑地等待着期望着，甚至并不是真正地希望任何东西（当然那就是一切），除了他自己的但也是一次隐姓埋名的机会完成一件充满激情的勇敢的严肃的事情并不只是在人的恒久的历史而且是进入这个历史并值得在其中占有一席之地的事情（谁知道呢？也许甚至给历史的勇敢而激情的严肃性增添一个没有姓名的小点）作为他感谢自己能在历史中有一席之地的表示，要的只是这一点甚至并不真正抱有希望愿意接受因为他不配所以他错过机会的事实，但他肯定没有料到事情会是这种样子：——不是挽救一条生命免于死亡甚至也没有挽救一个死亡免于耻辱与不光彩甚至更没有暂时中断判决，只是仅仅是很不情愿地不提一个日子；不是由于自己可耻的取消才感到耻辱不光彩，不是因为记得了谦卑和骄傲而得到升华与谦卑，不是对骄傲勇气和激情的骄傲更不是对怜悯的骄傲，不是骄傲严肃与悲伤，而是由于严肃所得到的东西使严肃变得低下，勇气与激情因它们所必须面对的事情而受到玷污；——一张大写的脸，他的亲人和家乡他的人民他的血脉综合而成的大写的脸他自己的脸他的欢乐骄傲与希望一直是他能配得上他们可以提供一个一致的不可粉碎的联合战线以面对黑夜的墨黑的深渊——一张可怕的不贪婪的什么食物都吃的脸甚至并不是不知足的大写的脸不是垂头丧气的甚至并不是受到挫败的，不在等候也不在等待甚至根本不需要耐心因为昨天今天明天就是现在：不可分割的、同一的〔舅舅也这么认为，早在两三年或者四五年前就预料到这一点如同他预料到其他一切事情一样，随着他自己越来越长大像个男子汉他发现舅舅预料的都是真的：'所有一切都是现在，你明白吗。昨天在明天来临以前不会过去而明天在一千年以前就开始了。对每一个十四岁的南方男孩来说，并不只是曾经一次而是任何他想要的时候，一八六三年七月①的一个下午还不到两点钟的这个时刻总是存在：各旅士兵都进入了铁路栏杆后面的位置，树林里的枪都上了子弹作好准备卷着的旗帜也已经打开准备高举招展戴着长长的上过油的鬈发的皮克特②本人也许一手拿着他的帽子一手拿着剑正在向山上望去等待着朗斯特里特③下命令此时胜负未决，那事④还没有发生，甚至还没有开始，面对那阵地和那些使得加尼特肯珀阿姆斯特德和威尔科克斯以及更多的人显得很重要的形势，它不但没有开始而且还有时间不去开始然而它就要开始了，我们大家都知道这一点，我们已经走得太远了押下了太多的赌注那时刻甚至并不需要一个十四岁的男孩来想这一次。也许这一次有这么多东西要失去也有这么多东西可以获得：宾夕法尼亚、马里兰⑤、全世界、华盛顿金色的穹顶本身及其绝望的难以相信的胜利成为那孤注一掷的赌博、那两年前押下的赌注的最后的点缀；或者对于任何一个即便是驾驶过一个用缝缀的布帆的帆船的人来说，一四九二年那个时刻⑥当某个人心想就是它了：那无法开倒车的绝对边缘，是马上掉转船头回家还是义无反顾地继续向前行驶不是找到陆地就是从世界那轰鸣的边缘掉下去。一个细小

---

① 指美国南北战争中著名的盖底斯堡战役。南方联盟军在此战役遭到北军的沉重打击，从此节节败退，终于失败。
② 皮克特（George Edward Pickett, 1825—1875），美国南北战争时南方联盟军的将领。1863年7月3日在盖底斯堡战役中他先发起冲锋占领北军阵地，但因后援没有及时跟上而遭到北军反扑，最后几乎全军覆灭。
③ 朗斯特里特（James Longstreet, 1821—1904），美国南北战争时南方联盟军的将领。在葛底斯堡战役里他负责指挥右翼部队。据说南军失败的主要原因是他没有及时发动反攻。
④ 指南方联盟军的失败。
⑤ 南方联盟军在南北战争初期曾经攻入过马里兰州和宾夕法尼亚州的南部。
⑥ 指1492年8月3日哥伦布发现新大陆。

的声音，我年轻时代一个有见识的敏感的女诗人说过倒翻的茶水随茶叶而去，每天夕阳西下而死亡：一个诗人过分夸张的说法但常常反映真理只是把真理上下里外颠倒了过来因为那镜子的无心的操纵者① 忙于他的事情忘了镜子的反面也是玻璃：因为如果诗人做的话跟诗行相反昨天的茶水和昨天西下的夕阳都跟从明天那无穷尽的走廊刮来的零散的不可摧毁的并非不能溶解的渣滓纠缠在一起而无法分离，刮进我们将要穿着走路的鞋子甚至刮进我们将不得不（或努力）躺在其中的被单② ：因为你无法逃避，你不能逃脱；那追逐者才是在奔跑的人而明天的夜晚只不过是又一个为昨天的疏忽和遗憾而挣扎的漫长的不眠之夜。'〕：他们③ 置之不理的根本不是一个死亡甚至也不是对路喀斯而言的死亡而只不过是一个路喀斯，上万个桑博之神的化身中的路喀斯他们不管不顾地四处乱跑甚至不觉得自己像耗子似地穿过了洞口穿过了断头台的槽沟直到**一个**并不在意的时刻那并不留心的并非故意的并不在乎的屠刀落了下来；明天或者说至少在明天或者说至多在明天这一次也许会在天使不怕十六岁的黑孩子和白孩子还有一个快要八十岁的老处女的地方进行干预；他们奔跑，逃窜甚至不是为了否定路喀斯而只是为了不必让杂货店的勤杂工给路喀斯送一罐烟叶完全不是为了说他们很抱歉而是为了不必大声说出来他们错了：长长的一个纵身踢开那悬崖④ 慢慢地向上向上进入其中已经听见了，只是那最微弱的声响现在听见了注意倾听了，他一时还没有翻身甚至还没有睁开眼睛又躺了一会儿倾听着，然后才睁开眼睛然后在彻底完全绝对的安静（现在什么都没有了现在只有黑暗的呼吸和树蛙与虫

---

① 即作家。前一句的"反映"原文为 mirror（镜子），借用"文学是时代的镜子"的比喻。
② 指死亡，死人身上往往盖着或裹着白被单。
③ 指看热闹的人群。
④ 契克现在醒了过来。前面那一大段都是契克睡梦中的意识流。此句主语应是契克，"进入"、"听见"和"听"的宾语都是指契克意识中那些看热闹的人所构成的景象和声响。

子的声息）中看见舅舅在踏脚板外灯光下的侧影：没有逃跑也没有否定在这一刻甚至没有急迫无论是在屋外或屋内或是那细小的多种多样的动物发出的声响和夏夜的广袤无边的伸缩张弛的上下前后。

'它消失了。'他说。

'是的，'舅舅说。'他们现在也许都上床睡觉了。他们到家挤了牛奶，甚至还有时间在天黑以前把明天做早饭要用的柴火都劈了出来。'

这是第一次① 虽然他还是没有动弹，'他们跑了，'他说。

'不，'舅舅说。'并不仅仅是这么回事。'

'他们跑了，'他说。'他们到了没有办法只能承认他们错了的地步。因此他们就跑回家。'

'至少他们在动，'舅舅说：这是第二次了：他根本连第一次的暗示都不需要因为四五六个小时以前或者不管是多少小时以前那个他真正相信他会只睡十五分钟（不管他是否真睡了，他碰巧知道是十五分钟）的时刻那种要行动或者更确切地说那种并不真正要停止行动的急切必要与需要的感受并没有回来。这种需要从来没有一个可以从那里回来的地方因为它还在那儿，一直都在那儿，甚至连一秒钟都没有退出过没有从那现在仍然使他感到混乱的乌合之众的五光十色的幻象后面退出过，他跟这些幻象或在这些幻象之中浪费了快十五个小时而不是十五分钟；它仍然在那儿或者说至少他未完成的部分仍然在那儿，那甚至不是个小书写体字母② 而是舅舅和县治安官在路喀斯·布香和克劳福德·高里的无法了结的公案中所做的微不足道的事情中微乎其微的一部分因为据他们所知在今天早上他失去对情况的了解以前即使在汉普敦放弃了他们仅有的一点点的证据以前（把它③ 还给一个胳臂的有手枪的老高里，这一次连

---

① 契克的舅舅在暗示他应该起床了。
② 原文为 minuscule，指公元六至七世纪僧侣用的小书写体字母。此处含义为"很小的，微不足道的"。
③ 指文森·高里的尸体。

两个孩子和一个老太太都不可能把它弄回来了）他们都不知道下一步要做什么；这种并不是要完成某件事而只是要不断地活动甚至不是为了继续留在他们所在的地方而只是拼命地赶上它①正如你得不断地踩动踏车并不是因为你喜欢待在踏车上而只不过是为了不被甩出去摔得昏天黑地仍然疯狂地向后跑出舞台跑得无影无踪他并不是纹丝不动地在等待那个时刻②重新涌入他的身体把他震得动起来相反他早已经在没完没了地活动着犹如踏车的没完没了的踏板在他鼻子尖端和胸口上面不到一英寸的地方只要他深深地呼吸一下他就会被那攫取的轨道一把抓住，他躺在下面就像一个流浪汉被卡在铁轨之间一辆飞驰的火车的下面，只有在他一动不动的时候才安全。

于是他动了一下；他说'什么时候：'把腿转过来：'几点了？我说十五分钟的。你们答应的——'

'才九点半，'舅舅说。'还有足够的时间冲个澡吃点晚饭。他们在我们到达以前不会走的。'

'他们？'他说：已经光着脚站起来（他睡前只脱掉鞋袜并没有脱衣服）在找拖鞋了。'你又到镇上去过了。在我们到达以前？我们不跟他们一起去？'

'对，'舅舅说。'得要我们两人才拦得住哈伯瑟姆小姐。她在办公室里跟我们见面。所以现在动作要快一点；她可能已经在等我们了。'

'好的，'他说。但他已经在解衬衣还用另一只手在解皮带脱裤子，打算一下子同时脱掉衬衣和裤子。这一次它在大笑。关系不大。你甚至听不见它。'原来如此，'他说。'他们的女人不用在黑暗里劈柴火让半睡半醒的孩子拿着提灯了。'

'对，'舅舅说。'他们不是在逃避路喀斯。他们已经把他忘了——'

---

① 这里的"它"均指契克对整个事件愤懑悲哀等感受。
② 指他睡着以前感到的必须行动的时刻。

'这正是我说的话,'他说。'他们甚至都不肯等一下给他送一罐烟叶,说一句,没关系,老头儿,人人都犯错误,我们不会因为这件事记你仇的。'

'你要的就是这一点?'舅舅说。'一罐烟叶?那就够了?——当然不够。这就是为什么路喀斯最终会得到那罐烟叶的一个原因;他们将会坚持这么做的,他们不得不如此。不管他要不要他在这块乡土上的后半辈子里会分期分批地收到的,而且也不仅仅是一个路喀斯而是路喀斯:桑博,因为让一个人夜里在床上辗转反侧难以入梦的不是他伤害了他的同伴而是他错了;如果仅仅是伤害的话(如果他不能用他所谓的逻辑来解释的话)他可以通过摧毁受害者和见证人来消除它但错误是他自己的是他总宁可用黄油来噎死的一只猫①。所以路喀斯是会得到那罐烟叶的。他当然不会要的,他会想办法拒绝的。但他还是会得到的,因此我们将在这里,就在约克纳帕塔法县看到古代东方救人者与被救者的关系被整个颠倒了:路喀斯一度是任何一个他正好走进其视线范围内的白人的奴隶,现在却成为统治白人良心的暴君。他们——第一、二、三、五巡逻区——也明白这一点,所以他们现在干吗要花时间给他送一罐一角钱的烟叶,他们反正下半辈子里总要这么做的?他们暂时把他放到一边。他们奔跑逃避的不是他,他们逃避的是克劳福德·高里;他们直截了当地反对(甚至并不是带着恐怖而是以绝对一致的方式)的是一个不会、不应该而这又在毫无警告的情况下变成了不可以。不可杀人②你明白吗——没有宾语,没有火气:一个简单的道德戒律;我们从遥远的姓名不详的祖先那里接受下来的,有了很久了,珍惜它,培养它,使它的声音永远响亮,使它的写法始终不变,把它把

---

① 即用好听的话或好看的行动来掩盖一个不想显露的秘密。
② 见《圣经·旧约·出埃及记》第 20 章。上帝在四奈山上向摩西启示的对以色列人的十诫之一。原文 Thou shalt not kill 的动词 kill 后面没有宾语,直译应为"汝不可杀害"。因此契克的舅舅说了下面的那句话:"没有宾语"。

玩得太久了以至棱角都磨圆了；我们能带着它上床睡觉；我们甚至为它提炼出解毒药，就像有远见的家庭妇女常把化好的芥末水或方便好用的鸡蛋清跟耗子药放在同一个架子上；它跟爷爷的脸一样熟悉，跟爷爷缠着印度王子的头巾的脸一样无法辨认，跟家庭晚饭餐桌上爷爷的肠胃气胀一样抽象；甚至在它崩溃的时候在溅出来的血在我们面前鲜红耀眼的时候我们仍然拥有这条戒律，它仍然完好无缺，仍然千真万确：我们不可以杀人，也许下一次我们真的不杀了。然而汝不可杀汝母之儿女。那一次这思想在光天化日之下降临街道走在你身边，不是吗？'

'因此对很多高里和沃克特家的人来说，为了一件路喀斯·布香没有做过的事情用煤油把他烧死是一回事，而高里家的一个人谋杀了他的兄弟又是另一回事。'

'对，'舅舅说。

'你不能这么说，'他说。

'是的，'舅舅说。'作为戒律的不可杀人，即使在你犯戒的时候，戒律仍旧完好无缺不受玷污。不可杀人，谁知道呢，也许下一次你真的不杀了。但高里决不可以杀高里的兄弟：这没有也许的问题，没有下一次也许高里不会杀高里的问题因为根本不可以有第一次。这不仅仅是对高里而言而是对所有的人：史蒂文斯、莫里逊、爱德蒙兹、麦卡斯林也一样；如果我们不坚持这样的信念，达到这样的一步，高里英格伦姆史蒂文斯莫里逊不光是不可以而且是绝对不行不能够杀戮高里英格伦姆史蒂文斯莫里逊，那我们怎么能希望实现不可杀任何人这一点，还有使路喀斯·布香的生命有保障，不是不顾他是路喀斯·布香这个事实而正因为他是路喀斯·布香？'

'所以他们逃跑，免得给克劳福德·高里上私刑，'他说。

'他们不会给克劳福德·高里上私刑的，'舅舅说。'他们人太多了。难道你不记得了，在他们还相信路喀斯·布香不打招呼就从文森·高里

的背后把他打死的时候他们整整一上午把监狱前面的地方和广场都挤得满满的?'

'他们在等第四巡逻区的人来上私刑。'

'这正是我说的话——暂时这就算是真实的吧。第四巡逻区高里和沃克特两家人还有其他不会给高里或沃克特一点烟叶但为了看杀人会跟着一起来的四到五户人家,人数小得足以产生一支暴民。但并不是他们所有的人在一起因为其中有个简单的数字问题到了一定的数字暴民就自我取消或自我废除,也许因为对黑暗来说他们的数目终于太大,他们产卵的洞穴不再大得可以掩护他们不见光亮因此最后无论他们愿意与否他们不得不审视自己,也可能由于一个人体内的血不够多,正如一颗花生米可以使一头大象感到欢愉但对两头或十头大象就不一定有这样的作用。或者说也许正是因为一个人变成了暴民也就变成了群体通过吸收和代谢作用取消了暴民,然后由于它甚至对群体来说都太大了就又变成了人有了怜悯正义和良心的观念即使只是在回忆之中,他回忆的是他对那些过程对某样归根结底是一种宁静的普遍光明的东西长期痛苦的追求。'

'所以人永远是正确的,'他说。

'不,'舅舅说。'他努力做到正确,如果那些为他们自己的权力和扩张而利用他的人对他不加干预的话。还有怜悯正义和良心——那个对不仅仅是个人的神性(我们在美国已经把这一点降低到一种全国性的崇拜五脏六腑的民族宗教,这种宗教使人对自己的灵魂没有任何责任因为他的灵魂已经被免去从而不必承担责任,相反他从诞生之日起就是对妻子、汽车、收音机和老年退休金的不可追回的权利转让的一成不变的继承人)而且是对他继续作为大写的人的神性的信念;想一想,如果他们要对付克劳福德·高里那该是多么容易的事情:用不着有暴民在黑暗中快速移动不断地回头观望只要有一个没有分歧的公众舆论:那粒花生米在和谐一致的全体象群的踩踏下消失得无影无踪,几乎没有一头大象知道脚下有过花生米,因为暴民之所以形成是因为真正掐断线①的那一只手会消失在无名无姓那个不可侵犯的团体之中:在这个案子里②除了那个花钱请来的刽子手没有人有理由要夜不成眠。他们并不要摧毁克劳福德·高里。他们拒绝承认他。如果他们对他上私刑,他们只是消灭了他的生命。他们实际做的更为严重:他们竭尽所能剥夺了他作为人的公民权。'

他还是没有动。'你是个律师。'接着他又说,'他们逃避的既不是克劳福德·高里也不是路喀斯·布香。他们在逃避自己。他们跑回家把脑袋埋在被窝里免得看到自己的羞耻。'

'完全正确,'舅舅说。'我不是一直在这么说吗?他们人数太多了。这一次他们有足够的人可以因羞耻而逃跑,能够发现自己无法忍受那唯一的也就是暴民的选择:他们(暴民)因为他们的数目很小又相信他们的秘密性和紧密性还知道彼此之间绝对缺乏信任,一定会选择通过消灭证人这快捷而又方便的办法来消除那羞耻感。因此正如你所喜欢说的他们跑了。'

'留下你和汉普敦先生来清理他们呕吐出来的脏东西,连狗都不做这种事。不过当然汉普敦先生是条拿工资的狗,而你,我看也可以算一条。——因为不要忘记还有杰弗生。'他说。'他们跑掉的时候跑得很快。当然有些人不行,因为那下午过了还不到一半他们还不能关上店铺也跑回家;当时还可能有机会卖掉一样值五分钱的东西呢。'

'我说了还有史蒂文斯和莫里逊,'舅舅说。

'不是史蒂文斯,'他说。'也不是汉普敦。因为总得有人去了结这件事,一个肠胃极好可以擦地板的人。县治安官去抓(或者说努力去抓希望去抓或者不管你们打算怎么去想办法去抓)凶手而律师则为干私刑

---

① 即生命,源自希腊神话命运三女神与她们纺织掌管的生命之线。
② 指克劳福德·高里杀害文森一案。

的人辩护。'

'没有人行私刑是为了因此得到辩护。'舅舅说。

'好吧,'他说。'那就宽容他们。'

'也不是这么回事,'舅舅说。'我在为路喀斯·布香辩护。我在保护①桑博免遭北方、东方和西方的侵犯——那些外地人会强加给我们一些根据人对人的暴力可以在一夜之间通过警察来废除的想法而制定的法律,从而把他硬推回到几十年以前,不仅推入不公正而且还推入悲伤、痛苦与暴力之中。桑博当然会忍受这一切的;他人数不够,没有别的办法。他会忍辱负重,承受这一切并且生存下来,因为他是桑博,有那种本事;他甚至会打败我们,因为他有忍受苦熬并生存下去的本事,但他会被抛回到几十年以前的境地,他侥幸熬过来以后的生存环境也许并不值得拥有,因为到了那个时候我们分裂了可能已经失去了美国。'

'但你还是在宽容它。'

'不对,'舅舅说。'我只是说那不公正是我们的,是南方的。我们必须自己来惩罚自己来废除,完全由我们自己,不要帮助,甚至不要建议(但表示感谢)。我们对路喀斯负有这样的义务不管他要不要(这个路喀斯是反正不会要的)不是因为他的过去,因为一个人或者一个种族如果是出色的总能承受其历史并生存下来,甚至不需要逃避它,也不是因为关于人类的那种响亮的但常常只是辞藻过于华丽的论调,而是因为那简单明确而实际的有关他的未来的那个理由:那个能够生存下来能够承受能够忍辱负重而仍然保持坚定的本事。'

'好吧,'他又说。'你还是个律师,他们还是跑了。也许他们打算让路喀斯来清理一切,因为他来自拖地板的种族。路喀斯和汉普敦和你,因为汉普敦拿了钱应该时不时地做点事,他们甚至还选举了你也领一份工资。他们想过告诉你怎么做吗?拿什么当鱼饵让克劳福德·高里

---

① 英语中 defend 有"保护"与"为……辩护"的两种含义。

进来说，好吧，伙计们，我放弃出牌，把牌再洗一次发给大家。还是他们太忙了——忙着……'

舅舅平静地说：'表现得很有德行？'

现在他完全停了下来。但只停了一秒钟。他说'他们跑了，'说得十分平静，完全是个结论，甚至不带蔑视，把衬衣往身后一扔随它飘走了，同时解裤子光着脚退了出来，现在只穿了条短裤。'此外，这一切都没有关系了。我做梦经历了所有这一切；我做梦穿过了他们，也在梦里把他们赶走了；随便他们待在床上还是在天黑以前给牛挤奶，在天黑以前还是天黑以后，是点着提灯还是不点提灯劈柴火。因为他们并不是梦；我只是经过他们身边去进入那个梦——'他现在说得很快，比他意识到的要快得多，直到太迟了：'那是某样东西……某个人……某样说明也许对我们要求太高的东西，让只有十六岁的人或快要八十或九十或不管她是多少岁的人① 来承担实在太过分了，可我是在毫不犹豫地响应你告诉我的那些比我大不了多少在一九一八年领导部队的和在法国开侦察机的英国男孩，你记得吗？你说过在一九一八年所有英国军官似乎不是十七岁的中尉少尉军官就是独眼或独臂或独腿的二十三岁的上校？'——然后他抑制或努力想抑制自己因为他终于得到了警告，相当严厉的警告，不是因为他仿佛突然事先听见了他要说的话，而是仿佛他突然发现的不是他说过的话而是这些话在向哪里去，他已经说过的话在迫使他说些什么以便结束这番话：但当然来不及了，就像你下山时突然使劲踩刹车却发现刹车断了：'——只不过还有一些别的东西——我在努力……'他终于停住不说了，觉得滚烫的热血往上冲从脖子一直烧遍了整个面孔，而且实在没有地方可以看一眼，不是因为他站在那里几乎是一丝不挂而是因为没有衣服没有表情也没有话语能瞒住舅舅那明亮而严肃的眼睛。

---

① 指契克自己、艾勒克·山德和哈伯瑟姆小姐。

'是吗？'舅舅说。然后舅舅又说，'是的。有些东西你必须永远无法忍受。有些东西你必须永远不停地拒绝忍受。不公正、暴行、羞辱与耻辱。不管你有多年轻也不管你活得有多老。不是为了表扬也不是为了钱财：不是为了在报上有你的照片也不是为了在银行有存款。就是拒绝忍受它们。是那么回事吗？'

'谁，我，'他说，现在他已经走动起来在穿过房间，甚至没有等着穿好拖鞋。'我从十二岁起就没当过最低级的童子军①。'

'当然没当过，'舅舅说。'但对此就是感到遗憾：不必感到难为情。'

---

① 美国的童子军分三级。第一级"低级童子军"是 tenderfoot scout。Tenderfoot 原意为"不习惯美国西部地区艰苦生活的新来的人"，因此 tenderfoot scout 除了"新手"外还有"不能吃苦耐劳"的意思。最高级的童子军是 eagle scout。英语中"eagle"原意为"鹰"，是"勇敢"、"威武"的象征。为了翻译的方便，"最高级的童子军"按字面意思译为"鹰级童子军"。

第 十 章

也许吃饭跟它①有点关系,他不带特别的兴趣或好奇心地试图估算从他上一次坐在桌子边上吃饭到现在已经有几天了与此同时他没有停止咀嚼,接着仿佛那一口饭还没嚼完就想起来还没过一天呢尽管今天清晨四点钟的时候他在半睡眠状态下在县治安官家吃过一顿丰盛的早饭:想起来舅舅(坐在桌子对面喝咖啡)说过人不见得必须吃着饭通过这个世界而是使用吃的动作也许仅仅靠吃这个动作才使他确实进入了世界,把他自己弄到了这个世界:不是通过而是进入,像蛾子通过具体的嚼与吞咽羊毛织品的经纬线实质钻进羊毛那样钻进了世界丰富多彩的团结一致之中,从而制造人的整个历史,把它化为自己的一部分和记忆的一部分,甚至也许通过细嚼慢咽,通过放纵,通过吃它从而得到锤炼,放弃那骄傲而自负的微不足道的他称之为他的记忆他的自我他的我-是从而进入世界那广袤无边的丰富多彩的姓名不详的团结一致,在这个世界的下面那短命的岩石将冷却并旋转成为粉末,这个过程甚至不受到注意也不被记忆因为并没有昨天而明天甚至并不存在所以也许只有住在山洞里以橡实和泉水果腹的苦行僧的生活才是真正可以自负与骄傲的;也许为了达到对你的自负正义感和骄傲那不容异端之说不允许妥协的崇拜高度你得住在山洞里靠橡实和泉水过日子对你的自负正义感和骄傲进行专心的坚定不移的沉思冥想:他吃得很起劲也吃得很多而且在这个时候他自己知道吃得太快了因为十六年来他一直听他们说他吃得太快放下餐巾站

---

① 这里以及下面的"它"仍指契克对看热闹的人和整个事件的看法和情绪。

了起来他母亲最后一次发出哀声（他想女人除了悲剧贫穷和肉体的痛苦外真是什么都承受不起；今天早上他待在十六岁的人不该待的地方做了连三十二岁的人都不该做的事情：跟着县治安官在乡下到处奔波从沟渠里挖出一具被谋杀的人的尸体：她不像他父亲那样大喊大叫哼哼唧唧的声音要轻一百倍比他父亲要好一千倍，可现在他只不过打算跟舅舅一起走到镇上在那个他可能已经花掉他四分之一生命的办公室里坐一两个小时，她倒完全抛弃了路喀斯·布香和克劳福德·高里又不知疲惫地回到十五年前她第一次努力说服他他不可能自己扣裤子上的扣子的那一天）：

'哈伯瑟姆小姐为什么不能上这儿来等？'

'她能来的，'舅舅说。'我相信她还是能再一次找到这栋房子的。'

'你明白我在说什么，'她说。'你为什么不叫她来？她不该在律师办公室坐到半夜十二点钟，那不是女士待的地方。'

'昨天夜里把杰克·蒙哥马里的尸体挖出来也不是女士干的事，'舅舅说。'不过也许这一次我们能拦住路喀斯·布香，不让他没完没了地使用她那高贵的出身。走吧，契克：'于是终于走出了房子，不是走出房子进入了它因为他把它随身带出了房子，在他房间和前门某个地方不是得到了它也不是仅仅进入了它甚至不是重新获得了它而是因为他为偏离了它而付出了代价，又一次变得可以被它所接受因为这是他自己的或者说他是它的因此那一定是由于吃饭的缘故，他跟舅舅又一次在同一条街上行走几乎跟不到二十二小时以前那一次完全一样当时街道很空旷带着一种惊愕的畏缩的迷惑的气氛：因为现在一点都不显得空荡荡的，当然是挺荒凉的没有人来人往的活动一盏盏街灯之间死气沉沉犹如穿过被遗弃的城市的死寂的街道但并不是真的被遗弃并不是真的畏缩收敛只是让位给那些可以干得更好的人，只是让位给那些可以做得正确的人，对那些可以正确行事并以他们自己的朴素办法行事的人不加干涉不予妨碍甚至不提建议甚至不允许劝告（但表示感激）因为这是他们①自己的悲哀他们自己的耻辱他们自己的惩罚,他又笑了起来但这没什么要紧,心想因为他们永远有我、艾勒克·山德和哈伯瑟姆小姐,更别说还有加文舅舅和一个宣过誓的带徽章的县治安官:突然他意识到这也是这事的一部分——这种由于他们是他的而他又是他们的因此他们应该是完美无缺的强烈的愿望,这种只能绝对完美差一丁点儿都不能容忍的狂热心情——这种疯狂的几乎是本能的跃跃欲试地要在任何地方对任何人保卫他们以使他可以亲自毫不宽容地痛斥他们因为他们是他自己人,他无所求只希望跟他们不可更改地坚定不移地站在一起:同一个耻辱如果必须有耻辱的话,同一种惩罚因为必定会有惩罚的,但高于一切的是一个不可更改的持久的坚不可摧的同一性:一个民族一颗心一片土地:因此他突然说,

'瞧——'又停了下来,但跟往常一样用不着说更多的话:

'什么?'舅舅说,接着在他没有吭声时说:'啊,我明白了。这不是因为他们是对的而是因为你错了。'

'比这还糟糕,'他说。'我自以为是。'

'自以为是并不错,'舅舅说。'也许你是对的而他们错了。只是不要停留下来。'

'不要把什么停留下来?'他说。

'即便吹牛说大话,'舅舅说。'只是不要停留下来。'

'不要把什么停留下来?'他又说。但他现在知道那是什么了②;他说。

'难道现在还不该是你也不当最低级童子军③的时候?'

'这不是吃不了苦的童子军,'舅舅说。'这是第三等级。你们是怎么叫的?——'

---

① 指看热闹的乡下人。
② 契克的舅舅叫他要保持他的纯真、信仰和开放的观念。
③ 见第166页注释。

'鹰级童子军，'他说。

'鹰级童子军，'舅舅说。'最低级童子军的含义是，别接受。鹰级童子军意味着，别停留下来。你明白吗？不，那是错的。别花力气去看。甚至别花力气去记住它。只是别停留下来。'

'对，'他说。'我们现在不需要为停留下来而发愁。在我看来现在我们该发愁的是我们上哪儿去，怎么去法。'

'不对，我们该为停留下来发愁的，'舅舅说。'你在大约十五分钟前还这么对我说过的，难道你不记得了？关于汉普敦先生和路喀斯用什么当诱饵把克劳福德·高里引诱到他们可以把汉普敦先生的手放在他身上的地方。他们要用路喀斯——'

他会记得的：他本人和舅舅站在监狱边上的小巷里县治安官的汽车旁边看着路喀斯和县治安官从监狱的边门走出来穿过黑暗的院子向他们走来。那儿其实很黑因为街角的路灯照不到那个地方也没有任何声响：十点钟刚过一点又是星期一的晚上但黑压压的天穹仿佛把镇子和广场笼罩在真空里就像扣在玻璃杯下面的古老的新娘捧过的花束一样，镇子和广场并不仅仅是死寂：它们是被人抛弃了：因为他继续向前去看了一下，他没有停步留下舅舅站在小巷的拐角在他身后说：

'你上哪儿去？'但他甚至没有回答，行走在最后一个安静而空荡荡的街区，故意在空洞的寂静中把脚步毫不秘密地走得咚咚响，不慌不忙地孤单地但一点都不孤独，相反带着一种感觉一种感情，不是想据为己有而是作为拥有者、代为行使权力者，仍然怀着谦卑。他自己并不强有力但至少是力量的载体就像演员在舞台两侧或从空荡荡的戏院楼座往下看那没有人的布置好的但还是空的等待着的舞台，然而过一会儿他将在上面行走在绝对的众望所归的最后一幕中扮演角色，就他自己来说他自己微不足道也许也不是戏里举世无双的人物但至少是他的戏要了结要完成然后要既好好无缺又无懈可击地完整地放到一边：于是走进那黑暗而空旷的广场一到他能毫不费力地把广场一览无遗地收入眼底的地方就立刻停下来，看见那到处都是黑暗的毫无生气的正方形中只亮着一盏灯那是在咖啡馆里为了那些长途卡车咖啡馆整夜都开张，有人说，它的（咖啡馆的）真正目的镇子给它执照的真正原因是让威利·英格伦姆的夜班同事保持清醒虽然镇上给他在一条小巷里圈了一间小小的屋子做办公室还装了火炉和一架电话但他不愿意呆在里面反而利用了那家咖啡馆因为有人可以说说话当然你可以打电话到那里找他但有些人尤其是老太太不喜欢在一个全夜开放的备有投币式自动电唱机的小咖啡馆里呼叫警察于是那办公室的电话就跟一个墙外的防盗警报器的大铃连在一起声音响得足以让咖啡馆里站柜台的人或某个卡车司机听见了告诉他铃在响，还有① 二楼两间亮着灯的窗户（他想哈伯瑟姆小姐真的说服舅舅把办公室的钥匙给了她后来他想这不对，是他的舅舅说服了她拿那把钥匙的因为她完全可能坐在停好的卡车里等着他们到来——后来又加上一句要是她等的话因为那肯定是不对的实际发生的情况是舅舅把她锁在办公室里让县治安官和路喀斯有时间离开镇子）但律师办公室的灯由于律师和看门人走的时候忘了关所以任何时候都可能亮着而咖啡馆像发电厂一样是个公共场所因此也不算数即便咖啡馆的灯也是才开不久（他不能从这里看到咖啡馆的内部但他能够听见开灯的声音他想从去年八月吓人的疯狗事件以后，夜班警长除了每小时打一下银行后门墙上的打卡钟以外，正式地把投币式自动电唱机关闭十二小时可能是他第一个官方行动）他想起其他的正常的星期一的晚上，那时候没有热血与报仇种族和家族团结那高声而愤怒的喧嚣从第四巡逻区（或者就这事而言还有从第一、二、三、五巡逻区，或者就这事而言还有从城里乔治亚式门廊附近）咆哮着传过来在那些古老的砖瓦和老树和古希腊式圆柱及柱顶中震得乒乒乓乓咯咯乱响使它们至少在这一天的夜晚受到打击：星期一晚上十点钟的时候虽然电影院里第一场电影现在已经结束有四五十分钟了但来晚的看客

---

① 此处接前面的"一盏灯"，指契克看到的景象。

仍然还在回家的路上,所有的年轻人从电影散场以后肯定还坐在杂货店里喝可口可乐往投币式自动电唱机扔钢镚儿,或者没有时间概念地慢悠悠地散着步因为他们并不要上任何地方去因为五月的夜晚本身就是他们的目的地他们带着这个目的在五月的夜晚散步(在拍卖的日子里)甚至还有几辆晚走的汽车和卡车它们的主人在拍卖活动以后留了下来看电影或跟亲友一起吃晚饭现在终于各自分散在那黑暗的被英里数标志包围的土地上向着黑夜向着睡眠向着明天行驶,想起①不久前至多不超过昨天晚上他以为那广场也是空的直到他有时间仔细倾听了一会儿才发现它根本不是空荡荡的:是一个星期日的夜晚但有着不仅仅是星期日夜晚的安静,一种任何夜晚都不应该有的安静在所有的夜晚中尤其是星期日夜晚从来都不该有的安静,这是个星期日的夜晚只是因为县治安官把路喀斯关进监狱的时候日历上已经把这一天定为星期天了:一种空荡荡的气氛你可以把它称之为空荡荡如果你能把部署好的部队所面对的安静的没有生气的地带说成是空无一人的空荡荡的,或者把进入弹药库的通道看成是安全的或者认为堤坝闸门下面的溢洪道的安静的——一种不是等待而是增长的感觉,不是人们——女人老人和孩子——而是男人的并不是严厉而是严肃并不是紧张而是安静,静悄悄地在后屋坐着甚至并不多说话并不只是在理发店后面的洗澡间或厕所和台球房后面堆满一箱箱软饮料和随便乱放的空威士忌酒瓶的棚子里而是在商店和汽车修配厂的货房里和拉着窗帘的办公室里,这些办公室的主人甚至这些商店和汽车修配厂的所有者都承认他们属于的不是一个行业而是一门专业,不是在等候某个事件在时光的某一刻发生在他们身上而是在等候时光中的某一刻使他们在几乎不加选择的一致中自己来创造那个事件,主持这一刻甚至为这个时刻服务,这一刻甚至并没有晚到了六到十二或十五个小时而是正好相反只不过是子弹打中文森·高里的那个时刻的延续而已,在现在同那

---

① 回到当前。主语为契克。

第 十 章　173

一刻之间时间并不存在因此实际上路喀斯早就死了因为他在丧失自己的生命的权利的那一个时刻①里就已经死去而他们的生命只是主持他的自焚而已，现在要记住今天晚上的一切因为明天一切都将过去，明天广场当然会苏醒过来骚动起来，再过一天它就会摆脱那宿醉状态，再过一天它甚至会摆脱耻辱以便到星期六的时候全县的人会带着一种犹如咔嚓滴答嗡嗡声响那样的不可穿刺的一致性②否认曾经存在过他们可能犯错误的时刻：因此他③没有必要在那完全彻底绝对的沉寂中提醒自己镇子并没有死去甚至并没有被遗弃只不过收敛退却了以便腾出地方做那些必须用家常方式在没有帮助或干预或甚至（谢谢你）建议的情况下进行家常的事情：三个业余活动者，一个年迈的白人老处女一个白人孩子和一个黑人孩子去揭露一个想要成为谋杀路喀斯的人，路喀斯本人和县治安官去抓他因此最后一次：想起来：舅舅三十分钟前在他光着脚站在地毯上两手抓住解开扣子的衬衣的两襟的时刻和十一个小时前他们攀登那通往教堂的小山的最后的高峰的时刻还有其他从他长大到能听能懂能记得住以来的千百次说的话：——④不是保卫路喀斯甚至不是保卫美国这个联盟而是从北方东方和西方的外地人手里保卫美国，他们以（让我们这么说吧）最高尚的动机和愿望努力在一个没有人敢冒分裂的危险的时刻通过使用联邦法律和联邦警察来废除路喀斯可耻的状况的办法正在分裂美国，也许在随便找来的一千个南方人中不会有一个人对路喀斯的状况真正感到悲哀甚至真正表示关心然而也并不是永远会有一个人愿意在不管什么情况下亲手给路喀斯上私刑但那九百九十九个人加上那第一个又完整地凑成一千个人（其中一个仍然会是那个行私刑的人）都会毫不犹豫地用武力抵制那些强行来到这里进行干预或惩罚行私刑的人的外地人，

---

① 指如果路喀斯开枪的话，那一刻就是他失去生命的时刻。
② 指有一定之规的如机器似的社会机制。
③ 指契克。
④ 下面的楷体字均为契克回忆舅舅过去对他说的话。

你们说(带着冷笑)你①一定很了解桑博才能亲自出马如此平静而想当然地谈他的消极被动而我回答我根本不了解他而且在我看来没有一个白人了解他但我确实了解南方白人不仅仅是那九百九十九个还有那另外的一个②因为他也是我们中的一个而且不仅如此,那另外的一个并不只是在南方才存在,你们可以看到并不是北方东方和西方跟桑博联合在一起反对一小撮南方人而是理论家与狂热分子以及个人和私人报复者加上一些别的人结成一张纸上的联盟他们认为双方相隔足够的以英里计的距离可以提供一条原则不仅反对甚至可能从数量上压倒一个和谐一致的南方这个联盟已经(不管愿意与否)从你们的后方招募人员,并不仅仅是在你们的腹地而且在你们文化骄傲的优秀城市芝加哥底特律洛杉矶以及任何其他愚昧的人们生活的城市,这些人除了自己的肤色和鼻子形状外害怕任何颜色的皮肤和任何形状的鼻子而且会抓紧这个机会把他们从祖先开始就有的对印度人中国人墨西哥人加勒比人和犹太人的全部恐怖蔑视和害怕都发泄到桑博身上,你们将强迫我们那些随便找来的一千个人中的第一个和第二个一千人中的九百九十九个——这些人确实为路喀斯那可耻的状况感到悲哀并愿意加以改进而且已经正在并将继续努力一直到(但也许不是明天)那种状况被废除这也许不是为了忘却但至少在记忆时少一点痛苦与怨恨因为公正是由我们给他的而不是从我们那里强行夺走并强加于他而且这两点都是靠刺刀来实现的——无可奈何地同他们同那些跟我们没有任何血缘关系的人结成联盟去保卫一个我们自己都痛心和厌恶的原则,我们处于一九三三年以后的德国人的境地他们除了当纳粹或犹太人外别无选择或者跟今天的俄罗斯人(就此而言还有欧洲人)一样的处境他们连那种选择都没有,只是我们必须做到这一点而且是我们自己在没有帮助没有干预甚至没有(多谢你)建议的情况下因为如果

---

① 此处的"你"指契克的舅舅加文,前面的"你们"指北方人。契克在回忆舅舅对假想中的北方人说的话。后面的"我"指舅舅自己。
② 即一千人中那个行私刑的人。

路喀斯的平等要超过一八六一至一八六五那个胜利的直接继承人那固若金汤的街垒路障的囚犯的话只有我们才能做得到,那个胜利在阻拦路喀斯的自由方面也许比约翰·布朗①还要过分然而在李将军投降以后快要一百年了这自由似乎仍然受到压制你们说路喀斯一定不能等待那个明天因为那明天永远不会到来因为你们不但不能而且你们还不会于是我们只能重复说那你们不必了并且对你们说在你们打定主意以前上这儿来看看我们而你们回答说不谢谢啦那味道在我们这里就够难闻了于是我们说当然你们至少看一眼那条你们打算训练的狗②,在历史仍然向我们证明分裂是分崩离析的接待厅③的时候看一眼那分裂了的民族于是你们说至少我们是为了人道而毁灭的于是我们回答在除了那个主格代名词和那个动词以外一切都被毁灭的时候路喀斯的人道是多么大的代价啊于是转身④跑步走过那短小死寂空荡荡的街区回到那街角(舅舅没有等他已经继续往前走了)然后也进了小巷走到县治安官的汽车停着的地方,他们两人看着县治安官和路喀斯穿过院子朝他们走来县治安官在前面路喀斯在他后面大约五英尺的地方走得不是很快但很专心,既不偷偷摸摸也不躲躲闪闪完全就像两个忙得很的人虽然不见得晚到来不及的地步但也没时间晃悠,他们走出大门走过来到了汽车跟前县治安官打开后车门说,

‘上车,’路喀斯上了车县治安官关上后车门打开前车门咕哝着钻了进去,他坐下去坐到座椅上时整个车身趴了下去压着那弹簧和车轮外圈他转动启动器发动马达,舅舅现在站在车窗边上两手扶着窗沿仿佛他想或希望在他再想一下的时候他可以突然按住汽车在它刚要启动时使它停

---

① 约翰·布朗(John Brown, 1800—1859),美国废奴主义运动领袖,曾组织反奴隶制的武装集团,在袭击弗吉尼亚州西部的哈珀斯渡口军火库战斗中受伤被捕,以叛国罪受审,被判处绞刑。
② 指南方人。
③ 即"分裂是分崩离析的第一步"。
④ 此处回到当前。

着不动,说出了他①断断续续想了有三四十分钟的话:

'带一个人跟你去。'

'我带了一个,'县治安官说。'况且我想这件事今天下午我们谈了三遍都解决了。'

'不管你把路喀斯数多少遍你还是只有一个人。'

'你把我的手枪给我,'路喀斯说。'那样的话谁都不必再数数了。我会干好的:'于是他想县治安官到现在为止可能已经告诉了路喀斯不知有多少次叫他闭上嘴,这也许是为什么县治安官现在不这么说的原因:然而(突然)他说了,他在座椅上慢腾腾地笨重地咕哝着转过身子望着后面的路喀斯,用那忧郁而沉重的叹息的声音说:

'你星期六口袋里揣着手枪跟一个姓高里的人站在同一个十英尺见方的地方惹出了大乱子,你还要手里拿把枪在另一个姓高里的人身边走动。现在我要你闭上嘴而且一直闭着嘴不说话。而且在我们靠近白叶桥的时候我要你靠着座椅躺在我身后的地板上还是闭着嘴不说话。你听见了吗?'

'我听见了,'路喀斯说。'可要是我有手枪——'但县治安官已经转身对舅舅说话了:

'不管你把克劳福德·高里数多少遍他也只是一个人:'接着又用那温和的带叹息的不甚情愿的口气说,甚至在舅舅还没有来得及把话说出来以前就回答了他的想法:'他还能找谁?'他也这么想因为他想起来那些疯狂的汽车和卡车在慌乱地下乱冲时橡皮与水泥摩擦时发出的长长的撕裂般的声响那些车辆带着吓呆的不可改变的谴责四面八方朝着县的最遥远的地图上没有标志的安全地带横冲直撞只是不向着第四巡逻区那个叫卡里多尼亚教堂的那个小岛,躲进避难所:那古老的用旧了的熟悉的家舍在那里女人和大一点的姑娘和孩子们可以让小一点的孩子们

---

① 指契克。

举着提灯为明天的早饭挤牛奶劈柴火而男人与大儿子们在喂好骡子为明天犁地作好准备以后就坐在前面的门廊里等晚饭等暮霭：夜莺：夜晚：睡眠：① 他甚至可以看见（前提是杀人犯的迷恋会使克劳福德·高里再一次进入那段断臂② 的活动范围——因为克劳福德也是高里家的人——这一点上他跟他并不信任的县治安官意见一致——他现在知道为什么星期六下午路喀斯会活着离开弗雷泽的商店，更别提他还活着在监狱前面下了县治安官的汽车；连高里家的人都知道不是他杀的因此他们只是在拖延时间等另外一个人，也许是杰弗生来把那人找出来拖到大街上直到他——像一道闪电，一个像羞耻那样的东西——想起那件蹲在地上的蓝衬衣和那个僵硬别扭的独手努力想擦掉死者脸上潮湿的沙子于是他知道不管那个愤怒的老人明天会怎么想他当时并不仇恨路喀斯因为他心中除了他儿子再也容不下什么别的东西了）——那夜晚，也许还有那吃饭的饭厅那七个姓高里的人又一次聚集在二十年来没有女人的房子里因为弗雷斯特从维克斯堡赶来参加昨天的葬礼也许今天早上在县治安官派人送话要老高里在教堂跟他见面时还在家，桌子中央在结了块的糖碗糖蜜罐和还装在从商店柜台上拿下来的带标签的瓶子里的调味番茄酱以及胡椒和盐中间是一盏灯老高里坐在桌子的主位他的一只胳臂放在他前面的桌子上手下压着那把大手枪正在对用他兄弟的血注销了他自己的高里身份的那个高里宣布判决与决定毁灭与处决，于是那黑暗的道路那卡车（这一次不是强行征来的因为文森为了运木材和牲口有一辆马力很大的新的有折篷的大卡车）可能还是那个双胞胎开车那尸体就像带着沉重的绑木头的锁链的木头一样嗵嗵地撞击着车子的传动装置，飞快地开出卡里多尼亚开出第四巡逻区开进那黑暗的安静的等待着的镇子飞快地驶过街道穿过广场来到县治安官的房子于是那尸体翻滚了下来扔到县治安官的前

---

① 此处冒号为原文所有。
② 指克劳福德的父亲老高里。

门廊上在高里家另外那个双胞胎摁门铃时卡车可能还等着。'别为克劳福德·高里发愁①,'县治安官说。'他对我无怨无仇。他投票选我的。他现在的麻烦是他没有办法只好多杀了一个像杰克·蒙哥马里这样的人,其实他要的只是想瞒住文森不让他发现他一直在偷他和萨德利·沃克特大叔的木材。即使他在我还没来得及闹明白出了什么事以前就跳上了汽车的踏脚板,他还得花上一两分钟的时间把车门打开以便确切地看见路喀斯在什么地方——要是那时候路喀斯是认认真真地照我说的去做的话,我真心希望他为了自己的缘故会那么做的。'

'我会的,'路喀斯说。'不过如果我有我的——'

'是啊,'舅舅厉声说:'要是他在那里的话。'

县治安官叹了口气。'你把口信捎过去了。'

'我所能捎的口信,'舅舅说。'用我所能想出来的方式。一个给杀人犯和警察安排约会的口信,随便哪个传话的人都根本不会知道那是说给杀人犯听的,那杀人犯不仅会相信这话不是说给他听的而且还会相信那话是真的。'

'好啦,'县治安官说,'他要不是听到了要不就是没听到,他要不是相信了要不就是不相信,他要不是在白叶河的河滩地等我们要不就是不去,要是他不去的话我和路喀斯就往前走上那条公路再回镇子来。'他给马达加速又让它空转;现在他打开车灯。'但他也许会在那里的。我也捎了个口信。'

'好吧,'舅舅说。'为什么那么做,骨头人先生②?'

'我让市长给威利·英格伦姆放假让他今天晚上可以上那边去再给

---

① 前面是契克的想象。此处又回到当前。
② 契克的舅舅在挖苦县治安官因为后者瞒着他另外采取行动。1832年威廉·亨廷顿·罗素从德国回美在耶鲁大学同阿方索·塔夫脱一起建立了一个极端严密和入社限制极严的学生社团,即"骷髅和骨头社"(Skull and Bones)。社员被称为"骨头人",大都是一些思想反动、态度专横、自命不凡的所谓名门子弟。

文森守灵,在威利走以前我挺机密地告诉他我要在今天晚上从老白叶桥那里抄近路把路喀斯送到霍利蒙特让路喀斯可以在明天杰克·蒙哥马里的验尸会上作证,还提醒威利白叶桥那边的低地还没填好,汽车只能挂低挡。我还告诉他千万不要说给别人听。'

'哦,'舅舅说,但还没把车门放开。'不管谁在杰克·蒙哥马里活着的时候会说他是他们那儿的人现在他是属于约克纳帕塔法县了。——不过,'他轻快地说,现在松手放开车门了,'我们追的只是个杀人犯,不是律师。——好啦,'他说。'你干吗还不出发?'

'对,'县治安官说。'你上你的办公室去守候尤妮丝小姐。威利也许也会在街上遇到她的,要是遇到的话她还是可能开着小卡车比我们先赶到白叶桥的。'

于是这一次① 走进广场斜穿过去到了那辆空的小卡车车头对着马路牙子停放着的地方他们上了那长长的发出沉闷的呻吟和咚咚响的楼道来到那打开的办公室房门在走进去的时候并不惊讶地想她可能是他认识的唯一的女人会一打开那陌生的房门就立刻把借来的钥匙从锁眼里拔出来而且不是把它放在她走过的第一块平整的地方而是放回到手提包或口袋或不管什么她在当初借给她的时候放钥匙的地方她也不会坐在桌子后面的椅子上她确实没有,相反腰板挺直地坐着头戴帽子但换了一件裙服看上去很像她昨天夜里穿的那件腿上放着同一个手提包上面夹着那十八元的手套那平跟的三十元的鞋子稳稳地并排放在房间里最硬的靠背最直的椅子的前面,靠门口的那张不管办公室有多挤都没有人肯坐的椅子只是在舅舅足足花了十分钟的时间反复坚持最后解释说可能要等两三个小时的情况下才换到桌子后面的软椅上因为在他们进来的时候她打开了胸前装饰别针上的金表似乎认为在这个时刻县治安官不仅应该已经把克劳福德·高里带回来而且可能正在带着他去监狱的路上;接着他坐到他通

---

① 此处主语是契克,当然舅舅也在他身边。

常坐的冷水器边上的椅子里终于舅舅甚至划根火柴一边点那玉米芯做的烟斗一边还在说话不仅是通过烟雾而是进入烟雾带着它一起说话：

'——发生了的事情因为有些连我们都知道更别说路喀斯最后告诉我们的那一些，他亲自像鹰雕或者国际间谍那样进行观察，为了不必告诉我们任何可以为自己进行解释更不必说是拯救他自己的事情，文森和克劳福德合伙买萨德利·沃克特老人的木材，他是高里太太的远房堂兄弟或堂叔或者是五服以外的堂兄弟或堂叔或者什么有点关系的亲戚，也就是说他们跟老萨德利谈妥了一个按木板英尺计算的价格，但要等木板卖掉才付钱，但要等最后一棵树砍倒以后在文森和克劳福德交货拿到钱以后才给老萨德利他该得的那份钱，他们租了一个木材厂雇了一队工人砍树锯木料堆放在离老萨德利家不到一英里的地方在没砍完锯好以前一根都不许动。只不过——不过这一部分我们一时还不清楚要等汉普敦抓住克劳福德以后不过肯定是这么回事要不然你们大家干什么非得要把杰克·蒙哥马里从文森的坟里挖出来？——我每想到这一部分就想起你们三人从那座山上下来到那个你们中间有两个人听见还有一个甚至看见那个人骑着牲口过去的地方他骑着的骡子前面已经驮了一具尸体，突然而迫切地感觉到有必要改变计划结果等我和汉普敦在六个小时以后赶到那里时坟墓里已经没有人了——'

'但他没有，'哈伯瑟姆小姐说。

'——什么？'舅舅说。'……我说到哪里了？噢对了——只不过路喀斯有天夜里散步的时候听见了响动走过去看了看或者说他正好经过看见了也许他早就有了想法因此去散步或者说在那天夜里上那里去散步，看见一辆不管他认没认出来的卡车在黑暗里装那整个附近地区都知道在木材厂关闭搬迁（那还得要过好一程子）以前不许动的木料，于是路喀斯看着听着，没准他还去克罗斯曼县去格拉斯哥和霍利蒙特一直到他终于确切地不仅知道是谁差不多每天夜里都在搬运木料，一次搬得不多，数量刚好不是多得让一个不是天天在那儿的人能发现木料少了（而天天在那儿的人或者甚至感兴趣到了天天要去的人是代表他自己的克劳福德和拥有那些树和树锯成的木料因此可以做他们想做的事的兄弟与表舅,他们中的一个整天满世界乱跑处理他的另外一些棘手的事情而另外一个年迈体衰有风湿病,而且还是个半瞎子,就算他能从家走那么远也看不清楚——至于那些锯木厂的工人,他们是白天雇来干活的,因此就算他们知道夜里出了什么事他们也不在乎,只要他们每星期六拿到工资就行)还知道他①拿木料在干什么,也许甚至有可能是从杰克·蒙哥马里那里打听来的,虽然路喀斯了解到杰克的情况并没有起什么作用,但有一条杰克让自己被谋杀了还给放进了文森的坟墓,这倒可能救了路喀斯的命。但是即使霍普告诉我,今天早上在威尔·里盖特把路喀斯从监狱带到他家以后,就在我们送你回家的时候,他怎么终于在厨房里从路喀斯嘴里套出这些话的,它也只能解释一部分的情况,因为我说的还是在你们今天早上把我吵醒和契克告诉我路喀斯讲的关于手枪的事情以来我一直在讲的话:为什么是文森?为什么克劳福德得杀了文森来消灭他偷盗的证人?当然不是说这样做不行,因为在第一个白人走过来看见路喀斯站在文森的身边而那把手枪的枪把使他的外衣后面鼓起一大块的时候他就该死了,但为什么要这样做,拐个大弯通过稀奇古怪的杀兄弟的办法?所以既然我们现在有一些真正十分严重的事情要跟路喀斯谈,我就在今天下午直接到汉普敦的家里,一走进厨房就看见汉普敦的厨子坐在桌子的一边而路喀斯坐在另一边正在吃青菜和玉米面包,不是装在一个碟子里而是就着那个两加仑的大锅,于是我说,

"'你让他把你抓住——我指的不是克劳福德——②'他说,

"'对,我指的还有文森。不过那时候已经太晚了,卡车已经装好出

---

① 指偷木料的人,即克劳福德·高里。此句接括弧前的"路喀斯不仅知道……"。

② 这是舅舅跟路喀斯的对话,回忆文森去世前的事情。文森发现有人偷木料,但路喀斯不告诉他小偷是谁。

发了,开得很快灯也不点什么都没有了,他说那是谁的卡车?可我什么都没说。"

"'好吧,'我说。'还有呢?'

"'就这么些,'路喀斯说。'没有了。'

"'难道他没有枪?'

"'我不知道,'路喀斯说'他有根棍儿:'于是我说,

"'好吧。说下去:'他说,

"'没有了。他只是在那里站了会儿把棍儿收了回去,又说告诉我那是谁的卡车,而我什么都没说,他就放下棍子转身走了,我从此就再没见到他。'

"'所以你就拿了你的手枪,'我说,于是他说'去——'他说,

"'我根本不用去。是他来的,我这下说的是克劳福德,第二天晚上上我家里给我钱让我告诉他那是谁的卡车,一大堆钱,五十元,他给我看了这笔钱可我说我还没肯定那是谁的卡车他说在我琢磨的时候他还是把钱留给我我说我已经决定怎么做了,我要等到明天——就是星期五晚上——要找到点证据说明沃克特先生和文森已经从丢失的木料里得到他们应该得的那份钱。'

"'是吗?'我说。'还有呢?'

"'还有就是我会去告诉沃克特先生他最好——'

"'再说一遍,'我说。'说得慢一点。'

"'告诉沃克特先生,他最好数数他的木板。'

"'你,一个黑人,要到一个白人那里告诉他他侄女的儿子们正在偷他的东西——而且还是告诉一个第四巡逻区的白人。难道你不知道这会给你带来什么后果吗?'

"'根本就没有这个机会,'他说。'因为就在第二天——星-六——我收到口信——'我当时就应该知道关于那把手枪的事因为显然高里是知道的;他的口信不可能是已经退还偷了的钱,希望得到你本人的赞

赏，带着你的手枪，友好一点——类似这样的话，因此我说，

"'但干吗拿手枪？'他说，

"'那是星–六，'我说，

"'是啊，是九号。但干吗拿手枪？'然后我明白了；我说："我明白了。你星期六穿出客衣服的时候要带手枪就跟老卡洛瑟斯把枪送给你以前那样："他说，

"'卖给我，'我说，

"'好吧，说下去，'他说，

"'——也就是收到口信要在商店那里跟他见面——'"现在舅舅又划了根火柴边说话边吸那烟斗，穿过烟斗柄带着烟雾仿佛你看见的是那些话语本身：'只不过他根本没有走进商店，克劳福德在树林里跟他会面，他几乎在路喀斯走出家门以前就一直坐在路边一个树桩上等着他，现在是克劳福德谈那把手枪了，路喀斯还没来得及说下午好或文森和萨德利先生拿到钱是不是很高兴，他就开门见山地说，"就算这枪还能用你也不可能用它来射中什么东西"这下面的事情你们可以想得出来；路喀斯说克劳福德最后掏出五毛钱打赌说路喀斯不可能在十五英尺外打中那树桩，可路喀斯打中了，克劳福德把五毛钱给了他，他们两人一起朝着商店走了两英里，一直到克劳福德叫路喀斯等着的地方，说沃克特先生派人把他收到他该得的丢失的木料的那部分钱的签名收据送到商店，克劳福德要去拿来给路喀斯亲眼看一看，于是我说，

"'你到了那个时候还没起疑心？'他说，

"'没有。他骂得挺自然的。'这个故事连你们都能接下去说了，没有必要证明文森和克劳福德之间有过争吵，也不必绞尽脑汁拼命地去想象克劳福德说了什么做了什么使文森在商店里等着，接着又使他沿着小路走在前面，因为只要这样一句话就行了："好啦。我找到他了。要是他还是不肯说那卡车是谁的我们就揍得他说出来："因为这并不真正关系重大，总之接下来路喀斯看见文森沿着小路从商店走过来，路喀斯说

走得非常匆忙,路喀斯说但这又可能表明他很不耐烦,既迷惑又生气,但可能主要是生气,可能做的正是路喀斯在做的事情:等待另一个人开口把问题解释清楚,只是据路喀斯说文森先放弃等待,他边走边说,说到"那你改变主意——"突然,路喀斯说,他绊着一样东西,跟跄一下脸朝下摔了下去,路喀斯马上想起来他听见过一声枪响,意识到文森绊的是他兄弟克劳福德,接着所有的人都来了,路喀斯说他都没来得及听见他们穿过树林的脚步声,我说,

'"我想在你看来在当时那形势下,你都准备绊在文森身上狠狠地摔一跤①,不管有没有老斯基普沃思和亚当·弗雷泽"但至少我没有说那你当时为什么不解释一下所以至少路喀斯不必说解释什么跟谁解释:所以他没事儿了——当然我不是说路喀斯,我说的是克劳福德,他并不仅仅是灾难的孩子他——'这事②又出现了而这一次他知道是怎么一回事了,哈伯瑟姆小姐做了件事他不知道是什么事,没有声响,她并没有动一下,甚至她也没有变得更安静但有件事发生了,不是一件从外边影响她的事情而是有件事情从她的内心发出来了好像她非但没有因此而惊讶反而是她下的命令授的权但她一点都不动甚至都没有多呼一口气而舅舅甚至都没有注意到这一点 '——而是由神灵们亲自挑选从人中间选出来的特殊的独一无二的一个为了不是向他们自己证明因为他们从来没有怀疑过而是用这种事向人证明人最低下的共同的特性是他有个灵魂,但最终谋杀了他的兄弟——'

'他把他放在流沙里,'哈伯瑟姆小姐说。

'对,'舅舅说。'真可怕不是吗。——由于一个老黑人有失眠梦游症而引起了这么一个简单的灾难然后通过一个计划(一个从生物到地理心理都有简单而严密得无懈可击的方案,用契克的话来说就是天生的)

---

① 即路喀斯有可能被白人当场打死。
② 契克感到哈伯瑟姆小姐对契克的舅舅加文滔滔不绝的讲话有些不耐烦。她关心的是路喀斯但加文却对克劳福德更感兴趣。

得以逃脱,可由于四年以前一个他都不知道有其存在的孩子在同一个得了失眠梦游症的老黑人面前掉到一条小溪里而遭到挫败因为这一部分我们并不真正了解而鉴于杰克·蒙哥马里现在的这种情况我们可能永远不会知道虽然那也关系不大因为事实仍然存在,要不然的话他干吗到了文森的坟里还不是杰克·蒙哥马里在从克劳福德手里买木料的时候(我们今天下午给在孟菲斯的木料最终收货人打电话打听出来的)也知道木料是从哪儿来的因为想要知道这一切是杰克的天性也是他的个性而且还是他当中间人拿好处的一个因素所以在克劳福德的合伙人文森突然绊了一跤死在弗雷泽商店后面的树林里的时候杰克并不需要水晶球来卜算① 所以要是这是猜测的话那就充分利用它或者给汉普敦先生和我一个更有说服力的说法,我们会接受的,杰克也知道巴迪·麦卡勒姆从前的战利品,我想为了克劳福德的缘故——'那事又出现可还是没有外部的迹象但这一次舅舅也看见了或感到了或觉得了(或者不管怎么样的)停止说话甚至有一秒钟似乎想说什么但在下一秒钟里显然忘记了,又讲了起来:'——也许杰克为保持沉默开了价甚至收了钱也许是分期付款中的一笔钱也许一直打算证明克劳福德犯了谋杀罪,也许因为他建立了各种联系想要索取更多的钱,也许他不喜欢克劳福德想要报复,也许他是个严格要求纯洁的人把谋杀划成最后的界限,就是打算把文森挖出来放在骡子身上驮到县治安官那里,总而言之葬礼的第二天,有人有着可以想象的把文森挖出来的理由把他挖了出来,那人一定是杰克,还有一个人不但不想把文森挖出来而且还有可以想象的理由去密切守望那个有可以想象的理由要把他挖出来的人,知道他已经被挖了出来,在——你说你和艾勒克·山德在大约十点钟的时候把卡车停放好,那天晚上七点来钟天就够黑了不好挖坟了,因此这样就有三个小时——我这说的是克劳福德,'舅舅说,这一次他注意到舅舅甚至停下话头,等着那事,它确实

---

① 西方的占卜者常用水晶球来算命或预测未来。

来了但仍然没有声音没有动作帽子端端正正纹丝不动大腿上扣着的手套和手提包整齐利落那鞋子稳稳地一动不动地并排靠着仿佛她把它们放在地板上用粉笔画出来的平面图上：'——躲在围栏后面的杂草丛里守候着觉得自己不仅受讹诈被出卖而且还要再一次经历所有的痛苦和提心吊胆更别提那体力劳动因为他一个人已经知道那尸体经不起训练有素的警察的检查，他永远不可能知道还有多少人也知道或有怀疑因此那尸体现在不得不从坟墓里起出来虽然他现在至少有了帮手不管那帮手知道还是不知道① 于是他可能等着等到杰克把尸体挖出来并且准备装上骡子（这一点我们也搞清楚了，那是高里家犁地用的骡子，就是今天早上双胞胎骑的那一头；杰克在星期天下午后半晌自己去借的，你要是肯猜他问哪个高里借的你一定会猜对的：是克劳福德）无论如何他现在如有可能是不会再冒开枪的危险的，他宁可把那讹诈的钱再付一笔给杰克来换取可以使用不管什么东西把杰克的头颅敲碎的特权把他放进棺材又把坟再填起来——又一次感受那山穷水尽，那可怕的急迫，那孤独那被遗弃的心态，不仅感到全人类对他的恐怖和谴责而且还得跟地球的不折不扣的惰性和时间的可怕的不管不顾的奔跑作斗争但即便他终于击败了所有这一切的联盟，把坟墓又恢复得挺像样，连那些被移动过的花束都放好了，他最初的犯罪的痕迹终于都被消除了他安全——'那事又该出现了但这一回舅舅并没有停顿'——终于直起腰而且从杰克找他谈判以来第一次舒了一口长气用大拇指摸摸同一只手的其他手指的指尖——就在这时他听见了不管什么声音使他冲回山上又匍匐爬行过来又一次喘着气躺在那里但这一回不仅仅是愤怒和恐惧而且几乎是难以置信不相信一个人可能遇到这么多的坏运气，看着你们三人不光把他做好的事情又一次破坏了而且还把工作量加了一倍因为你们不仅把杰克·蒙哥马里暴露出来而且还把坟又填好了甚至还把花放了回去：他不能在霍普·汉普敦第二天早

---

① 指杰克·蒙哥马里。

上到那里时（他一定知道的）让人在坟墓里发现他兄弟文森，但也不敢让人发现里面是杰克·蒙哥马里：'这一次舅舅停了下来等她说话，她说了：

'他把他兄弟放在流沙里。'

'啊，'舅舅说。'任何人都会遇到这样的时刻：除了毁灭他们以外你对你的兄弟、丈夫、叔舅、堂兄弟姐妹或婆婆没有别的办法。但你不会把他们埋在流沙里。是这样吗？'

'他把他埋在流沙里，'她带着平静和毫不宽容的结论性的口气说，除了嘴唇动几下说话以外身体既不移动也不摇动直到后来她抬起手，打开别在她胸前的表，看了一眼。

'他们还没到白叶河滩地，'舅舅说。'但别担心，他会去的，他也许可能听到我的口信但全县没有一个人会听不到别人告诉威利·英格伦姆的任何机密尽管他保证一定严守秘密，因为你知道他①除此之外没有别的事可做因为杀人犯都是赌徒，业余杀人犯跟业余赌徒一样首先相信的不是自己的运气而是冒大险图大利的赌博，相信赌博正是因为是赌博才会赢钱，但除此以外，比如说他已经知道他失败了，路咯斯对杰克·蒙哥马里或任何其他人的作证都不可能进一步伤害他，他最后的唯一的渺茫的希望是离开这个县，或者说他知道即便那样也无济于事，肯定知道他正在快速跑步穿过他仍然可以称之为自由的最后一点东西，假设他甚至肯定知道明天的太阳甚至将不是为他而升起的，——那你想要先做什么，在你永远离开你的家乡甚至可能永远离开这个世界以前对你那永恒的原则作最后一次的行动和声明，如果你的名字叫高里，你的血液思想和行动整整一辈子都是高里家的，你知道或者只是相信甚至或者只是希望在午夜某个时刻低速通过一个孤独的小溪的河滩地的一辆汽车里有造成你一切痛苦沮丧愤怒悲哀耻辱和不可弥补的损失的原因与理

---

① 指克劳福德·高里。

由，而且那甚至不是白人而是一个黑鬼，但你仍然还有那把手枪，里面至少还有原来十粒德国子弹中的一粒——但别担心，'他马上说：'别为汉普敦先生担心。他可能甚至不会拔出他的手枪，我对他事实上是不是有手枪没有把握，因为他有一种办法直接进入各种形势，也许不是和平的，也许并不排除卑劣的感情，但至少通过缓慢的行动和喘粗气暂时制止粗鲁和暴力的行为。这种情形过去在二十年代在两三个任期以前发生过，法国人湾有位夫人，我们不必指名道姓了，跟另一位夫人有争执，最早是为了（我们听说）教堂晚餐义卖展销会上的一块得奖蛋糕，她的——第二位夫人的——丈夫有个蒸馏器多年来一直在给法国人湾提供威士忌[①]，给谁都不惹麻烦一直到那第一位夫人对汉普敦先生提出正式要求，要他去那里摧毁蒸馏器逮捕使用它的人，后来过了一个星期或十天她又亲自进城对他说，如果他不这样做的话她就要向州长和华盛顿的总统汇报，于是霍普这一下就去了，她不仅向他提供了非常明确的路途方向而且他说那里有一条小路有的地方水深没膝是多年来由装得满满的一加仑坛子的重量轧出来的你可以顺着那小路走到蒸馏器的地方根本不必用他带去的手电筒，果然蒸馏器在一个你能预料的好地方，舒舒服服遮风挡雨而又容易找到，茶壶下面烧着火，有个黑人在照料着，即使在他认出汉普敦的身材以前，即使他最终看到他的徽章以前，他当然不知道谁是蒸馏器的主人或者谁在经营或者任何有关的事情；霍普说他先给他一杯饮料，后来确实去给他舀来一葫芦小溪里的水，在他等蒸馏器主人回来的时候让他舒舒服服地靠在一棵大树上，甚至把火拢得更旺来烤他的湿脚，真是很舒服霍普说，他们两人在黑夜里烤着火谈天说地，那黑人不时地问他是否还要一葫芦水一直到汉普敦说嘲鸫吱吱喳喳闹得不行终于他睁开眼睛在阳光里眨巴了半天才总算看清楚那嘲鸫就在他头上不到三英尺的树枝上，他们把蒸馏器装车运走以前有人还去了最

[①] 美国在上世纪 20 年代实行禁酒法，因此买卖威士忌是非法活动。

近的一家人家拿来一条被子盖在他身上,还有一个枕头放在他脑袋下面,霍普说他注意到那枕头还有个干净的枕头套,他把枕头和被子拿到华纳的商店让他们还给东西的主人并且表示感谢然后就回镇来了。还有一次——'

'我没在担心①,'哈伯瑟姆小姐说。

'当然不必担心,'舅舅说。'因为我了解霍普·汉普敦——'

'对,'哈伯瑟姆小姐说。'我了解路喀斯·布香。'

'哦,'舅舅说。接着他说,'对。'接着他又说,'当然。'接着他说,'咱们让契克把茶壶通上电,我们等的时候喝点咖啡,你说好吗?'

'那太好了,'哈伯瑟姆小姐说。

---

① 此处接前面加文叫她不必为县治安官担心。

第十一章

　　最后他甚至站起来走到一扇前窗去看下面的广场因为如果星期一是拍卖牲口和交易的日子那星期六肯定是收音机和汽车的日子；星期一来的大多是男人他们开着车来把汽车和卡车停在广场四周直接进入交易棚呆到一定的时候回到广场来吃饭然后又回交易棚呆到该出来的时候坐上汽车或卡车赶在天大黑以前回家。但星期六不一样；这一天有男有女有孩子有老人有娃娃还有为了明天在乡村教堂举行婚礼而来买结婚证书的年轻伴侣，进城来买一星期内所需要的香蕉两毛五分钱一听的沙丁鱼机器做的蛋糕与馅饼之类的食品和美味小吃还有衣服袜子饲料化肥和犁具零件。买这些东西对任何人都用不了很长的时间对某些人更是不花什么时间因此有些汽车永远不是真正地停在一个地方大约一个小时以内别的汽车就会加入他们的队伍不间断地排着队前进由于车流的密度常常挂在二挡绕着广场转一圈又一圈然后到那树木茂密的住家的街道去掉头又回来绕广场转圈仿佛他们从远处周围的居民区十字路口的商店孤零零的农场一路开车过来只是为了一个目的来享受那人来人往的熙熙攘攘和彼此相认来感受那像和风一样平滑的铺好的大街小巷来欣赏那小巧整齐的院子和花床和花园装饰品中间的新上过油漆的干净整齐小巧玲珑的房子近几年来这些房子多起来了像沙丁鱼或香蕉似的排列成行；由于这样的情况收音机就得比平时开得更响通过那能量过足的扩音器响得盖过了汽车排废气的呼呼声轮胎的沙沙声换挡时的咔嚓声还有那没完没了的喇叭响，所以你离着广场很远就听见了不但无法分辨出哪一家收音机停了哪一家又开始了甚至根本不必去分辨他们放的是什么或者他们想卖给你的是什么东西。

但今天似乎是个比星期六还要热闹的星期六因此舅舅也很快从桌子后面站起来走到另一扇窗户跟前，这就是为什么他们俩都在路喀斯到办公室来（虽然他还没到）以前看到了他；他还是一个人（他以为如此）站在窗户前往下看广场他几乎不记得广场以前曾经有过如此拥挤如此人山人海的情景——灿烂的阳光明媚的几乎灼热的空气充满了县政府大楼那盛开的洋槐树浓郁的花香，人行道上熙熙攘攘挤满了慢腾腾的人黑人白人今天都进城来好像一致决定来聚集从而不仅从平衡一致的角度而且从记忆方面来解放只有七天以前的那个星期六一个黑人老头落到了让他们不得不相信他谋杀了一个白人的境地从而剥夺了他们的星期六——那个星期六星期天和星期一才过了一个星期可似乎从来都没有发生过因为没有任何痕迹留了下来：文森和他兄弟克劳福德（躺在他自杀的坟墓里在以后的许多星期里陌生人会打听约克纳帕塔法县的监狱和县治安官是什么样的能让一个犯了谋杀罪被关起来的人仍然有办法搞到一把卢格尔手枪尽管枪里只有一粒子弹而且在那么许多的星期中约克纳帕塔法县里没有一个人能把这一点给他讲清楚）并排躺在卡里多尼亚教堂墓地里离他们母亲的墓碑不远的地方杰克·蒙哥马里到了克洛斯曼县那里有人要了他理由可能跟这里有人要了克劳福德一样哈伯瑟姆小姐现在坐在自己的厅堂里补袜子补到该喂鸡的时候艾勒克·山德就在下面广场里穿一套花哨的出客衬衣和一条紧身的阻特裤① 手里拿着一把花生米或香蕉而他则站在窗前观望那摩肩接踵的不慌不忙也无法催促的人群和威利·英格伦姆的帽徽上那忙碌的几乎无所不在的闪烁光亮但观察得最多的主要是那熙来攘往的活动和闹声，那收音机和那汽车——杂货店台球房和咖啡馆里的自动投币电唱机和店门外高声吼叫的扩音机不仅在唱片和散页乐

---

① 上世纪40年代后期流行的男式服装，上衣长及膝盖，肩宽并有垫肩，但腰部合身。裤子则窄而瘦很紧身。

谱商店而且在陆海军用品商店和那两个饲料商店（为了使他们也许会犹豫一下）的墙外面还有一个人站在县政府大楼院子里的一条长板凳上对着一个带着固定在一辆汽车上的像攻城加农炮①的炮口那么大的扩音机发表演说，更别说家庭妇女或使女在铺床扫地准备做饭的公寓和住宅里的那些响着的扩音机因此在这个镇子最远的最大的社区范围内没有一个地方会有一个男人女人孩子公民客人或陌生人受到一秒钟的安静的威胁；还有汽车的声响因为坦白地说他根本看不见那广场：只看得见那密集的无法穿越的汽车顶和车篷成双行像蜗牛似地绕着广场爬行在刺鼻的看不见的一氧化碳的气息中在呜呜的喇叭声中在轻微的断断续续的保险横杠的撞击声中慢慢地一辆又一辆地进入和离开广场的街道而对面那一行以同样缓慢的速度一辆又一辆地驶进广场；密度之大速度之慢像暗榫一样形成相互扣住的马赛克其行动缓慢得都不配用这个字眼慢得你可以在车顶上行走来穿过广场——甚至可以这样在汽车顶上走到镇子的边缘甚至可以骑着马这么走，比如说棒小伙子对它来说从一个车顶纵身越过那中间的车头到另一个车顶这五六英尺的距离没什么了不起或者如果说在那简直没动的车顶上铺一块光滑的连续不断的木板像桥一样让一匹马不是棒小伙子而是会用特定步态走路的马或者会用某一种步法走路的马：像鸟一样在七英尺高的空中小步快跑像老鹰或大雕那样飞快行进：他觉得胃的深处有一种仿佛一整瓶的热汽水忽然爆炸的感觉想着一匹马在一座两英里长的松动的木板桥上向任何方向小步跑时发出的威武美妙壮丽的声响突然舅舅在另一扇窗子前说，

'美国人其实什么都不爱只爱汽车：首先爱的不是他的妻子孩子也不是他的国家更不是他的银行存款（事实上他不是像外国人喜欢想的那样热爱他的银行存款因为他会把它的一部分甚至全部用来买几乎任何东西只要那东西确实没有价值）爱的只是他的汽车。因为汽车已经成为

---

① 一种重型枪炮用于围攻而不是用于战场。此处形容那扩音机很大。

我们国家的性象征了。我们已经不能真正享受任何东西除非是偷偷摸摸的。然而我们整个背景教育训练都不允许诡秘机密偷偷摸摸鬼鬼祟祟。所以我们只好今天跟妻子离婚为了从情人的身上去掉情人的臭名为了明天跟妻子离婚为了从情人身上去掉臭名等等。因此美国女人变得冷漠性特征不发达；她把她的里必多① 发射到汽车里不仅因为汽车的光彩小巧的机械和可动性迎合了她的虚荣心和不会行走（由于她只穿全国零售协会下命令要她穿的衣服）的能力而且因为汽车不会对她粗手粗脚乱来一气，把她搞得浑身是汗衣衫凌乱。因此为了能够仍然抓住她控制她美国男人只好把汽车变成他自己的。这就是为什么让他住在租来的耗子洞（虽然他必须如此）里他还是会不光有一辆汽车还得年年更新换一辆处女般纯洁的新车，不把它借给任何人，不让任何别人的手知道那踏板那控制杆的最终的秘密那永远纯洁永远淫荡的秘密，他自己没有地方可去即便有的话他也不去那些可能会刮着它弄脏它让它破相的地方，花星期天整个上午洗它给它上光打蜡因为做这些事就等于抚摩那早就不让他上床的女人的身体。'

'这不是真的，'他说。

'我已经五十多岁了，'舅舅说。'我花了中间十五年的时间在裙服下面乱摸。我的经验是她们中很少有人对爱情或性感兴趣。她们就是要结婚。'

'我还是不相信，'他说。

'没关系，'舅舅说。'别相信。即使到了你五十多岁的时候，还是不要相信。'就是在这个时候他们也许是同时看见路喀斯——那歪戴的帽子那歪斜的金牙签的纤细而强烈的闪光他说，

'你认为在整个那段时间里这牙签在什么地方？我从来没看见。那天下午他肯定是带着的，星期六那天他不光穿那套黑衣服，甚至还带着

---

① 即性欲。

手枪?他肯定不会在离开家的时候不带这牙签的.'

'难道我没告诉你?'舅舅说.'汉普敦先生走进斯基普沃思先生的家,斯基普沃思先生用手铐把路喀斯铐在床柱上,路喀斯做的第一件事——就是把牙签交给汉普敦叫他保留到他去取的时候.'

'哦,'他说.'他要上这儿来.'

'是的.'舅舅说.'来得意一番.噢,'他很快说,'他是个绅士;他不会当面来提醒我我错了;他只是来问我他请我做律师他欠了我多少钱.'

于是他坐回到冷水器边上的椅子舅舅又一次坐到桌子后面他们听见楼梯上传来的长长的嗵嗵声和吱吱嘎嘎的响声后来是路喀斯连续不断但不慌不忙的脚步声接着路喀斯走了进来这一次没打领带甚至都没戴领子除了有颗扣子但在黑西装里穿了件老式的不是污迹斑斑而是有点脏的白背心还挂着陈旧的金表链——还是四年前那个早晨他浑身是水从冰凉的小溪里爬上来第一次看见的那张脸,一模一样没有一点变化,在这脸上什么都没有发生过连岁月的变化都没有——他走进门时正在把牙签放进西装背心的一个上面的口袋,随口说,

'先生—们,'然后对他说:'年轻人——'彬彬有礼而难以对付,并非平淡而没有个性:简直有点兴高采烈,边说边摘下那歪戴的趾高气扬的帽子:'你最近没有再掉进小河里,对吗?'

'对,'他说.'我正等着你往你的河里再放些冰呢.'

'欢迎你往里掉,你用不着等霜冻.'路喀斯说.

'坐吧,路喀斯,'舅舅说.可他早已经打算坐下了,坐在门边上同一把除了哈伯瑟姆小姐以外没人肯坐的硬背椅子,两手有点叉腰仿佛在摆姿势等拍照,帽子的顶部向上横放在小胳臂上,还是看着他们两人,又说一遍,

'先生—们.'

'你上这里来不是让我告诉你你该干什么可我就是要告诉你,'舅

舅说。

路喀斯很快地眨了一下眼睛。他看着舅舅。'我不能说我来是要你告诉我该干什么。'接着他高高兴兴地说:'可我总是准备听取好建议的。'

'去看看哈伯瑟姆小姐,'舅舅说。

路喀斯看看舅舅。这一次他眨了两下眼睛。'我可不是个好串门的人,'他说。

'你也不是个好上吊的人,'舅舅说。'但你用不着我来告诉你你差一点就给吊死了。'

'对,'路喀斯说。'我想我用不着。你要我跟她说什么?'

'你不会说的,'舅舅说。'你不知道怎么说谢谢。我把这件事已经安排好了。给她带点花去。'

'花?'路喀斯说。'莫莉去世以后我就没花可谈了。'

'还有一点,'舅舅说。'我会给家里打电话的。我妹妹会准备好一束花。契克开我的车送你去取花再把你送到哈伯瑟姆小姐家的大门口。'

'用不着,'路喀斯说。'我拿到花以后可以走着去。'

'那你还可以把花也扔了,'舅舅说。'我知道你不愿意做这件事① 但我想你跟契克坐在汽车里是没法做另外那件事的。'

'好吧,'路喀斯说。'要是别的事情都不能使你满意的话——'(他回到镇子总算在三条街区以外找到了停车的地方又登上楼梯舅舅正划了根火柴,一边把火凑到烟斗上一边穿过烟雾带着烟雾进入烟雾说:'你和布克·托·华盛顿②,不,错了,你、哈伯瑟姆小姐、艾勒克·山德、

---

① 指给哈伯瑟姆小姐登门道谢。"另外那件事"指路喀斯把花扔掉,不去感谢哈伯瑟姆小姐。

② 布克·托·华盛顿(Booker T. Washington, 1856—1915),美国黑人改革家、作家,塔斯基吉工业师范学院主要创办人。他出身黑奴,主张通过工业教育、农场经营和培养耐心勤劳等好习惯来实现黑人的最高利益。

汉普敦县治安官和布克·托·华盛顿因为华盛顿只做别人希望他做的事情因此没有什么理由说明他为什么居然会那么做而你们做了非但没人要你们做的事情而且如果他们及时知道的话整个杰弗生镇和约克纳帕塔法县会积极一致地站起来阻止你们即便再过一年有些人还是会带着反对和反感的心情想起来（在他们想起来的时候如果他们想起来的话）不是想到你们是盗尸体的人也不是想到你们公然蔑视你们的肤色因为他们对每一点都会宽容的而是你们侵犯了一个白人的坟墓去拯救一个黑鬼因此你有一切理由应该那么做。只是不要停止：'而他说：

'你总不至于认为因为正好是个星期六的下午有人就躲在哈伯瑟姆小姐的茉莉花丛的后面拿着手枪瞄准着她等路喀斯走上前门的台阶。何况路喀斯今天没有带手枪何况克劳福德·高里——'舅舅：

'为什么不会呢，那边卡里多尼亚教堂地下埋的是克劳福德·高里上星期六有那么短短的一两秒钟的时间里路喀斯几乎把他的肤色带进千万种比他聪明的人会避免的处境，比他肤色浅一点的人在那个叫路喀斯·布香的人上星期六有那么一两秒钟的时间差一点也进入了他的卡里多尼亚教堂的地底下以后是会逃避一万次的处境，因为上星期天夜里本来会阻止你艾勒克·山德和哈伯瑟姆小姐的那个约克纳帕塔法县其实是对的，路喀斯的生命、呼吸、吃饭、睡觉并不重要就像你我的生命一样不重要但他的在和平与安全中生活的不容怀疑的权利却很重要，事实上这个地球要是少了许多各种肤色的布香、史蒂文斯和莫里逊倒会舒服得多要是有什么并不痛苦的办法可以消除的话就好了不是消除那碍手碍脚的占去很多地方的尸体因为这是可以做到的而是消除那做不到的记忆——那无法驱除的永恒的记忆知道自己曾经生存过，一万年以后在对不公正和痛苦的一万次回忆中这种记忆仍然存在，我们实在太多了，不是因为我们占去太多的地方而是因为我们为了我们称之为自己的缘故愿意把自由以随便什么不值钱的价钱全部卖光，其实那是宪法规定的法令性的执照使人人都能无视悲伤与代价追求他个人认为应该有的幸福与满足①甚至到了因为我们不喜欢某个人的肤色或鼻子就把他钉上十字架的地步,这一切可以有办法对付,只要有少数几个人相信人的生命是有价值的因为生命有权利继续呼吸不管他的肺吐出什么样的肤色或什么样的鼻子吸进了空气,愿意不惜任何代价保卫这个权利,这要不了多少人比如上星期六夜里三个就够了甚至一个也足够要是有足够的人愿意感到悲哀与羞耻那路喀斯就不必再冒那事先没有警告就需要有人救他的危险:'于是他说:

'那天夜里也许不是三个人。一个大人两个半大的人更接近事实:'于是舅舅说:

'我说过可以骄傲。甚至吹牛都可以。只是不要停止。'——来到②桌子前面,把帽子放在桌子上从上衣里面的口袋摸出一个皮革的带揿钮的钱包磨得亮亮的像银子似的大小跟哈伯瑟姆小姐的手提包差不多,他说,

'我相信你有一个小小的账单要给我。'

'为什么?'舅舅说。

'为了代我打官司,'路喀斯说。'说个数吧,只要合情合理。我要付给你。'

'不是我,'舅舅说。'我什么都没做。'

'我找的是你,'路喀斯说。'我委托你的。我欠你多少钱?'

'你没有欠,'舅舅说。'因为我不相信你。那个孩子才是你今天还能到处走动的原因。'

现在路喀斯看着他,一手拿着钱包另一只手正要去解揿钮——那同

---

① 这里的"执照"隐射挖苦美国的《独立宣言》。原文为"……人人生而平等,他们被造物主赋予不可转让的权利,其中有生命权、自由权以及追求幸福的权利"。译文引自刘祚昌、邓红风译《杰斐逊集》上卷,三联书店,1993年,第22页。

② 这里说的是路喀斯·布香。

一张脸不是没有发生过任何事情而是拒绝接受任何事情；现在他打开钱包。'好吧。我就付给他。'

'那我就要把你们两人都抓起来，'舅舅说，'因为你腐蚀未成年人而他因为没有执照就做律师的工作。'

路喀斯回头看他的舅舅；他看着他们两人四目对视。接着路喀斯又眨巴两下眼睛。'好吧，'他说。'我就付那些费用。随便什么费用，说个合情合理的数目。让我们把这事了结了。'

'费用？'舅舅说。'对，我有笔费用上星期二我坐在这里想把你最后告诉我的话写下来写得让汉普敦先生觉得有道理可以把你从监狱里放出来可我越想写好那些事情却越糟糕而写得越糟糕我就变得更糟糕等我清醒过来的时候我的钢笔笔尖朝下像支箭似的插在了地板上。当然纸张是县里的可钢笔是我自己的而换个新笔尖花了我两块钱。你欠我两块钱。'

'两块钱？'路喀斯说。他又眨巴了两下眼睛。然后他又眨巴了两下眼睛。'就是两块钱？'现在他只眨一下眼睛，然后他在呼吸上做了点事：不是叹了口气，只是把气吐了出来，把大拇指和食指放进了钱包：'这在我看来并不多可我是个种地的而你是个律师，至于你是不是懂你那一行我想这不是我的红色大车①就像那电唱机里说的用不着我来教你别的办法：'于是从钱包里摸出一张皱巴巴的纸币那纸币被揉成比一个干瘪的橄榄大不了多少的纸团把它展开到可以读的地步然后把它继续打开放在书桌上接着从钱包里掏出半块钱放在书桌上然后从钱包往书桌上一个个地数了四个一角和两个五分的硬币接着用食指又数了一遍，把它们一个个地移动大约半英寸，胡子下面的嘴唇努动着，另一只手里的钱包仍然打开着，然后他拿起两个一角的和一个五分的硬币把它们放到拿着打开的钱包的手里又从钱包里拿出一个两角五分的硬币放到桌子

---

① "不是我的红色大车"即"不是我的事儿"。这是当时流行的一首歌里的歌词。

上飞快地看了一眼所有的硬币就把两个一角的和一个五分的硬币放回到书桌上拿起那五角的硬币把它放回钱包里。

'这才七角五分钱①,'舅舅说。

'甭管那个,'路喀斯说着拿起那两角五分的硬币放进钱包把撳钮又按上他看着路喀斯意识到那钱包至少有两个不同的夹层也许还更多一些,第二个差不多有小胳臂那么深在路喀斯的手指头下面打开了路喀斯站着往里看跟你往井里看倒影的情景一模一样后来从夹层里面拿出一个打着结的脏兮兮的布做的放烟叶的口袋看上去鼓鼓囊囊挺结实的扔在桌面上发出哐啷一声闷响。

'这就成了,'他说。'五毛钱的分币。我本来打算去银行换的不过你可以省了我走一趟。你要数数吗?'

'是的,'舅舅说。'但你是付钱的人。该由你来数。'

'一共五十个,'路喀斯说。

'这是买卖,'舅舅说。于是路喀斯解开口袋上的结把分币都倒在书桌上一个个地数起来把它们逐一推到前面那一小堆五分和一角的硬币里,出声地数了一遍,然后把钱包关上放回上衣里面的口袋里用另一只手把那一整堆硬币和皱巴巴的纸币推过来一直到那桌上的吸墨纸把它们挡住为止于是从上衣一侧的口袋里掏出一块大手绢擦擦手又把手绢放回口袋然后又一次站直身体倔强而平静现在并不看着他们这时候那固定的收音机的吼声那汽车喇叭的呜呜声还有那全县星期六的一切其他轰鸣声都随着那明亮的下午响了起来。

'还要什么?'舅舅说。'你现在还等什么?'

'我的收据,'路喀斯说。

---

① 这是除了那张一元钱的纸币以外所有硬币的总数。

导 读

◎ 汤姆·考纳伯伊[①]

《坟墓的闯入者》以一个引人好奇的事件为开端,十六岁的当地小孩查尔斯("契克")·莫里逊——加文·史蒂文斯律师的外甥——掉进了结冰的小溪,被救了出来。救他的人是路喀斯·布香——麦卡斯林家族族长白人农场主卡洛瑟斯·麦卡斯林的黑人孙子。他给这个男孩穿上烘干的衣服,还把自己的晚饭分给了他,后来两个人发现他们卷入了一场特殊的"胜人一筹游戏"。契克发现食物是路喀斯这个"黑鬼"的,而且闻到屋里"黑鬼"的味道,他不想欠黑人的人情,于是攥着几枚硬币想要付给他。路喀斯拒绝了,两个人僵持了一会儿,结果契克就翻过手掌让硬币叮叮当当地掉到地板上去了。路喀斯很生气,命令他捡起来,契克和他的黑人朋友艾勒克·山德只好把硬币捡了起来。契克感觉自己成了这场交换中的输家,这种挫败感一直折磨着他的内心,所以他把几个月来省下来的钱给路喀斯的老婆莫莉买了一件仿真丝连衫裙。现在,他终于满意了,觉得不再欠黑人的人情,结果很快又被打败了,因为路喀斯又送他一加仑新鲜的家制的高粱糖蜜。

直到本书结尾,这个诙谐插曲的含义才变得明了。这是对南方种族矛盾的一种隐喻,白人拒绝给予黑人以平等的尊严。契克,还只是一个孩子,重复着从身边听到的话:"要是他(路喀斯)先就当个黑鬼,只当一秒钟,小小的微不足道的一秒钟,那该有多好啊。"他最后得出这

[①] 本文作者汤姆·考纳伯伊(Tom Conoboy)是英国作家。

样的结论，因为如果这样，就会容易处理一些了。就这样，契克成了把南方这种旧风俗和旧习惯延续到新一代的同谋。然而，到了小说结尾，他学会独立思考和判断之后，这种观念就从他的脑海中驱逐了。到了那时候，路喀斯和契克之间的交谈轻松愉快，相互也有了信任和欣赏。男孩契克，新一代的象征，变得成熟起来，摒弃了过去的那些旧观念。

这些似乎听起来都非常幼稚，但可以确定的是，《坟墓的闯入者》其中有很多微妙和深奥的地方，当然比福克纳自己有时候承认的还要多。有些角色可能非常普通，但是他们之间的相互影响却完全不普通。

路喀斯·提香被称为傲慢的黑鬼，就像很多黑鬼一样，他很多奇怪的想法（这可以解释为拒绝以任何方式被认为低于身边白人一等）致使自己陷入了麻烦之中。特别是，他因为一个白人被杀而被抓——而且不是随便一个白人，是文森·高里，臭名昭著的高里家族的成员，这个家族是一群全国上下都闻之色变的"好斗分子和打狐狸的猎人做威士忌酒的人"。处以私刑或许是最有可能的结果——甚至可能是唯一的办法。不过，路喀斯逃脱了这个命运，"一个比半大的小伙子大不了多少的枯瘦干瘪耳朵全聋了的"老警官斯基普沃思居然显示了几乎没有道理的勇气和刚毅（从英雄行为上来说，没有明显的特征），把路喀斯带出人群铐在床柱上等县治安官汉普敦来。

路喀斯邀请加文·史蒂文斯作为他的律师，并强调他会支付律师费。史蒂文斯虽然只是个图书管理员，却立即认为路喀斯有罪，甚至不允许他发言，反而告诉他应当表示服罪，考虑到他年纪大了而且以前从来没有出过问题，他或许会被送到监狱，而不会被绞死。因为无法得到其律师的帮助，路喀斯转向求助于契克也就不足为奇了。他告诉这个男孩，文森·高里不是被点四一口径柯尔特自动手枪打死的，也就是说不是被他被抓的时候口袋里那把手枪打死的。能够证明的唯一方法，就是把尸体挖出来。于是，路喀斯和男孩订了一个契约，到了这个时候，小说开始进行了道德方面的探讨。契克在艾勒克·山德和哈伯瑟姆小姐的陪同下，开始了这次危险的任务。哈伯瑟姆小姐是一个古怪的老太太，是莫莉·布香童年时期的朋友，听说了契克的故事，凭直觉就相信这个故事是真的。"路喀斯知道得找个孩子——或者像我这样的老太婆（来揭露真相），"她说，"一个不在乎可能性，不在乎证据的人。"于是，他们一起挖开坟墓，却发现坟墓里不是文森·高里，而是他以前的生意伙伴蒙哥马里，以前高里不认识这个人，还被他骗了。他们重新把尸体埋了起来，联系了县治安官汉普敦，向他解释他们发现的这个情况。县治安官下令挖开坟墓，这次却发现坟墓空空如也。

在这样一个神秘的谋杀案中，情节层层展开，最后凶手身份揭晓，竟是文森的亲弟弟克劳福德。瞬间，暴民的道德热情就沦落到一种尴尬的境地。我们可以看到书中对二十世纪四十年代南方种族矛盾的分析以及关于怎样保证和快速保证种族融合的争论。这些都是非常复杂的问题，福克纳的小说在分析这些问题的时候也相应采用了比较复杂的形式。

如多琳·福勒所说，史蒂文斯采用缓和的方法实现种族融合，在某种程度上，和福克纳自己的公共言论所匹配，这使得一些评论者猜测，史蒂文斯也许是福克纳的代言人。福勒反对这种说法，我也同样反对。在小说的结局中，史蒂文斯的形象以一种比契克形象更负面的方式清晰地描绘出来。在毫无证据的情况下，他对路喀斯的罪行深信无疑。他是一个好人，尽管并不能说是一个好的律师。他有一种大声说出事实却从来不行动的倾向，并以一种方式来指出这些事实是血肉的一部分，是他精神存在的肌腱。这绝不是一名可以为了事业而献身的男人。还需要注意的是，他更早地出现在福克纳一九四二年的小说《去吧，摩西》中，我们可以看到他从布香家悼念莫莉·布香死亡的悲伤氛围中逃走了。他是一个有言语但却无行动的人。诚然，福克纳同样公开强调采取一种谨慎的方法走向融合，但这些呼吁是在政治或者演说的层面上的，就像史蒂文斯在这里所表现的：不管怎样，是在社区的层面上，在南方社区积极分子的血汗中，融合的实际行动必须要进行。我们可以从故事所揭露的契克的成熟过程中知道，这将会以一种可以维持的势头由民众自己来实现。

因此，是契克展示了小说的道德核心。通过帮助路喀斯，他从一个按照父母一代想法行动的坏脾气小孩走向了一种非常客观地观察事件并强烈批评其所见的状态。史蒂文斯或许能言善辩，但契克充满了热情。这种区别是天生的。史蒂文斯采取了一种非常理智的方式来分析种族问题，并得出了一个符合逻辑的结论，那就是现有的方法是错误的。他总结说，必须要去改变，一切也会改变，"但这不会是下星期二"。这种模棱两可的话，契克是不会说的，他对平等需要的理解似乎出于内心的道德观念。契克或许认识到，史蒂文斯的方法，也就是一种逐渐合法化平等的过程，永远无法打败他在暴戾的暴民中所目睹的根深蒂固的偏见：试图通过立法来进行社会的变革，这种自由主义者的方法注定失败，因为这一切都需要基于每个人都同样以自由主义者身份来思考的前提。契克从暴民愤怒而扭曲的脸中认识到，这一切都只能是一场幻想。

这也正是小说所关注的问题：揭露过去南部种族主义的幽灵，揭露这些幽灵仍旧在民众的生活以及社区的道德判断中有着难以驱除的影响。路喀斯·布香很可能会被私刑处死，仅仅因为他是一个落入特殊境地的黑人。

然而，认为史蒂文斯是作者在小说中的代言人是不对的，认为契克是作者的代言人同样也是不对的。将契克描绘成某种带领我们走向社区新黎明，同胞相亲相爱的人类英雄是对小说的严重误读。在他身上我们或许可以看到自然公正的影子，但是别忘了这是建立在县治安官汉普敦和律师史蒂文斯行动的残忍之上的（更不用说，是完全不合法的）。如蒂森·玛丽·萨索比指出的，为了保护路喀斯，他们串通一气，"挖掘出一具尸体，把路喀斯藏在县治安官的家中，诱捕真正的凶手"。

因此，也许老太太、黑人孩子和白人孩子三人联盟是可以戳破事实看清真相的人，但是他们微弱的力量根本无法阻止暴民的行为。

然后，我们看到的是，史蒂文斯、县治安官汉普敦、契克、艾勒克·山德和哈伯瑟姆小姐联合起来营救路咯斯·布香。这是整部小说的中心：只有法律和社区，力量和意志，经验和意愿结合起来，才能够克服南部社区根深蒂固的种族矛盾。在《坟墓的闯入者》中，没有个人的英雄，可以说根本没有英雄：如果没有任何一个中心人物，路咯斯都会死去。在他们的共同努力之下，路咯斯最后才获得了自由。在这一点上，这本书可以和另一本经典的以战前南部社会为背景的小说《杀死一只知更鸟》来比较。初看之下，史蒂文斯可能不是阿提克斯·芬奇。他可能有着同样自负的豪言壮语，但是他有阿提克斯的道德正直吗？或许没有，但是别忘了：路咯斯·布香在《坟墓的闯入者》中获得了自由，但由于阿提库斯·芬奇的诚实和聪慧，汤姆·罗宾逊却死了。

所以，民众、环境和信念的共同作用才可以产生改变。此外，显然，一个全新时代的信念并不是莫名其妙、糊里糊涂地出现，它是完整的，容易理解的。就像哲学家尤金·罗森斯托克·胡絮所说："当生命从摇篮走向恩惠，一个灵感的寿命从一个人的生命通往下一代。"这就是这本书所要传达的信息。史蒂文斯或许没有把他的信念付诸行动的道德力量，但在接近结尾的时候，他对契克说了一句非常重要的话："有些东西你必须永远无法忍受。有些东西你必须永远不停地拒绝忍受。不公正、暴行、羞辱与耻辱。不管你有多年轻也不管你活得有多老。不是为了表扬也不是为了钱财：不是为了在报上有你的照片也不是为了在银行有存款。就是拒绝忍受它们。"虽然充斥着史蒂文斯典型的说教式语气，但依然是非常高尚的情感。让人觉得，契克已经准备好用优于他舅舅的方式去承担，去成长。史蒂文斯可以说，契克可以做。人类经历了世世代代，但从本质上说，没有一个时代，可以实现深刻的变革。

（王雪纯　译）

企鹅经典丛书书目

第一辑

长夜行	【法】塞利纳
大都会	【美】唐·德里罗
纪伯伦经典散文诗	【黎巴嫩】纪伯伦
磨坊文札	【法】都德
去吧，摩西	【美】福克纳
人间失格	【日】太宰治
苏菲的选择	【美】威廉·斯泰隆
丧钟为谁而鸣	【美】海明威
神曲	【意大利】但丁
人间天堂	【美】菲茨杰拉德

第二辑

我是猫	【日】夏目漱石
看不见的人	【美】拉尔夫·艾里森
流浪的星星	【法】勒克莱奇奥
微物之神	【印度】阿兰达蒂·洛伊
漂亮冤家	【美】菲茨杰拉德
玻璃球游戏	【德】赫尔曼·黑塞
绿房子	【秘鲁】马里奥·巴尔加斯·略萨
炼金术士及其他鬼故事	【英】蒙塔古·罗兹·詹姆斯
老虎！老虎！	【英】吉卜林
小王子	【法】圣埃克絮佩里

第三辑

契诃夫短篇小说选	【俄】契诃夫
死屋手记	【俄】陀思妥耶夫斯基

双城记	【英】狄更斯
洪堡的礼物	【美】索尔·贝娄
局外人	【法】加缪
一九八四	【英】乔治·奥威尔
世界末日之战	【秘鲁】马里奥·巴尔加斯·略萨
圣殿	【美】福克纳
魔山	【德】托马斯·曼
暗店街	【法】帕特里克·莫迪亚诺

第四辑

飘	【美】玛格丽特·米切尔
海底两万里	【法】儒勒·凡尔纳
罪与罚	【俄】陀思妥耶夫斯基
了不起的盖茨比	【美】菲茨杰拉德
交际花盛衰记	【法】巴尔扎克
少年维特的烦恼	【德】歌德
一个女人一生中的二十四小时	【奥地利】斯蒂芬·茨威格
奥吉·马奇历险记	【美】索尔·贝娄
美妙的新世界	【英】阿道斯·赫胥黎
英国病人	【加拿大】迈克尔·翁达杰

第五辑

简·爱	【英】夏洛蒂·勃朗特
虹	【英】D.H.劳伦斯
坟墓的闯入者	【美】福克纳
雨王亨德森	【美】索尔·贝娄
汤姆·索亚历险记	【美】马克·吐温
你好，忧愁	【法】萨冈
茵梦湖	【德】施托姆
上尉的女儿	【俄】普希金
莎士比亚悲剧选	【英】莎士比亚
施尼茨勒中短篇小说选	【奥地利】阿图尔·施尼茨勒